新 潮 文 庫

結婚式のメンバー

カーソン・マッカラーズ
村 上 春 樹 訳

新 潮 社 版

10492

結婚式のメンバー

The Member of the Wedding

エリザベス・エイムズに

PART ONE

緑色をした気の触れた夏のできごとで、フランキーはそのとき十二歳だった。その夏、彼女はもう長いあいだ、どこのメンバーでもなかった。どんなクラブにも属していなかったし、彼女をメンバーと認めるものはこの世界にひとつとしてなかった。フランキーは身の置き場がみつからないまま、怯《おび》えを抱きつつあちらの戸口からこちらの戸口へとさまよっていた。六月には木々は明るい緑に輝いていたが、やがて葉は暗みを帯び、街は激しい陽光の下で黒ずんでしぼんでいった。最初のうちフランキーは戸外を歩き回り、あれやこれや頭に思いつくことをやっていた。街の歩道は早朝と夜には灰色だったが、昼間の太陽がそこに釉薬《うわぐすり》をかけ、焼けついたセメントはまるでガラスみたいに眩《まぶ》しく照り輝いた。歩道はついにはフランキーの足が耐えられないほど熱くなり、おまけに彼女はトラブルを抱え込んでいた。なにしろたくさんの秘密のトラブルに巻き込まれていたので、これは家でおとなしくしていた方がいいかもしれないと考えるようになった。そしてその家にいたのは、ベレニス・セイディー・ブラウンとジョン・ヘンリー・ウェストだけだった。彼ら三人は台所のテーブルの前に座り、同じ話ばかり際限なく繰り返していたので、八月がくる頃には、言葉は互いに韻を踏み、次第に奇妙な響きを帯び始めた。毎日午後になると世界は死に絶えたようになり、動くものは何ひとつなかった。そして最後には、夏は緑色の病んだ夢となり、ガラスに閉じ込められたクレイジーな無音のジャングルとなった。それからやがて八月最後の金曜日がやってきて、すべてが一変してしまったのだ。その変化はあまりに唐突だったので、その午後ずっとフランキーは何がなんだかわけがわからず、頭は空白になっていた。そして今でもやはり彼女には理解することができなかった。

「ものすごく変てこな感じなの」と彼女は言った。「それが起こった、起こり方がなにしろ」

「それが起こったって、何が起こったんだね?」とベレニスは言った。

ジョン・ヘンリーは二人を見て、黙って話を聞いていた。

「こんなにわけがわからなかったことって、初めてよ」

「でもいったい、何のわけがわからないんだね?」

「すべて丸ごと」とフランキーは言った。

そしてベレニスは言った。「あんたは太陽に焼かれて、頭がいかれちまったんだと思うね」

「ぼくもそう思うな」とジョン・ヘンリーは囁《ささや》くように言った。

フランキーはもう少しで、そうかもしれないと自分でも思ってしまうところだった。時刻は午後四時で、台所は真四角で灰色で、静まり返っていた。フランキーは目を半ば閉じてテーブルの前に座り、結婚式のことを考えた。静けさに包まれた教会を目にし、色つきの窓に斜めに降り掛かる奇妙な雪を目にした。花婿《はなむこ》は彼女の兄だった。そして彼の顔があるべきところには明るい光があった。花嫁は長く白いドレスを着ていたが、やはり顔を持たなかった。この結婚式には何かがあり、それは名付けることのできないひとつの心持ちをフランキーに与えていた。

「こちらを見て」とベレニスは言った。「あんた、妬《や》いてるのかい？」

「妬いてる？」

「あんたのお兄さんが結婚しようとしているからさ」

「違うよ」とフランキーは言った。「あんな二人のような人たちは、これまで見たことがなかったっていうだけ。二人が今日、うちの中に入ってきたとき、すごく変てこな感じがした」

「それは妬いているんだよ」とベレニスは言った。「鏡の前に行って、自分をよく見てごらんよ。目の色を見りゃ、そんなの丸わかりだよ」

曇った鏡が流し台の上にかかっていた。フランキーはその中をのぞいてみたが、目はいつもと同じ灰色だった。この夏、彼女はぐっと背が伸びて、自分が見世物小屋の巨人になったような気がしていた。肩は狭く、脚は長過ぎた。ブルーブラックの運動用ショートパンツをはき、BVDのアンダーシャツを着ていた。足は裸足《はだし》だった。髪は男の子のように短く刈られていたが、刈られたのはかなり以前のことだったので、今では分け目も見えなくなってしまっている。鏡に映った像はねじれて歪《ゆが》んでいたが、自分がどのように見えるか、フランキーにはよくわかっていた。彼女は左の肩を持ち上げ、顔をそらせた。

「ああ」と彼女は言った。「あの二人はこれまでにわたしが目にした、世界でいちばん素敵な人たちだった。どうしてそんなことが起こったか、わたしにはさっぱり理解できないの」

「いったい何が理解できないんだよ。馬鹿《ばか》な子だね」とベレニスは言った。「あんたのお兄さんは結婚の約束をした娘さんをうちにつれて帰ってきて、今日はあんたのお父さんと、あんたと一緒に昼ご飯を食べた。二人は今度の日曜日に、ウィンターヒルにある彼女の実家で結婚式をあげる。あんたとお父さんはその結婚式に出席する。それ以上のいったい何があるっていうんだね？　いちいち頭を悩ませるような話じゃあるまいに」

「わからないわ」とフランキーは言った。「あの人たちは一日中、一分一分を愉《たの》しんでいるんでしょうね、きっと」

「ぼくらもみんなで愉しもうよ」とジョン・ヘンリーが言った。

「ぼくらも愉しむですって？」とフランキーは尋ねた。「ぼくら？」

三人はまたそろってテーブルの前に座り、ベレニスは三人ブリッジをするためのカードを配った。ベレニスはフランキーの物心がついたときからずっと、料理女としてここで働いていた。肌は真っ黒で、肩幅は広く、背は低かった。いつも自分は三十五歳だと言っていたが、少なくとも三年前から同じことを言っていた。髪は分けられて編まれ、脂《あぶら》でべったりと地肌に撫《な》でつけられていた。扁平《へんぺい》でもの静かな顔立ちだったが、ベレニスにはひとつ、普通ではないところがあった。彼女の左目は明るい色合いの青いガラス玉だった。それは彼女の黒々とした物静かな顔の中で、ぴくりとも動かず、まがまがしく前方を睨《にら》んでいた。なぜ彼女が青い義眼を選んだのか、それはこの世界の誰にもわからないことだ。彼女の右目は暗く、悲しげだった。ベレニスはゆっくりとトランプのカードを配った。配られているカードが汗に濡《ぬ》れてくっついていると、親指をなめた。ジョン・ヘンリーは配られるそばから、カードを一枚一枚点検した。彼の白い胸はじっとり湿って、むき出しになっていた。首には小さな鉛のロバが紐《ひも》で吊《つ》るされている。彼はフランキーの親戚《しんせき》で、従弟《いとこ》にあたる。そして彼はその夏ずっと、彼女と一緒に昼食を食べ、昼間をともに過ごした。あるいは一緒に夕食を食べ、夜をともに過ごした。どうやっても自分の家には帰ろうとしなかった。六歳にしては身体《からだ》が小さかったが、膝《ひざ》だけはフランキーがこれまでに見た誰の膝よりも大きかった。そしてそのどちらかには必ずかさぶたか、包帯がついていた。転んですりむいたためだ。ジョン・ヘンリーは白くて小さい、ねじれた顔をして、金縁の小振りな眼鏡をかけていた。彼はすべてのカードを真剣な目で眺めた。なにしろ借りがあったからだ。彼はベレニスに、たまり溜《た》まって五百万ドルを超える借金をしていた。

「ワン・ハートをビッドするよ」とベレニスは言った。

「スペード」とフランキーは言った。

「ぼくはスペードをビッドしたい」とジョン・ヘンリーは言った。「それがぼくのビッドしたいものなんだ」

「それはお気の毒ね。わたしが先にビッドしちゃったもの」

「そんなのないや！」と彼は言った。「そんなのひどいじゃないか！」

「喧嘩《けんか》はよしなさい」とベレニスは言った。「正直に言わせてもらえば、あんたたちは二人とも、そんな言い合いをするほど大した手を持っちゃいないよ。あたしはツー・ハートをビッドするよ」

「ふん、そんなのなんでもないわ」とフランキーは言った。「わたしにはどうでもいいことよ」

でも実際にはベレニスの言うとおりだった。その日の午後、彼女はジョン・ヘンリーと似たようなブリッジのやり方をしていた。ふと思いついたカードをかたはしから出していったのだ。三人は台所に座っていた。台所はもの悲しく醜い場所だった。そしてジョン・ヘンリーはその壁を手の届く高さまで、気味の悪い子供っぽい絵で埋め尽くしていた。おかげで台所は気が触れたみたいに見えた。なんだか精神病院《クレイジーハウス》の一室のようだ。そして今その古い台所はフランキーの気分を悪くさせた。自分の身に持ち上がったことにフランキーは名前を与えることができなかったが、テーブルの縁に押しつけられた自分の心臓がどきどきと脈を打っているのはわかった。

「世界って間違いなくちっぽけなところなのね」と彼女は言った。

「なんだって急にそんなことを言い出すんだい？」

「つまり、突然だっていうことよ」とフランキーは言った。「世界って間違いなく突然なところだわ」

「さあ、どうだろうね」とベレニスは言った。「ときには突然なこともあるし、ときにはのろのろしていることもある」

フランキーの目は半ば閉じられていた。彼女の耳は自分のささくれた声を、ずっと遠くの方で耳にした。

「わたしにとってそれは突然なの」

というのはほんの昨日まで、フランキーは結婚式のことなんて真剣には考えなかったからだ。自分にとっての唯一《ゆいいつ》の兄弟であるジャーヴィスが結婚することを、彼女は承知していた。兄はアラスカに行く直前に、ウィンターヒルに住む一人の娘と婚約したのだ。ジャーヴィスは陸軍伍長《ごちょう》として、アラスカで二年近くを過ごしていた。フランキーはずいぶん長いあいだ兄に会っていなかった。兄の顔はまるで水面下に見える顔のように膜をかぶり、どんどん変化していった。でも、アラスカ！　フランキーはしょっちゅうアラスカの夢を見ていた。そしてとくにその夏のあいだ、夢はひどくリアルだった。彼女は雪や、凍った海や、氷山を目にすることができた。エスキモーのイグルーや、北極熊《ぐま》、美しいオーロラ。ジャーヴィスがアラスカに行ってすぐ、彼女は手製のファッジを送った。ひとつひとつワックス紙で包んで、注意深く箱に詰めた。自分の作ったファッジがアラスカで食べられるのだと思うと、胸がどきどきした。彼女は兄がそれを毛皮を着たエスキモーたちにまわしている光景を思い浮かべた。三か月後にジャーヴィスから御礼の手紙が届いた。そこには五ドル札が同封されていた。それからしばらく、彼女は毎週のようにキャンディーを送り続けた。ときどきはふつうのファッジの代わりにディヴィニティー（訳注・泡立てた卵白とナッツで作るファッジ）を送った。しかしジャーヴィスは、クリスマスのときを別にすれば、もうお金を送ってはくれなかった。時折、父親にあてた短い手紙が送られてきて、それは彼女の心を少し混乱させた。たとえばその夏、兄は一度、泳ぎにいった話を書いていた。蚊がひどいとも書いていた。その手紙のせいで、彼女の夢は揺さぶりをかけられることになった。しかし戸惑いが数日続いたあと、彼女は再び氷結した海と雪という、自分の世界に戻っていった。ジャーヴィスはアラスカから戻ると、直接ウィンターヒルに行ってしまった。花嫁の名前はジャニス・エヴァンズといい、結婚式の段取りは以下のようなものだった。兄が電報で知らせてきたところによれば、彼と花嫁は金曜日に一緒にこちらにやってきて、一日を過ごす。日曜日にはウィンターヒルで結婚式を挙げる。フランキーと父親は、式に出席するために、ウィンターヒルまで百マイル近くを旅して行く。フランキーは既にしっかり、スーツケースに旅支度を整えていた。そして兄が花嫁を伴って帰宅するのを心待ちにしていた。しかし彼女は二人の姿を具体的に頭に描いたりはしなかった。結婚式について思いを巡らせたりもしなかった。彼らがやってくる前日、ベレニスに向かってこう言っただけだ。

「考えてみれば不思議な偶然よね。ジャーヴィスがアラスカに行くことになって、彼が選んだお嫁さんがウィンターヒルっていう土地の人だなんて。ウィンターヒルよ」と彼女は目を閉じて、ゆっくり繰り返した。その名前は、アラスカの夢と雪とひとつに入り混じった。「明日が金曜日じゃなく、日曜日ならいいのに。わたしがもうここを出発しちゃっていたらいいのにな」

「日曜日はちゃんと来るさ」とベレニスが言った。

「そうかしら」とフランキーは言った。「もうずっと前から旅行の支度はできているのよ。結婚式が終わっても、ここに帰ってこないでよければいいのに。ずっとそのままどこかに永遠に行っていられればいいのに。百ドルくらいお金を持って、さっさと旅立って、この街なんか二度と目にしないでよければいいのに」

「ずいぶんたくさん望みがあるもんだ」とベレニスは言った。

「わたしがわたし以外の人間であればいいのにな」

それが起こった前日の午後は、ほかの八月の午後と比べてとくに変わったところはなかった。フランキーは台所でぶらぶら時間をつぶし、あたりが暗くなってくると庭に出ていった。家の裏手にある、スカッパーノン（訳注・葡萄の木の種類）の蔓《つる》を這《は》わせたあずまやは、宵闇《よいやみ》の中で暗みを帯びた紫色に見えた。彼女はそこをゆっくりと歩いた。ジョン・ヘンリー・ウェストはその八月のあずまやの中で籐椅《とうい》子《す》に座り、脚を組み、両手をポケットにつっこんでいた。

「何をしているのよ？」と彼女は尋ねた。

「考えごとをしてるんだよ」

「どんなことを？」

彼は返事をしなかった。

その夏、フランキーは背が高くなりすぎ、前とは違って、丈の低いあずまやの天井に頭がつっかえるようになった。ほかの十二歳の子供たちはその中を歩き回ったり、そこでお芝居をして楽しんだりすることができた。大人の女性だって、小柄な人なら中に入っていくことができた。なのにフランキーはその歳《とし》で既に頭がつっかえるようになっていた。今年、彼女は大人たちと同じようにそのあずまやのまわりをうろうろして、端っこの実をちょっと摘んだりするしかなかった。暗い色合いの蔓の中をのぞき込むと、つぶれた葡萄《ぶどう》の実と埃《ほこり》のにおいがした。暗闇が訪れる中、あずまやのわきに立っていると、フランキーは怖くなった。いったい何が自分にそんな怯《おび》えをもたらすのか理解できなかったが、それでも彼女は怖かった。

「じゃあこうすればいいわ」と彼女は言った。「夕食を食べて、わたしと一緒に夜を過ごすの」

ジョン・ヘンリーはポケットから安物の時計を取り出し、それを見た。まるでそこに行くかどうかが時刻次第で決まるみたいに。しかし葡萄の樹下はもうずいぶん暗く、時計の針は見えないはずだった。

「うちに行って、ペット叔母さんにそう言ってきなさい。台所で会おうね」

「わかったよ」

彼女は怖かった。夕方の空は青白く空虚で、台所の窓から洩《も》れる明かりが暮れゆく庭に黄色い四角形の照り返しをつくりだしていた。まだ小さい子供だった頃、石炭貯蔵小屋には三人の幽霊が住んでいると信じていたことを思い出した。そしてそのうちの一人は銀の指輪をはめていると。

彼女は裏階段を駆け上がって言った。「今さっき、ジョン・ヘンリーを夕食に誘ったわよ。それから夜を一緒に過ごすの」

ベレニスはビスケットのたねをこねていたが、それを粉だらけのテーブルの上にどすんと落とした。「てっきり、あんたはあの子にうんざりしているんだと思っていたけどね」

「うんざりしているわ」とフランキーは言った。「でもあの子はなんだか怯えているみたいに見えたのよ」

「何に怯えているっていうんだね?」

フランキーは頭を振っていた。「つまり、淋《さび》しいってことだと思うんだけど」とようやく口にした。

「じゃあ、あの子のためにこのたねをちっととっておいてやらなくちゃね」

暮れなずんだ庭から台所に入ると、そこはいかにも明るく暑く、そして不可思議だった。台所の壁がフランキーの神経に障《さわ》った。壁はジョン・ヘンリーの風変わりな絵で埋め尽くされていたからだ。クリスマス・ツリー、飛行機、気味の悪い兵隊、花。ジョン・ヘンリーは六月のある長い午後に最初の絵を描き始めた。そして今ではもう壁を絵ですっかり台なしにしていた。とにかく描きたくなれば、彼はところかまわず絵を描き続けた。ときどきフランキーもそこに加わった。最初のうち父親は壁を汚されたことで、烈火のごとく怒っていた。しかし少しすると、おまえたちは気が済むまで絵を描けばよろしいと言うようになった。秋にはどうせ台所の壁を塗り直すつもりだから、と。しかし夏はいつまでも続き、このまま終わりそうになく見えたし、壁はフランキーの神経を苛立《いらだ》たせるようになった。その夕方、台所は普段とは違った感じがして、彼女は怖かった。

彼女は戸口に立って言った。「あの子をうちに呼んでやっていいような気が、ふとしたのよ」

というわけで暗くなってから、ジョン・ヘンリーは泊まり支度を詰めた小さなバッグを持って、裏口にやってきた。白い一張羅のスーツを着て、靴と靴下をはいていた。ベルトには玩具《おもちゃ》の短剣がついていた。ジョン・ヘンリーは雪を見たことがあった。彼はまだ六歳だったが、去年の冬にバーミングハムに行って、そこで雪を目にしたのだ。フランキーはまだ雪を見たことがなかった。

「そのバッグを持っていってあげる」とフランキーは言った。「ここでビスケット・マンをつくっていなさいよ」

「オーケー」

ジョン・ヘンリーはビスケットのたねで遊んだりはしなかった。彼はどこまでも真剣な仕事としてビスケット・マン作りに取り組んだ。ときおり手を休め、小さな手で眼鏡をかけ直し、自分がこしらえたものを仔細《しさい》に点検した。まるで小さな時計職人のようだった。椅子を近くに引き寄せ、その上に膝をついて乗った。そうすれば手元をしっかり確認できるからだ。ベレニスは干しブドウを与えたが、彼は普通の子供がそうするように、ところかまわずべたべたとそれをビスケットにくっつけたりはしなかった。そのうちのふたつを目としてくっつけただけだった。しかしそれが大きすぎることにすぐに気づいた。だからひとつを注意深く半分に割って、目にした。小粒のものをふたつ鼻にした。それからにっこり笑っている、小さな干しブドウの口をこしらえた。作り終えると、彼は半ズボンのお尻《しり》で手を拭《ぬぐ》った。そのように小さなビスケット・マンができあがった。一本一本分かれた指、帽子をかぶり、ステッキまで手にしている。ジョン・ヘンリーはとても真剣にそれをつくったので、たねは今では灰色に湿っている。でも完璧《かんぺき》な小さなビスケット・マンだ。それは実際どう見たって、ジョン・ヘンリー自身にそっくりだとフランキーは思う。

「さあ、食事をしようよ」と彼女は言った。

二人はベレニスと一緒に、台所のテーブルで食事をした。父親が電話をかけてきて、経営する宝飾店の仕事が長引き、帰宅が遅くなると言ったからだ。ベレニスがオーブンからビスケット・マンを取り出すと、それはそのへんの子供が作ったありきたりのビスケット・マンにしか見えないことが判明した。熱で膨らんだためにジョン・ヘンリーの念入りの細工は失われてしまったのだ。指はひとつにくっついてたし、ステッキは尻尾《しっぽ》のようにしか見えなかった。でもジョン・ヘンリーは眼鏡越しにちらりと見やっただけで、ナプキンでビスケット・マンを拭《ふ》き、左足のところにバターを塗った。

暑くて真っ暗な八月の夜だった。食堂のラジオにはたくさんの放送局の音声が入り混じっていた。戦争のニュースを読む声は、やかましいコマーシャルと一緒になって、またその背後には甘ったるいバンド音楽が聞こえた。夏のあいだずっとラジオはつけっぱなしにされていて、その音はやがて、とくに誰の注意も惹《ひ》かないものとなった。ときどきノイズがあまりにひどく、自分の声も聞こえなくなると、フランキーはボリュームを少し下げた。それ以外の時には、音楽と声は気ままに行き来し、交差し合い、ややこしく絡《から》み合った。そして八月に入った頃には、彼らはもう何も聴いていなかった。

「どんなことをしたい？」とフランキーが尋ねた。「ハンス・ブリンカーのおはなし（訳注・アメリカの女流作家メアリ・メイプス・ドッジが一八六五年に書いた『銀のスケート——ハンス・ブリンカーの物語』。堤防に手をつっこんで洪水を防いだオランダ人の少年の話が出てくる）を読んであげようか？　それとも何かほかのことをしたい？」

「何かほかのことをしたいな」

「どんなこと?」

「外で遊ぼうよ」

「わたしは気が進まないな」とフランキーは言った。

「今夜はたくさんの人たちがみんな外に出て遊んでいるよ」

「耳があるんでしょ?」とフランキーは言った。「わたしの言ったことは聞こえたはずよ」

ジョン・ヘンリーは大きな膝をぴたりとくっつけて立っていた。そしてようやく言った。「じゃあ、おうちに帰る」

「だって、きみまだ夜を一緒に過ごしていないじゃない。夕御飯だけ食べて、それでさよならってのはないでしょう」

「そりゃそうだけど」と彼は静かな声で言った。ラジオの音に混じって、夜の中で遊んでいる子供たちの声が聞こえた。「でもさ、外に行こうよ、フランキー。みんなすごく楽しそうに遊んでいるじゃないか」

「そんなことないよ」と彼女は言った。「みっともない間抜けな子たちが集まっているだけ。走り回って叫んで、走り回って叫んでいるだけ。つまらないことよ。さあ、二階に行って、持ってきた荷物を整理しようよ」

　フランキーの部屋はポーチの上に建て増すかたちで造られており、台所から階段で上っていくようになっている。部屋の中には鉄製のベッドと、整理ダンスと、机が置かれている。それに加えてフランキーは、スイッチを入れたり切ったりできるモーターをひとつ持っていた。そのモーターを使ってナイフを研ぐこともできたし、爪《つめ》が長くなれば削ることもできた。壁際《かべぎわ》にはスーツケースが置かれていたが、その中にはウインターヒル行きの旅支度が整えられていた。机の上には年代物のタイプライターが置かれていた。フランキーは机の前に座り、手紙を書けそうな相手を思いつこうと努めた。しかしそんな相手は一人もいなかった。書くことができる相手にはもう全部返事を書いてしまっていたからだ。それも何通も重ねて返事を書いていた。だから彼女はタイプライターにレインコートのカバーを被《かぶ》せ、わきに押しやった。

「ほんとの話」とジョン・ヘンリーは言った。「ぼくはうちに帰った方がいいとは思わないの？」

「ぜんぜん思わないよ」とフランキーは彼の方を振り返りもせずに答えた。「きみはそこに座って、モーターで遊んでいなさい」

　フランキーの前にはふたつの物体があった。ひとつはラベンダー色の貝殻、もうひとつは雪が中に入ったガラスの球体だった。それを振ると、雪嵐《ゆきあらし》が中で起こった。貝殻を耳につけると、暖かく打ち寄せるメキシコ湾の波音が聞こえた。そして遠くに浮かぶ、椰子《やし》の木の繁《しげ》った緑の島のことを思った。彼女はそのスノードームに細めた両目をくっつけ、そこに舞う白い雪片を、目がくらくらするまでじっと見つめていることができた。彼女はアラスカを夢見た。冷ややかな白い丘を登っていって、眼下に荒涼たる雪原を見渡すことができた。太陽が氷の中に色を作り出すのを目にし、夢の声を聞き、夢の物たちを見た。そしていたるところに白くてひやりとした優しい雪があった。

「ねえ、ごらんよ」とジョン・ヘンリーが言った。彼は窓の外をじっと見ていた。「あそこの大きな女の子たちは、自分たちのクラブハウスでパーティーをやっているみたいだよ」

「やめてよ！」と彼女は突然大きな声を上げた。「あいつらの話はもうわたしにしないで」

近所にクラブハウスがあって、フランキーはそのクラブのメンバーではなかった。クラブのメンバーは十三歳か十四歳の少女で、中には十五歳のものさえいた。土曜日の夜には男の子たちも交えてパーティーが催された。フランキーはメンバーの全員を知っていた。そして今年の夏までは、彼女はそのグループの年少メンバーのような存在だった。でも今では彼女たちには正式なクラブがあって、フランキーはそのメンバーではない。あんたはまだ小さいし、垢抜《あかぬ》けないからと彼女たちは言った。土曜日の夜にはそこから不快な音楽が聞こえてきたし、遠くにその明かりを見ることもできた。ときどき彼女はクラブハウスの裏手の路地まで行って、スイカズラの垣根のそばに立った。彼女はそこに立って、目を凝らし、聞き耳を立てた。パーティーはずいぶん遅くまで続いた。

「ひょっとしてみんなは考えを変えて、きみを招待してくれるかもしれないよ」とジョン・ヘンリーは言った。

「あのいやらしい連中」

フランキーは鼻をすすり、腕を曲げて鼻を拭いた。彼女はベッドの端に腰掛けて、肩をだらんと落とし、両肘《りょうひじ》は膝の上に置かれていた。「あいつらはきっと、わたしはひどいにおいがするって、街中に言い触らしているんだわ」と彼女は言った。「わたしにおできができて、いやなにおいのする黒い軟膏《なんこう》をつけていたとき、あのヘレン・フレッチャーに訊《き》かれたのよ。その変なにおいはいったい何なのって。ああ、あいつらみんなピストルで撃ち殺してやりたい」

ジョン・ヘンリーがベッドの方にやってくる音が聞こえた。彼の小さな手が、フランキーの首筋をとんとんと優しく叩《たた》いた。「変なにおいなんてしないよ」と彼は言った。「すごく良いにおいがする」

「あのいやらしい連中」と彼女は繰り返した。「それだけじゃないのよ。あいつらは結婚した人たちについていやらしいでたらめを言いふらしているの。ペット叔母さんやら、アスタス叔父さんのことを考えるとね。そしてわたしのお父さんのことだって！　ほんとにいやらしいでたらめなんだから！　わたしのことをそんなに脳たりんだと思っているのかしら」

「きみが家の中に入ってくるとね、きみの姿を見なくても、においできみだってすぐにわかるんだ。百本の花みたいなにおいなんだ」

「そんなことといいのよ」と彼女は言った。「どうだっていいんだから」

「千本の花みたいな」とジョン・ヘンリーは言った。そしてなおもそのべたべたとした手で、彼女のしおれた首の後ろをとんとんと叩いていた。

フランキーは身を起こし、口のまわりについた涙をなめて取り、シャツの裾《すそ》を使って顔を拭いた。そしてそこにじっと腰掛けたまま、鼻を膨らませて自分のにおいを嗅《か》いだ。そのあとスーツケースのところに行って、中から「スイート・セレナーデ」の瓶を取り出した。それを頭のてっぺんに少しばかり擦り込み、シャツの襟の内側にも数滴垂らした。

「きみもつけてほしい？」

ジョン・ヘンリーは開いたスーツケースのそばにしゃがんでいたが、香水を垂らされると少しびくっとした。彼はその旅行用スーツケースをいじり回して、彼女がどんなものをそこに入れているか細かく見たがった。でもフランキーはその中身をおおよそざっと彼に見せるだけにした。自分がどんなものを持っていて、どんなものを持っていないか、そんなことをいちいち教えるつもりも、数を数えさせるつもりもなかった。だからスーツケースにまたストラップをかけ、壁際に戻した。「そうよ！」と彼女は言った。「わたしはこの街の誰よりもたくさん香水を使っていると思うな」

階下の食堂にあるラジオの低いうなり声を別にすれば、家の中はしんと静まり返っていた。父親はとっくに帰宅しており、ベレニスは裏のドアを閉めて、もう引き上げていた。夏の夜の子供たちの声も聞こえなくなっていた。

「何か楽しいことをやろうよ」とフランキーは言った。

でもやるべきことはなかった。ジョン・ヘンリーは部屋の真ん中に立ち、両膝をぴたりと合わせ、両手を背後に組んでいた。窓にはたくさんの蛾《が》がくっついていた。淡い緑色の蛾、黄色の蛾、それらが網戸にむかって羽を広げ、ばたつかせていた。

「きれいな蝶々《ちょうちょう》だね」と彼は言った。「みんな中に入ろうとしている」

柔らかな蛾たちが、震えながら網戸にその身を押し付けている様子を、フランキーは見ていた。毎晩、彼女が机の明かりをつけると蛾たちはやってきた。彼らは八月の夜の中からやってきて、網戸にしがみついて羽を揺らせるのだ。

「わたしに言わせれば、運命の皮肉っていうものね」と彼女は言った、「ここにやってくるってことがね。あの蛾たちはどこだって好きなところに飛んでいけるんだよ。それなのにこのうちの窓に張りついている」

ジョン・ヘンリーは眼鏡の金縁に手をやり、ブリッジの位置を直した。そばかすのある彼の小さなのっぺりした顔を、フランキーは点検した。

「眼鏡をとってみてくれる？」と彼女は出し抜けに言った。

ジョン・ヘンリーは眼鏡をはずし、はあっと息を吹きかけた。彼女はその眼鏡を試してみた。レンズを通して見ると、部屋はなんだかばらばらに歪んで見えた。そのあと椅子を後ろに引いて、ジョン・ヘンリーを見た。彼の両目のまわりにはふたつの白く湿った輪ができていた。

「きみは眼鏡をかけなくてもいいんじゃないかな」と彼女は言った。そしてタイプライターの上に手をおいた。「これはなあに?」

「タイプライター」と彼は言った。

フランキーは貝殻を手にとった。「そしてこれは?」

「メキシコ湾の貝殻」

「その床の上を這っている小さなものは?」

「どこだよ?」と彼は尋ねた。そしてあたりを見回した。

「きみの足もとを這っているやつよ」

「ああ」と彼は言って身を屈《かが》めた。「なんだ、アリじゃないか。どうやってここまであがってきたんだろうね?」

フランキーは椅子の中で身体を後ろに反らせ、机の上で裸足の両足を交差させた。

「もしわたしなら、そんな眼鏡はどこかにやっちゃうけどね」と彼女は言った。「だって眼鏡がなくたって、普通に見えるじゃないの」

ジョン・ヘンリーは返事をしなかった。

「眼鏡は似合わないよ」

彼女は眼鏡を折りたたんで、ジョン・ヘンリーに返した。彼はそれをピンク色のフランネルのレンズ拭き用の布で拭き、顔に戻し、返事をしなかった。

「いいわよ」と彼女は言った。「好きなようにすればいい。きみのためを思って言っただけなんだから」

二人は寝支度をした。二人は背中向きになって服を脱ぎ、フランキーはモーターと電灯のスイッチを切った。ジョン・ヘンリーはお祈りの文句を口にするために床に膝をついた。そして長いあいだ、声には出さずお祈りを唱えていた。それから彼女の隣に横になった。

「おやすみ」と彼女は言った。

「おやすみ」

フランキーは暗闇の中をじっと見上げていた。「ねえ、わたしにはまだうまく実感できないのよ。この世界が時速おおよそ千マイルの速さでぐるぐる回転しているってことが」

「知ってるよ」と彼は言った。

「それから、ちょっと宙に飛び上がって降りてきたら、フェアヴューだかセルマだか、そんな五十マイルも離れたどこかにいるなんてことが起こらないのがどうしてか、それもわからない」

ジョン・ヘンリーは寝返りを打ち、眠そうな声を出した。

「あるいはウィンターヒルだなんてね」と彼女は言った。「今すぐにウィンターヒルに向かって出発できるといいのにな」

ジョン・ヘンリーは既に眠っていた。暗闇の中で寝息が聞こえた。その夏、ずいぶん多くの夜に求めてきたものを、彼女は今手にしていた。こうして誰かが、自分のベッドの中でとなりに眠っているのだ。彼女は暗闇の中で横になり、彼の寝息に耳を澄ませた。しばらくして彼女は片肘をついて起き上がった。彼は小さなそばかすのある身体を月光の中に横たえていた。白い胸はむきだしになって、片方の足がベッドの端から垂れていた。彼女はそのおなかにそっと注意深く手を置き、近くに寄った。まるで彼の身体の中で、小さな時計が時を刻んでいるかのようだった。身体からは汗と「スイート・セレナーデ」のにおいがした。醗酵《はっこう》した小振りのバラのような匂《にお》い。フランキーは身を屈めて、耳の後ろをなめた。それから大きく息を吸い込み、彼の湿った尖《とが》った肩に顎《あご》を置き、目を閉じた。暗闇の中でも、誰かがとなりで一緒に寝てくれていることで、もうそれほど怖さを感じなくなっていた。

陽光が朝早く二人を起こした。白くまぶしい八月の太陽だ。フランキーはジョン・ヘンリーを家に帰すことができなかった。彼はベレニスが調理しているハムを目にして、その日の特別な歓迎食事会が豪華なものであることを見て取ったのだ。フランキーの父親は居間で新聞を読んでいた。それから時計のねじを巻くために、経営する宝飾店に向かった。

「お兄ちゃんがもしアラスカから何もお土産を持ってこなかったら、わたしはとことんあたまに来ちゃうと思うな」

「ぼくだって」とジョン・ヘンリーは同意した。

彼女の兄とその花嫁が家に来ることになっていた八月のその日の朝、いったい二人は何をしていたのだろう？　二人はあずまやの葡萄棚の陰で、クリスマスについて語り合っていたのだ。太陽の光は激しくまぶしく、陽光であたまがおかしくなった青カケスたちはわめきたて、つかみ合いをしていた。話をしているうちに、二人の声はだんだん力を失ってささやかな歌のようになり、同じ台詞《せりふ》が何度も何度も繰り返された。二人は深い樹影の中でただまどろみ、フランキーは結婚式のことなんて一度も考えたことのない人になった。彼女の兄と花嫁がまさに家に足を踏み入れようとしている八月の朝、それがまさに二人のやっていたことだった。

「ああ、ジーザス！」とフランキーは言った。テーブルの上のトランプのカードは脂ぎっていて、夕方近くの太陽は庭をはすに照らしていた。「世界ってほんとに突然なところだわ」

「同じことばかり言うのはよしなよ」とベレニスが言った。「気持ちをもっとゲームに集中したら？」

でもフランキーは決してうわのそらでゲームをしているわけではなかった。彼女はスペードのクイーンを出した。スペードが切り札だった。ジョン・ヘンリーはささやかなダイヤの2を出した。フランキーは彼を見た。彼は彼女の手札の裏側をじっと見ていた。まるで自分の視線がそのカードの端っこをぐるっと回り込んで、相手の手札をそっくり読めればいいのにと願っているような目で。

「ほんとはスペードを持っているのよね」とフランキーは言った。

ジョン・ヘンリーはロバのネックレスを口にいれ、目を逸《そ》らせた。

「インチキ」と彼女は言った。

「スペードを出して、ゲームを続けなさい」とベレニスは言った。

それから彼は言い張った。「ほかのカードの陰に隠れていたんだ」

「嘘《うそ》つき」

しかしそれでも彼は言われたようにはしなかった。そこに悲しそうに座ったまま、ゲームの流れを止めていた。

「さあ、さっさとやりなさい」とベレニスは言った。

「できないよ」ととうとう彼は言った。「だってこれはジャックなんだもの。ぼくの持っているスペードはジャックだけなんだ。それじゃフランキーのクイーンに負けちゃうじゃないか。そんなのいやだよ」

フランキーは手札をテーブルの上に投げ出した。「ほらね！」と彼女はベレニスに言った。「この子ったら、ゲームのいちばん初歩的なルールにもついていけないのよ！　まったくの子供なんだから！　こんなのって、ほんとに、ほんとに、ほんとにどうしようもないわ！」

「たしかにそうかもね」とベレニスが言った。

「ああ」とフランキーは言った。「うんざりして死んでしまいそう」

彼女は椅子の横木に裸足の両足を載せて座っていた。目を閉じて、胸をテーブルの縁につけていた。赤く脂じみたカードがテーブルの上にぐしゃぐしゃに散らばってい て、見ていると気分が悪くなった。彼らは毎日欠かさず、昼食のあとにトランプ遊びをした。もしそのカードを食べたら、八月のあいだに出された昼食がすべて入り混じった味がしたことだろう。それに加えて、汗まみれの手でいじり回されたおぞましい味が。フランキーはカードをテーブルから払い落とした。結婚式は雪のように輝かしく美しく、彼女の心はそれに押しつぶされてしまっていた。彼女はテーブルの前から立ち上がった。

「灰色の目を持った人はみんな嫉妬《しっと》深いっていうのは、世間に知られた事実だよ」

「べつに嫉妬なんかしてないって言ったじゃない」とフランキーは言って、部屋の中をせかせかと歩き回った。「どちらか一人に嫉妬したら、両方にそうしなきゃならないでしょ。二人はわたしの中でひとつに合わさっているんだから」

「へえ、でもあたしは、養子先の兄さんが結婚したときには嫉妬したよ」とベレニスは言った。「ジョンがクロリーナと結婚したとき、あの女に両耳を引きちぎってやると脅し文句を送ってやった。でももちろん実際にそんなことはしなかったさ。クロリーナはまだまともに耳を二つつけている。そして今じゃ、あたしは彼女のことがとても好きだよ」

「JA」と彼女は言った。「ジャニスとジャーヴィス。すごく変だと思わない？」

「何が？」

「JA」と彼女は言った。「どちらの名前もJAで始まるじゃない」

「で、それのいったいどこが変なのさ？」

フランキーは台所のテーブルの周りをただぐるぐると歩き回った。「わたしの名前がジェーンだとよかったのにな」と彼女は言った。「あるいはジャスミンとか」

「あんたの考えにはついていけないね」とベレニスは言った。

「ジャーヴィスとジャニスとジャスミン。わかるでしょ？」

「さっぱりわからないね」とベレニスは言った。「ところで今朝ラジオで聞いたニュースによると、フランス人たちはパリからドイツ人たちを追い出し始めたということだよ」

「パリ」とフランキーはうつろな声で繰り返した。「自分の名前を変えるのって、法律に反しているのかしら？　あるいは何か付け加えるとか」

「当たり前じゃないか。そいつは法律に反している」

「かまやしないわ」と彼女は言った。「F・ジャスミン・アダムズ」

彼女の部屋に上っていく階段に人形がひとつ置かれていた。ジョン・ヘンリーはそれをテーブルに持ってきて、座って腕の中で揺らせ始めた。「きみはほんとにぼくにこれをくれたんだよね」と彼は言った。彼は人形のドレスをまくりあげ、本物の下着と胴衣を指で触った。「ぼくはこの子をベルって名付けるよ」

フランキーはしばらくその人形をじっと見つめた。「わたしにこんな人形を持ってくるなんて、ジャーヴィスの頭はどうかしちゃったのかしら。考えてても見てよ。このわたしにお人形だなんて！　そしてジャニスは、わたしのことを小さな女の子だって思いこんでいたと言い訳するのよ。わたしは何かアラスカのお土産をもらえると楽しみにしていたのにな」

「包装紙をとったときのあんたの顔ったら。そりゃ見物《みもの》だったよ」とベレニスは言った。

それは赤い髪と陶器の目をもった大きな人形だった。黄色いまつげがついた目は開いたり閉じたりした。ジョン・ヘンリーはその人形を横にしていたので、目は閉じられていた。彼はそのまつげを引っ張って、目を開けさせようとしていた。

「そういうのやめてくれる？　見ているといらいらするんだから。いいから、その人形をわたしの目につかないところにやっててよ」

ジョン・ヘンリーはあとで家に持って帰れるように、裏のポーチに人形を出した。

「あの子の名前はリリー・ベルっていうんだ」と彼は言った。

ストーブの上の棚に置かれた時計がひどくゆっくり時を刻んでいた。時刻はまだ六時十五分前。窓の外の日差しはいまだに強く黄色く、眩《まぶ》しかった。あずまやが裏庭に落とす影は黒々として濃密だった。動くものはなにひとつない。どこか遠くの方から口笛の音が聞こえた。それは八月の、終わることのない悲しみの歌だった。一分一分がおそろしく長かった。

フランキーは再び台所の鏡の前に行き、自分の顔をしげしげと見た。「こんな風に短く刈り込んだのは、大きな間違いだったわ。結婚式には長い黄色い髪でなくちゃならなかったのにな。そう思わない？」

彼女は鏡の前に立ち、怯えていた。フランキーにとってそれは恐怖の夏だった。そこにはひとつ、机に向かって紙と鉛筆を使ってはっきり算出できる不安があった。八月に彼女は十二歳（プラス六分の五歳）になった。身長は五フィート五インチ（プラス四分の三インチ）（訳注・一六五センチほど）あり、サイズ七の靴を履いていた。この一年間に彼女の身長は四インチ伸びた。というか、少なくともそれくらいは伸びているはずだった。憎たらしい夏の小さな子供たちは既に、彼女に向かって「よう、上の方は寒かないか？」と叫んでいた。そして大人たちからの言葉は、ただただ彼女の気持ちを滅入《めい》らせるものだった。そしてもし十八歳の誕生日まで背が伸び続けるとしたら、それまでにあと五年と六分の一年という歳月が控えているのだ。ということは単純計算すると、もしこの成長をどこかで止めることができなければ、彼女の身長は七フィート以上になる。なんと身長七フィートを超える大女になってしまうのだ。それじゃもう畸形人間《フリーク》じゃないか。

毎年秋の初めに「チャッタフーチー博覧会」が街にやってきた。十月の一週間、共進会《フェア》が街の共進会場で開催された。そこには観覧車があり、回転木馬があり、鏡の館《やかた》があった。また「フリークス館」があった。「フリークス館」は細長い大きなテントで、中には仕切りが一列になって並んでいた。そのテントの中に入るために二十五セントを払うと、ひとつひとつの仕切りの中にいるフリークたちを眺めることができた。それからテントのいちばん奥には「特別展示室」なるものがあって、ひとつ見るごとに十セント払わなくてはならなかった。去年の十月、フランキーは「フリークス館」のすべてのフリークたちを見た。

巨人
肥満女
こびと
野生黒人《ワイルド・ニガー》
ピンあたま
鰐　少　年《アリゲーター・ボーイ》
ふたなり（訳注・半分男・半分女）

　巨人は身長八フィート以上あり、大きなだらりとした両手を持ち、顎が垂れていた。肥満女は椅子に座って、その肉はたるんだ粉つきのパン生地のように見えた。女はそれを手でぴしゃぴしゃ叩いたり、こねたりしていた。その隣には逆にぎゅっと圧縮されたようなこびとがいて、こびとはお洒落《しゃれ》な小さな夜会服を着て、気取って歩き回っていた。野生黒人はどこかの野蛮な島から連れてこられた。ほこりっぽい骨や椰子の葉の散らばった仕切りの中にしゃがみこんで、ネズミを生きたまま食べた。そこそこの大きさの生きたネズミを持ってきたものは誰でも、無料でそのショーを見ることができた。だから子供たちはしっかりした袋か、靴の箱にネズミを入れて持ってきた。野生黒人はしゃがみ込んだ膝の上でネズミの首を折り、毛をむしり取り、むしゃむしゃと食べて呑《の》み込んだ。そしてそのいかにも黒人らしい飢えた目をぎらりと光らせた。あれは本物の野蛮人じゃないと言うものもいた。あれはセルマ出身の頭のおかしいただの黒人なんだと。いずれにせよフランキーは、そのショーをあまり長く見ていたくなかった。彼女は人混みをかきわけて、ピンあたまの方に行った。ジョン・ヘンリーは丸一日、その前に立っていた。小さなピンあたまはスキップをしたり、くすくす笑ったり、生意気な口をきいたりしていた。頭はオレンジほどの大きさしかなかった。頭は一房の髪だけを残して剃《そ》り上げられ、その房はてっぺんのところでピンク色のリボンで結ばれていた。最後の仕切りが常にとりわけ混み合っていた。というのはそこは「ふたなり」の仕切りだったからだ。ふたなりは両性具有、まさに科学の奇跡だった。このフリークは文字通り二つに分割されていた。左側は男で、右側は女だった。左側のコスチュームは豹《ひょう》の毛皮で、右側はブラジャーとラメ入りのスカートだった。顔の半分には黒い髭《ひげ》が生え、あと片方はお化粧できらきら光っていた。どちらの目も普通ではなかった。フランキーはテントの中をふらふらと歩き回り、すべての仕切りを覗《のぞ》いた。彼女はすべてのフリークを怖《おそ》れた。というのは彼らはみんな特別な目つきで彼女をこっそりと見て、目と目をしっかりと合わせようとしているみたいに思えたからだ。彼らの目はこう語っているようだった。「おまえのことはよく知っているぞ」と。彼女は彼らの細長い畸《き》形《けい》の眼を怖れた。それ以来ずっと今に至るまで、彼らの眼を忘れることができないでいる。

「あの人たちは結婚するとか、結婚式に行くとかいうことってないんでしょうね」と彼女は言った。「あのフリークたちは」

「どのフリークのことをあんたは話しているんだね?」とベレニスが尋ねた。

「共進会のフリークよ」とフランキーは言った。「去年の秋にみんなで見たじゃない」

「ああ、あの人たちのことかい」

「あの人たちたくさんお給料をもらっているのかな?」と彼女は言った。そしてベレニスは答えた。「なんでそんなことがあたしにわかるんだね?」

ジョン・ヘンリーはありもしないスカートの裾を持ち上げ、自分の大きな頭に指を触れ、ピンあたまの真似《まね》をして、台所のテーブルのまわりをスキップして踊って回った。

それから言った。「彼女はこれまでぼくが見た中でいちばんキュートな女の子だったな。あんなにキュートなものって、今まで見たこともなかったよ。フランキーはそう思わなかった?」

「思わなかった」と彼女は言った。「キュートだなんてちっとも思わなかったわ」

「あたしも同意見だね」とベレニスは言った。

「ふん、だ!」とジョン・ヘンリーは言い張った。「キュートだったさ」

「正直なとこを言わせてもらえばだね」とベレニスは言った。「あの共進会の会場に勢揃《せいぞろ》いしていた連中には、ただぞっとさせられただけだよ。とくにあの最後のやつにはね」

フランキーは鏡に映ったベレニスをじっと見ていた。それからとうとうゆっくりした声で尋ねた。「わたしにもぞっとさせられる?」

「あんたに？」とベレニスは言った。

「わたしもこのまま成長すればフリークになると思わない？」とフランキーは囁《ささや》くように言った。

「あんたが？」とベレニスは繰り返した。「まさか、そんなことあるものかね。そんな馬鹿《ばか》なことが」

フランキーはほっとした。彼女は横目で鏡に映った自分の姿を見た。時計がゆっくりと六時を打った。そして彼女は言った。「ねえ、わたしって大きくなったら可愛《かわい》くなると思う？」

「たぶんね。その角《つの》を一インチか二インチ削って短くすればね」

フランキーは左足に体重をかけて立っていた。それから右足の親指の腹でゆっくりと床をこすった。皮膚の下に棘《とげ》が刺さる感触があった。「真面目《まじめ》に答えてよ」と彼女は言った。

「身体《からだ》にしっかり肉をつければ、ずいぶんよくなると思うよ。そしてお行儀良くすればね」

「でも日曜日までには？」とフランキーは言った。「結婚式までにもっと素敵になりたいのよ。なんとかして」

「たまには清潔にしなくちゃね。肘をこすってきれいにして、みだしなみに気をつけるんだ。そうすればぐっと良くなるよ」

フランキーは最後にもう一度、鏡に映った自分の姿を見た。それからくるりと振り向いた。彼女は兄とその花嫁のことを思った。彼女の中にはかたまりのようなものがあって、それはどうしてもほどけなかった。

「どうしたらいいのか、わかんないわ。いっそこのまま死んでしまいたい」

「じゃあ死ねばいいじゃないか！」とベレニスが言った。

そして「死ねばいい」とジョン・ヘンリーがこだまのように囁いた。

世界が止まった。

「うちに帰りなさい」とフランキーがジョン・ヘンリーに言った。

彼は大きな両膝《りょうひざ》をくっつけて立っていた。汚れた小さな手を白いテーブルの角に置き、そのまま動かなかった。

「言ったこと聞こえたでしょう」とフランキーは言った。彼女は彼に向かってひどいしかめ面《つら》をし、ストーブの上にかかっていたフライパンをつかんだ。そして彼を追いかけてテーブルのまわりを三周した。そして玄関を抜け、ドアの外に追い出した。玄関のドアをロックし、もう一度叫んだ。「うちにお帰り」

「まったく、なんでそんなことするのさ」とベレニスが言った。「あんたはとことん意地が悪いよ」

フランキーは自分の部屋に通じる階段のドアを開けた。そして下の方の段に座った。台所はしんとして狂おしく、そして物悲しかった。

「知ってるわ」と彼女は言った。「でも一人で静かに座って、いろんなことを少しじっくり考えたいの」

その夏、フランキーは自分がフランキーであることに心底うんざりしていた。そして自分のことがどうしても好きになれなかった。夏の台所でうろうろしている、図体《ずうたい》ばかり大きい、役立たずの怠け者になったように感じていた。汚らしく、貪欲《どんよく》で、意地悪く、そして惨《みじ》めだ。とことん意地悪いばかりではなく、彼女は犯罪者でもあった。もし警察にそのことを知られたら、彼女は裁判にかけられ、監獄に入れられてしまうかもしれない。でもフランキーはこれまでずっと犯罪者であったわけでもなく、また図体ばかり大きい怠け者であったわけでもなかった。その年の四月までは、またそれまでの人生を通じてずっと、彼女はほかのみんなと同じように普通に暮らしていた。彼女はクラブに属しており、学校の七年生だった。土曜日の朝には父親の仕事の手伝いをして、土曜日の午後にはいつも映画を見に行った。自分が何かを怖がるなんて、考えたこともなかった。夜には父親と同じベッドで寝たが、それはなにも暗闇《くらやみ》が怖いからではなかった。

そしてまた、その年の春は長くて奇妙な春だった。ものごとが変わり始めていたが、フランキーにはその変化をうまく呑み込むことができなかった。のっぺりとした灰色の冬のあと、三月の風が窓ガラスを勢いよく打ち、雲は青い空に白く、ひだのように浮かんでいた。四月は唐突にしんとやってきた。樹木は、野生的な鮮やかな緑に輝いていた。淡い色合いの藤《ふじ》の花が、街中に咲きほこった。それから花は音もなくすっかり散ってしまった。緑の木々と四月の花には、何かしらフランキーの心を悲しませるものがあった。どうしてそんなに悲しいのか、理由はよくわからなかったけれど、それはとにかくどう見ても普通ではない悲しみだったので、自分はこの街を去らなくてはならないと考えるようになった。彼女は戦争のニュースを読み、世界について考え、スーツケースに旅支度をととのえた。しかしどこに行けばいいのか、それがわからなかった。

その年、フランキーは世界のことを考えていた。でも彼女は世界を、学校にある丸い地球儀みたいなものとしては考えなかった。それは国が色別にきれいに塗り分けられているようなところではなかった。彼女にとっての世界は、巨大で、ひび割れてばらけていて、時速千マイルで勢いよく回転しているものだった。学校で使っている地理の教科書は時代遅れだった。世界の国々は日毎《ひごと》に変貌《へんぼう》していた。フランキーは新聞で戦争のニュースを追っていたが、世界にはいろんな聴き慣れない名前の場所があり、戦争はすさまじい速度で展開しており、ときどき何が何やらわけがわからなくなった。パットンがドイツ軍を追撃し、フランスを横切っていた夏だった。そしてロシアでもサイパンでも戦いがあった。彼女は戦闘を目にし、兵隊たちを目にした。しかし世界にはあまりに多くのいろんな戦闘があり、そこにいる何百万人の兵隊を一度に心に思い描くのは不可能だった。彼女は一人のロシアの兵隊を目にした。顔は土気色で、凍った銃を手にロシアの雪の中で凍り付いていた。吊《つ》り目の日本兵たちが、密林に覆《おお》われた島で、緑の蔓《つる》のあいだを単身すり抜けていた。ヨーロッパと、樹木に吊《つる》された人々と、青い海に浮かぶ戦艦。四発エンジンの飛行機と、燃える都市と、鉄のヘルメットをかぶって笑う兵隊。ときどきそのような戦争の写真、世界の写真が彼女の心の中で渦を巻き、頭をくらくらさせた。

ずっと昔、戦争に全面的な勝利を収めるには二か月あれば十分だろうと、彼女は予言していた。しかし今ではもう確かなことは言えない。自分が男の子であり、海兵隊員として戦争に行ければいいのにと思った。飛行機を操縦し、金の勲功章をとることを考えた。しかし彼女は戦争に参加できなかったし、そのことでときどき気持ちが落ち着かなくなり、憂鬱《ゆううつ》になった。赤十字に行って献血することを考えた。週に一クォートを献血し、それが世界各地で、オーストラリア人や戦うフランス人や中国人の血管に入るのだ。そうすることで、自分はそれらの人々と血の繋《つな》がった存在になる。フランキー・アダムズの血くらいどこまでも真っ赤で力強い血液を、これまで目にしたことがないと軍の医者たちが言うのを、フランキーは耳にすることができた。そして彼女は将来を思い描いた。戦争が終わってしばらくして、彼女の血液を輸血された兵隊たちと会って、彼らが「君のおかげで命が助かったんだよ」と口にするところを。そして彼らは彼女をフランキーとは呼ばない。アダムズと呼ぶ。しかしこの、戦争のために輸血する計画が実現することはなかった。赤十字は彼女の血液を受け付けてくれなかったのだ。まだ若すぎるという理由で。彼女は赤十字に対して腹を立てた。あらゆるところから自分が閉め出されたように感じた。戦争も世界もあまりにスピードが速く、巨大で不可思議だった。世界についてあれこれ真剣に考えていると、だんだん怖くなってきた。ドイツ人や爆弾や日本人が怖いわけではない。彼女が怖かったのは、戦争の中に自分が含まれていないことであり、世界がどうやら自分から切り離されているように見えることだった。

だから彼女は自分はこの街を出て、どこか遠いところに行かなくてはと思った。その年の春の終わりは気怠《けだる》く、またあまりに甘美だったからだ。長い午後には花が咲き、それが長いあいだ続き、緑の放つ芳香が気分を悪くさせた。街そのものがフランキーを傷つけ始めた。フランキーは悲しい出来事やいやな出来事があっても、これまではまず泣いたりしなかった。しかしその季節、たくさんのものごとがフランキーを突然泣き出したいような気持ちにさせた。朝のとても早い時刻に彼女はときどき庭に出て、長いあいだそこにたたずみ、夜明けの空を眺めた。まるである質問が心に浮かんだのに、空が回答を与えてくれなかったというような顔で。それまでほとんど気にもとめなかったことが、彼女を傷つけるようになった。夕暮れの歩道から見える家々の明かり、横町から聞こえてくる知らない人の声。そんな明かりをじっと見つめ、声に耳を澄ませた。そして彼女の中にある何かが固まって何かを待ち受けた。しかし明かりはそのうちに暗くなり、声は消えていった。彼女はなおも待ったが、そのまま何も起こらなかった。それでおしまい。自分は誰なのだろう、自分はこの世の中で何ものになろうとしているのだろう、なぜ自分は今ここにじっとたたずんでいるのだろう、明かりを眺めたり耳を澄ませたり、夜明けの空をじっと仰ぎ見たりしているのだろう。それもたった一人で。自分に唐突にそんなことを考えさせるものを、彼女は怖れた。彼女は怯えていた。そしてその胸の中にはわけのわからないこわばりがあった。

四月のある夜、彼女と父親がベッドに入ったとき、彼は娘を見て、出し抜けに言った。「このラッパ銃みたいな図体の、足の長い大きな娘は、まだ父さんと一緒に寝るつもりなのかい?」と。父親と寝床を共にするには、彼女は大きくなりすぎたのだ。それ以来、彼女は二階の部屋で一人で寝ることになった。彼女は父親に恨みを抱くようになり、二人はお互いをちらちらと目の端でうかがった。もうこんな家に残りたくはなかった。

彼女は街を歩き回ったが、目にするもの耳にするもの、すべてが中途半端《はんぱ》に終わっているように思えた。そして彼女の胸には溶けることのないこわばりが生まれた。とにかく何かをしようと思ってやってみたが、やることなすことすべて的外れだった。彼女は無二の親友であるエブリン・オウエンに電話をかけた。エブリンはフットボールのユニフォームひと揃《そろ》いとスペイン風のショールを持っていた。だから一方がフットボールのユニフォームを着て、もうひとりがスペイン風ショールを羽織った。そういう格好をして、二人で安物雑貨店に行った。でもそれは馬鹿げていたし、フランキーが求めていたことでもなかった。

あるいは淡い色合いの春の夕暮れのあと、甘くて苦い塵《ちり》と花の香りが空中に漂い、あたりは暗くなって窓に灯がともり、夕食ですよと告げる語尾を引きずった声が聞こえ、エントツアマツバメたちが群れ集い、街の上空を飛び回るのだが、ツバメたちがひとかたまりになって、どこかねぐらに帰っていくと、空がとたんにがらんと広くなってしまう。この季節特有の長い黄昏《たそがれ》が終わると、フランキーは街の歩道を歩きまわったが、ジャズに似た悲しみに神経を揺さぶられ、心がかたまって、そのまま止まってしまいそうになった。

自分の中に生じるこのかたまりを解きほぐすことができなかったから、彼女はとにかく何かをしようとした。家に帰って頭から石炭バケツをかぶったりした。まるで気が触れた人の帽子のように。そして台所のテーブルのまわりをぐるぐると歩いた。頭に浮かんだことを片端からやってみた。でもやることなすことすべて的外れだったし、彼女が本当にやりたかったことではなかった。そしてそのような馬鹿げた、的外れなことをやったあと、むかむかした空っぽな気分で台所の戸口に立ってこう言った。

「この街をそっくり潰《つぶ》してしまえたらなあ」

「じゃあ、さっさと潰してしまえばいいさ。ただそこに、そんな景気の悪い顔をして突っ立っているのだけはやめてほしいね。何かすれば」

そうして避けがたく面倒が始まった。

彼女はいろんなことをやって、そのたびに面倒に巻き込まれた。彼女は法律を破った。そうやっていったん犯罪者になると、何度も何度も法律を破ることになった。父親のピストルを箪笥《たんす》の抽斗《ひきだし》から持ち出し、それを身につけて街中を歩き回り、空き地で実弾の試し撃ちをした。また泥棒に早変わりし、シアーズ&ローバック・ストアから万能ナイフを盗んだ。五月のある土曜日の午後に、彼女は誰にも知られることのない秘密の罪を犯した。マッキーン家のガレージで、バーニー・マッキーンを相手にいかがわしい罪を犯したのだ。それがどれくらいいけないことなのか、彼女にもよくわからなかった。その罪は胃がすぼまるような吐き気をもたらし、彼女はすべての人の目を怖れた。彼女はバーニーを憎んだし、殺してやりたいと思った。ときどき夜中に一人、ベッドの中で、彼をピストルで撃つか、眉間《みけん》にナイフを投げつけたりする計画を立てた。

無二の親友であるエブリン・オウエンはフロリダに越していった。そしてフランキーにはもう遊ぶ相手が一人もいなくなった。花の咲き乱れる長い春は終わり、街の夏は醜く孤独で、とてつもなく暑かった。日を重ねるごとに、彼女はますます街から出ていきたくなった。南アメリカかハリウッドかニューヨークに逃げ出してしまいたかった。そのために何度もスーツケースに旅支度はしたものの、それらのうちのどこに行けばいいのか、またどうやって一人でそこに行けばいいのか、彼女には見当もつかなかった。

だから彼女はうちに留まり、台所をうろついていた。そして夏は終わる気配を見せなかった。夏が真っ盛り《ドッグ・デイズ》を迎える頃、彼女は身長五フィート五インチ四分の三、図体ばかり大きい食いしんぼうの怠け者になっていた。そしてとことん意地が悪かった。怯えてはいたけれど、もう以前ほどではなかった。そこにあるのはバーニーへの、父親への、そして警察への怖れだけだった。しかしそれらの怖れさえ、そのうちに消えてしまった。長い時間が経過して、マッキーン家のガレージでおかした罪もどこか遠くに去ってしまったし、夢の中でときどき蘇《よみがえ》るだけになった。そして父親や警察のことはできるだけ考えないことにした。ジョン・ヘンリーとベレニスと一緒に台所に閉じこもり、戦争や世界についても考えないようになった。もうなにごとも彼女を傷つけなかった。みんなもうどうでもいいことなのだ。空を仰ぎ見るために一人で裏庭にたたずんだりもしなかった。様々な物音や、夏の声に注意を払うのもよした。夜に街の通りを歩くのもやめた。あれやこれや哀《かな》しい気持ちになりたくなかったし、そんなことにはいっさい関わり合わないようにした。彼女は食べ、芝居を書き、ガレージの横の壁に向かってナイフを投げ、台所のテーブルでブリッジをした。毎日が前の日と同じ繰り返しだった。ただし繰り返すごとに一日は長くなっていったし、彼女を傷つけるものはそこにはもう何もなかった。

そんなわけで、それが起こったあの金曜日、兄と花嫁がうちにやってきたとき、すべてが一変してしまったことをフランキーは悟った。しかしなぜそんなことになったのか、そして次に自分の身に何が起こるのか、そこまではわからない。それについてベレニスと話をしようと試みてみたのだが、ベレニスにだって何もわかってはいなかった。

「二人のことを考えるとね」と彼女は言った。「こんな具合に胸がしくしく痛むのよ」

「じゃあ考えるのはよしなよ」とベレニスは言った。「あんたったら、一日中二人について考えたり、しゃべくったりしているばかりじゃないか」

フランキーは自分の部屋に通じる階段のいちばん下の段に座り、台所をじっと眺めていた。結婚式のことを考えれば胸が痛くなるとわかっていても、考えないわけにはいかなかった。その日の朝の十一時にフランキーが居間に入っていったときに、兄と花嫁がどんな風に見えたかを思い出した。家の中には突然の静寂が降りていた。というのはジャーヴィスは部屋に入ってくるなり、ラジオのスイッチを切ったからだ。その夏のあいだ、ラジオは昼夜かまわずつけっぱなしにされていたので、やがてそれはもう誰の耳にも届かない音になっていた。だからそこに生まれた奇妙な沈黙はフランキーをはっと驚かせた。彼女は廊下からやってきて、戸口に立っていたのだが、兄と花嫁の姿を最初に目にしたとき、胸に衝撃を受けた。二人は一体となって、名状しがたい感覚を彼女の中に呼び起こした。それは春の与える感覚に近かった。ただ、より唐突でより鋭かっただけだ。そしてそこには同じこわばりが感じられたし、それは同じ妙なかたちで彼女を怖れさせた。フランキーは頭がくらくらして、足の感覚がなくなってしまうまで、そのことについて考えた。

それから彼女はベレニスに尋ねた。「最初に結婚したとき、あなたはいくつだったの?」

フランキーが考えごとに耽《ふけ》っている間に、ベレニスはよそ行きの服に着替えていた。そして今は腰を下ろして雑誌を読んでいた。彼女は六時にここにやってくるはずの人々を待っていたのだ。ハニーとT・T・ウィリアムズだ。三人でニュー・メトロポリタン・ティールームに行って夕食をとり、一緒にめかしこんで街をぶらつくのだ。ベレニスは雑誌を読みながら、一語一語、単語のかたちに唇を動かしていた。ベレニスの黒い目が上に向けられたが、頭は上げなかったので、ガラスでできた青い方の目はまだ雑誌を読み続けているみたいに見えた。その片目ずつ違う表情はフランキーの神経を乱した。

「十三歳だったよ」とベレニスは言った。

「なんでそんなに若くて結婚したわけ？」

「ただそうしたかったからさ」とベレニスは言った。「あたしはそのとき十三歳で、それ以来一インチも背が伸びちゃいないよ」

ベレニスはとても背が低い。フランキーはまじまじと彼女を見てから言った。「結婚すると背が伸びるのが止まるっていうの？」

「そのとおりさ」とベレニスが言った。

「それは知らなかったな」とフランキーが言った。

ベレニスは全部で四度結婚している。最初のご主人は煉瓦《れんが》職人のルーディー・フリーマンで、四人の中では彼女のいちばんのお気に入りで、良い人だった。彼はベレニスに狐《きつね》の毛皮のコートを買ってくれて、一度一緒にシンシナティまで行って、そこで雪を見た。ベレニスとルーディー・フリーマンは一冬のあいだ、しっかり雪の北部を見て暮らした。二人は愛し合い、九年間夫婦生活を送った。九年目の十一月に彼は身体を壊して亡《な》くなってしまった。他の三人の夫はみんなひどかったし、再婚するたびによりたちが悪くなっていった。彼らについての話を聞くと、フランキーは心が暗くなった。最初の再婚相手は、哀れな年老いたアルコール中毒だった。二人目は頭がおかしくなって、ベレニスの前で正気とは思えない真似をするようになった。夜中にものを食べる夢を見て、シーツの端っこを呑み込んだりした。次から次へとわけのわからないことをやって、ベレニスを混乱させ、最後には彼女も逃げ出さないわけにはいかなかった。最後の夫は最悪だった。彼はベレニスの片方の目をえぐり出し、彼女の家具を盗んで逃げた。おかげで警察を呼ばなくてはならなかった。

「結婚するたびにヴェールをつけたの？」とフランキーは尋ねた。

「二度はつけたね」とベレニスは言った。

フランキーはじっとしていられなかった。彼女は台所の中を歩きまわった。右足には棘がささっていて、そのせいで足をかばって歩かなくてはならなかったのだが。両手の親指をショートパンツのベルトにぐいとひっかけ、湿ったシャツが身体にまとわりついていた。

やがて彼女はキッチン・テーブルの抽斗を開け、そこから刃先の鋭い長い肉切りナイフを取りだした。それから腰を下ろし、痛みのある足のくるぶしを左膝の上に載せた。足の裏は細くて長く、ぎざぎざの白い傷跡だらけだった。というのはフランキーは夏になると、それこそしょっちゅう釘《くぎ》を踏みつけていたからだ。フランキーくらい頑丈な足を持った人間はほかに街にいなかった。蠟《ろう》のようになった黄色い外皮を、それほどの痛みを感じることなく削《そ》ぎ取ることができた。普通の人にはできないことだ。でも彼女はすぐに棘抜きにはとりかからなかった。ただそこに座ってくるぶしを膝に載せ、ナイフを右手に、テーブル越しにベレニスの顔を見ていた。

「話してちょうだいな」と彼女は言った。「どんな具合だったか、細かいところまで話して」

「そんなの聞くまでもないだろう!」とベレニスは言った。「その目でそっくり見てたじゃないか」

「でも話してよ」

「この話はもうこれで最後だよ」とベレニスは言った。「あんたのお兄さんと花嫁は今朝の遅くにやってきて、あんたとジョン・ヘンリーは二人を見るために、庭から走って飛び込んできた。と思ったら次にはもう、どかどかと台所を駆け抜けて、さっさと自分の部屋に行っちまった。それからオーガンディーのドレスを着て、耳から耳までべったりと一インチくらいの厚さに口紅を塗りたくって降りてきた。それからあんたがたはみんなで居間に腰を下ろした。暑かったよ、そりゃ。ジャーヴィスはミスタ・アダムズのためにウィスキーの瓶を持ってきていて、二人はそれを飲み、あんたとジョン・ヘンリーはレモネードを飲んだ。それから食事のあとで、あんたのお兄さんと花嫁は三時の汽車に乗って、ウィンターヒルに帰っていった。結婚式は今度の日曜日に挙げられる。それだけだよ。満足したかい？」

「あんなにあっという間に二人とも帰っちゃうなんて、がっかりだな。少なくとも一晩くらい泊まっていけばよかったのに。だってジャーヴィスはずいぶん長く家を留守にしていたんだもの。でもきっと、少しでも長い時間二人きりでいたいんでしょうね。ジャーヴィスはウィンターヒルに帰って、軍の何かの書類に記入しなくちゃならないって言ってたけど」、彼女は大きく息を吸い込んだ。「結婚式のあと、どこに行くのかしら？」

「新婚旅行さ。お兄さんは何日かの休暇がとれたって言ってたからね」

「新婚旅行って、どこに行くの？」

「そんなこと、あたしが知るもんかね」

「教えてよ」とフランキーはまた言った。「二人がどんな風だったか、細かいところまで全部」

「どんな風だったか？」とベレニスは言った。「そうだね、二人はとてもお似合いだったよ。あんたのお兄さんは男前の金髪の白人の若者、花嫁さんは黒っぽい髪で、かわいい小柄な人だ。見栄《みば》えの良い白人のカップルだよ。あんただってちゃんと見たじゃないか。馬鹿な子だね」

フランキーは目を閉じた。彼らの姿を頭に思い描きはしなかったけれど、二人が自分から遠ざかって行く感触はあった。二人は仲良く列車に乗り、刻一刻わたしから離れていく、と彼女は思った。彼らは二人でひとつとなり、遥《はる》か遠くに去っていく。わたしは一人ぼっちでこの台所のテーブルの前に取り残される。それでも彼女の一部は二人と共にいた。そしてその自らの一部が、彼女本人からどんどん離れていくように感じられた。それはどこまでも遠ざかっていく。遠くへ、もっと遠くへと。自分がぐいぐいと引っ張られるみたいで、気分が悪くなる。それは遠ざかっていく。どこまでもどこまでも。そして台所のフランキーは、テーブルの前に残された古い抜け殻になってしまう。

「すごく変な感じだわ」と彼女は言った。

彼女は足の裏に顔を近づけた。顔に何か濡《ぬ》れたものがついていた。涙なのか、それとも汗なのかよくわからなかった。彼女は鼻をすすり、棘を抜くために足を切り始めた。

「そんなことして痛くないのかい?」とベレニスが尋ねた。

フランキーは首を振っただけで返事をしなかった。でも少しあとで言った。「誰か人に会って、あとでその相手の顔かたちより、むしろ気持ちみたいなものとして思い出すことはあった?」

「どういう意味だね?」

「こういうことよ」とフランキーはゆっくりと言った。「つまり、わたしはちゃんと二人を見る。ジャニスは緑のドレスを着て、緑の可愛らしいハイヒールの靴を履いて、髪はアップに結《ゆ》われている。黒髪で、一部がほつれている。ジャーヴィスがソファの隣に座っている。茶色の軍服を着て、日焼けして、ぱりっとしている。こんな素敵なカップルはこれまで目にしたことがない。でもそれは、わたしが見届けたい彼らのすべてじゃないって気がするの。わたしの脳味噌《のうみそ》はぐずぐずとしてまとまりが悪く、おかげでいろんなものをうまくつかみきれない。そして二人はあっという間に行ってしまう。言いたいこと、わかるかな?」

「それじゃ痛すぎるだろう」とベレニスは言った。「針を使えばいいのに」

「わたしの足なんてどうでもいいのよ」とフランキーは言った。

まだ六時半になったばかりで、夕方の一刻一刻が眩しい鏡のようだった。外の口笛はもう聞こえず、台所には動くものは何ひとつなかった。フランキーは裏のポーチに通じるドアに顔を向けて座っていた。裏のドアには、猫が出入りするための四角い穴が開けられていた。そのそばに、ラベンダー色に変色したミルクの入った皿があった。「ドッグ・デイズ」と呼ばれる夏の真っ盛りに入った頃、フランキーの猫が姿を消した。ドッグ・デイズとはどのような日々なのか？　夏もそろそろ終わりに近く、そこでは原則として何も起こらない。しかしもしなんらかの変化が訪れたとすれば、その変化はドッグ・デイズが終わるまでそこに留まる。起こったことは起こってしまったことであり、いったん生じた間違いが正されることはない。それがドッグ・デイズだ。

八月にベレニスは右腕の裏側の、蚊に刺されたところを引っ掻《か》いて、それがただれのようになって残った。そのただれは、ドッグ・デイズが終わるまではまず治らないだろう。八月のぶよの小さな一家が二組、ジョン・ヘンリーの両目の端っこを選んで、そこにいついた。彼は頭を振ったり、瞬《まばた》きをしたりしたが、ぶよたちはいつまでもそこに居座った。それからチャールズがいなくなった。フランキーは猫が家を出て歩き去るところを目にしたわけではない。しかし八月十四日に、夕ご飯だよと呼んでも、猫はやってこなかった。そしてそのまま姿を消してしまった。彼女はいたるところを探し回ったし、ジョン・ヘンリーに猫の名前を呼びながら街のすべての通りを歩かせた。しかしそれはなにしろドッグ・デイズのことだったし、チャールズはもう戻っては来なかった。毎日午後になるとフランキーはまったく同じ言葉をベレニスに向かって口にし、それに対してベレニスが返す返事もまた、一字一句同じだった。そんなわけで、今ではそらで歌える醜い小さな歌みたいになっていた。

「あの子がどこに行ったかわかったらな」

「あんな老いぼれの野良《のら》猫のことを心配するのはおよし。もう戻ってはこないって言っただろう」

「チャールズは野良猫じゃないよ。純粋なペルシャ猫に近いんだから」

「ふん、ペルシャが聞いて呆《あき》れるよ」とベレニスは言った。「あの老いぼれの牡猫《おすねこ》にはもう会えないよ。あの猫はね、お友だちを探しに行っちまったんだよ」

「お友だちを探しに？」

「ああ、そうとも。女友だちを求めてふらふらとね」

「ほんとにそう思うわけ？」

「当然のことだね」

「じゃあ、そのお友だちをうちに連れてくればいいじゃないの。猫の一家がうちにきてくれれば、わたしは大歓迎しちゃうのに」

「あのおいぼれの野良公はもう帰ってこないよ」

「あの子がどこに行ったかわかったらな」

そんな具合に毎日、陰鬱な午後に、彼らは鋸《のこぎり》を挽《ひ》くような声で単調なやりとりをしていた。それは最後にはフランキーに、二人の狂人が踏みあう不揃《ふぞろ》いな韻を思い出させた。彼女はベレニスにこう言って、会話に終止符を打ったものだ。「何もかもがわたしから歩き去っていったみたいに見えるわ」、そして彼女はテーブルに頭をつけ、怯えを感じた。

でもその午後、フランキーはこんなすべてをがらりと一変させてしまった。ある考えが彼女の頭に浮かび、彼女はナイフを置いて、テーブルから立ち上がった。

「自分が何をすればいいかわかったわ」と突然彼女は言った。「聞いてよ」

「聞こえてるよ」

「警察に届け出るの。そうすれば警察がチャールズを捜してくれる」

「あたしならそんなことはしないね」とベレニスが言った。

フランキーは廊下の電話をとって、警察に猫のことを説明した。「ほとんど純粋のペルシャの牡猫なんです」と彼女は言った。「でも毛は短いんです。色はとっても素敵な灰色で、喉《のど》のところに小さな白が入っています。チャールズって呼ぶと返事をします。でもそう言われて返事をしなくても、チャーリーナって呼ばれると寄ってくるかもしれません。わたしの名前はミス・F・ジャスミン・アダムズです。住所はグローヴ・ストリートの一二四」

彼女が台所に戻ってくると、ベレニスはくすくす笑っていた。柔らかな高い声音のくすくす笑いだ。「やれやれ。あいつらきっとここに警官を寄越して、あんたをふん縛って、ミレッジヴィル（訳注・ジョージア州中部の都市。大きな刑務所があることで有名）の監獄まで連れて行くよ。青い制服の太っちょたちが、一匹の牡猫を探してあちこちの路地を歩き回って、『ああ、チャーリーズ、おいで、おいで、おいで。さあ、さあ、こっちにおいで、チャーリーナ、いい子だ！』とか呼びかけてくれるとでも思っているのかい？　参ったね！」

「うるさいわね、もう」とフランキーは言った。

ベレニスはテーブルの前に座っていた。彼女はくすくす笑いをやめ、コーヒーを冷まそうとして、白い陶器の受け皿にこぼしながら、その黒い方の目はからかうようにあちこちを彷徨《さまよ》っていた。

「それにだいたいね」と彼女は言った。「警察に軽々しくかかわるのは賢いことじゃないよ。たとえどんな理由があったにせよさ」

「警察に軽々しくかかわってなんかいるものですか」

「あんたはさっき、自分の名前と住所を連中にはっきり教えただろう。連中はその気になれば、あんたを捕まえることだってできるんだよ」

「ふん、そうすればいいわ」とフランキーは憤然として言った。「そんなこと気にするものですか！」、そして突然、自分が犯罪者であることが誰かに知られたってかまうものかと思った。「わたしを捕まえたいなら、ここに来て捕まえればいいでしょう」

「ただからかっているだけだよ」とベレニスは言った。「あんたのユーモアの感覚はいったいどこに行っちまったんだね」

「わたしは監獄に入ってた方がいいのかもしれない」

フランキーはテーブルのまわりを歩きながら、彼らが遠ざかりつつあることを身に感じた。列車は北に向かって、一マイルまた一マイルと街から着実に離れていった。北に行くにつれて、空気に冷ややかさが混じり始め、増していく暗さは冬の夕暮れを思わせた。列車はカーブしながら、一マイルまた一マイルと山間部を上っていった。そして汽笛の吠《ほ》える声には冬の響きが聴き取れた。二人は店で買ったキャンディーの箱をまわしている。チョコレートは折り目のついた小さなカップに入っている。二人は車窓を通り過ぎていく冬めいた景色に目をやっている。今では彼らはこの街から遥か遠く離れたところにいる。そしてほどなくウィンターヒルに到着しようとしている。

「お座りよ」とベレニスは言った。「いらいらするからさ」

突然フランキーは笑い出した。彼女は手の甲で顔を拭《ぬぐ》って、テーブルに戻った。

「ジャーヴィスが言ったことを聞いた？」

「どんなことだい？」

フランキーは笑いに笑った。

「みんなはC・P・マクドナルドに投票するかどうかについて話をしたの。そうしたらジャーヴィスが言った。『ふん、もしあのろくでなしが野良犬捕獲人に立候補したって、ぼくはぜったいに投票するものか』って。あんなに気の利《き》いた台詞《せりふ》は聞いたことがないな」

ベレニスは笑わなかった。彼女の黒い方の目は隅にちらりと向けられたが、そのおかしさはすぐにわかって、フランキーにまた視線が戻された。ベレニスはピンクの縮緬《ちりめん》のドレスを着て、ピンクの羽毛のついた帽子はテーブルの上に置かれていた。青いガラスの目は、彼女の黒い顔に浮いた汗まで青っぽく見せていた。ベレニスは帽子の羽飾りを手で撫《な》でた。

「そしてジャニスがどんなこと言ったか知ってる？」とフランキーが尋ねた。「パパが、わたしの身長の伸びっぷりについて話したとき、そんなにすごく大きくは見えないけれどどって言ったのよ。彼女は十三歳になるまでに、成長のほとんどを終えてしまったんですって。そう言ったのよ、ベレニス！」

「はいはい。わかりましたよ」

「わたしは今でちょうどいい大きさだし、おそらくこれ以上背が伸びることはないんじゃないかって言った。彼女が言うには、すべてのファッション・モデルや女優たちは——」

「そんなことは言わなかったよ」とベレニスは言った。「あたしもちゃんと聴いていたからね。あの人が口にしたのは、あんたは成長の割り当てを既にほとんど終えてしまったんじゃないかっていうことだけだよ。それ以上のことはとくに言っちゃいない。あんたの話を聞いていると知らない人は、彼女がその問題について講演でもしたみたいに思いかねないよ」

「彼女が言ったのは——」

「それがあんたの困ったところだよ、フランキー。人が何かちょっとしたことを口にすると、あんたはそれを頭の中で、もとの姿をとどめないほどそっくり作り替えちまうんだ。あんたのペット叔母さんがクロリーナに、あんたの仕草がかわいらしいって言ったことがある。クロリーナはそれをあんたに伝えた。まあそれだけのこととしてね。ところがあんたときたら、それを街中に言いふらしてまわった。ミセス・ウェストはあんたが街でいちばん仕草が洗練されていて、ハリウッドに行くべきだと考えているみたいなことをね。そしてあんたが口には出さないで頭の中で何を考えているか、あたしにはほんと見当もつかないよ。あんたは自分について何かちょっとでも褒められると、それを好き放題に膨らませていくんだ。あるいはそれが悪い指摘であっても、やはり似たようなことをする。ものごとを頭の中で、自分の都合のいいように片端から作り替えていく。それはあんたの問題点だよ」

「わたしにお説教をしないでくれる」とフランキーは言った。

「お説教なんてしちゃいない。これは嘘《うそ》いつわりのない真実だよ」

「少しはそういうことも言えるかもしれない」とフランキーはしぶしぶ認めた。目を閉じると、台所はどこまでもしんとしていた。心臓がどきどきするのが感じられた。口を開いたとき、彼女の言葉は囁きみたいになっていた。「わたしが知る必要のあるのはね、わたしはよい印象を与えたかしらってことなの」

「印象？　印象だって？」

「そうよ」とフランキーは言った。彼女の目はまだ閉じられていた。

「さあね。なんでそんなことがあたしにわかるんだよ？」とベレニスが言った。

「つまりわたしの振る舞いはどうだったかってこと。わたしはちゃんとしていたかしら？」

「でもさ、あんたはとくになんにもしなかったじゃないか」

「何もしなかった？」とフランキーは訊《き》いた。

「なんにも。あんたはただあの二人を、幽霊でも見るみたいな目つきでぽかんと見つめていただけさ。それから二人が結婚式について話し出すと、あんたの耳はぴょんと飛び出して、まるでキャベツの葉っぱくらいの大きさに――」

フランキーは手を上げて左の耳を触った。「そんなことないわ」と彼女はきつい声で言った。それからちょっと間を置いて付け加えた。「いつの日かあなたは自分のその偉そうな舌が根元から引っこ抜かれて、目の前のテーブルに置かれているのを見下ろすことになるわ。そのときにどんな風に感じると思う？」

「ひどいことを言うじゃないか」とベレニスは言った。

フランキーは顔をしかめて自分の足に刺さった棘を見下ろした。彼女はナイフで切ってそれを出す作業を終えた。そして言った。「他の人なら痛くてこんなことはできなかったでしょうね」。それから彼女は部屋の中を何度も何度も歩いてまわった。「よい印象を与えられなかったんじゃないかと、もう怖くてたまらないの」

「それがどうしたっていうんだい」とベレニスは言った。「T・Tとハニーが早く来てくれないかしらね。あんたと二人でいると神経がおかしくなりそうだ」

フランキーは左の肩を上げ、下唇を噛《か》んだ。それから急に腰を下ろし、テーブルの上に額をごつんとぶっつけた。

「よしなったら」とベレニスは言った。「そんなことするもんじゃない」

しかしフランキーはそこに座ったまま、身体を堅くしていた。腕の曲げたところに顔を埋《うず》め、両手の拳《こぶし》をきつく握りしめていた。その声はざらついて、首でも絞められているみたいに聞こえた。「二人ともとても素敵だった」と彼女は言っていた。「二人は一緒にすごく楽しく時を過ごしているはずよ。そしてわたしを置いて行ってしまった」

「身体を起こしなさい」とベレニスは言った。「しゃんとするんだよ」

「二人はやって来て、行ってしまった」と彼女は言った。「わたしをこんな気持ちのまま残して、ただ行ってしまった」

「あれあれあれ！」とベレニスが感に堪えぬように言った。「なるほどね、そういうことかい」

台所は静まりかえっていた。彼女は靴の踵《かかと》で四拍子をとった。ワン・ツー・スリー、ばん！　彼女の見えている方の目は黒く、からかいの色を浮かべていた。踵を打ってリズムを取り、そのビートに乗ってジャズっぽい黒い声で、歌でも歌うように言った。

「フランキーはのぼせている！
フランキーはのぼせている！
フランキーはのぼせている！
結婚式に熱々！」

「よしてよ」とフランキーは言った。

「フランキーはのぼせている！
フランキーはのぼせている！」

ベレニスはそれをいつまでも続けた。その声は、熱のあるときに頭の中で鼓動を打つ心臓のように、狂乱的な響きを持っていた。フランキーの頭はくらくらしてきた。彼女は台所のテーブルに置かれたナイフを手に取った。

「やめてって言ってるでしょう！」

ベレニスはさっと歌いやめた。台所は急に小さく縮み、静まりかえった。

「ナイフを置きなさい」

「いやよ」

彼女はナイフの先を手のひらにしっかりと押し当て、その刃をゆっくりとたわませた。ナイフはしなやかで、鋭く長かった。

「それを置きなさい。何をするんだ！」

しかしフランキーは立ち上がり、慎重に的を定めた。彼女の目は細められ、ナイフの感触が両手の震えを止めてくれた。

「それを捨てなさい！」とベレニスが言った。「いいから捨てるんだよ！」

家中が静まりかえっていた。空っぽの家がそこでじっと待ち受けているかのようだった。それからナイフが宙を飛ぶひゅうっという音が聞こえ、刃先が突き刺さる音がした。ナイフは階段に通じるドアの真ん中に刺さり、そこで震えていた。震えが収まるまで、彼女はじっとそのナイフを見ていた。

「わたしはこの街でいちばんナイフ投げがうまいのよ」と彼女は言った。

彼女の後ろに立ったベレニスは何も言わなかった。

「コンテストがあったら、わたしは優勝するんだけどな」

フランキーはナイフをドアから抜き取り、キッチン・テーブルの上に置いた。それから手のひらに唾《つば》を吐き、両手をごしごしとこすり合わせた。

ベレニスがやっと言った。「フランセス・アダムズ、あんたは今に痛い目にあうことになるよ」

「数インチも的ははずさない」

「この家の中でナイフ投げをすることについて、あんたのお父さんがどう言ったか、よく覚えているはずだよ」

「わたしはあなたに警告を与えただけよ。からかわないでって」

「あんたは家の中で暮らすようにはできてないよ」とベレニスは言った。

「この家で暮らすのもそんなに長くはないわ。こんな家からさっさと出て行ってやるから」

「図体のでかい役立たずがいなくなって、いい厄介払いだよ」とベレニスが言った。

「見てるがいいわ。この街から出て行くんだから」

「それでどこに行くつもりなんだね?」

フランキーは部屋のすべての隅を見た。それから言った。「まだわからない」

「あたしにはわかるよ」とベレニスは言った。「あんたは頭がおかしくなって、病院に入るのさ。それがあんたの行き着くところだよ」

「違うよ」とフランキーは言った。彼女はそこにじっと立って、気味の悪い絵の並んだ壁を見回した。それから目を閉じた。「わたしはウィンターヒルに行く。結婚式に行くのよ。そしてこの二つの目にかけて、イエス様に誓うわ。そのまままもうここには戻ってこないってね」

　実際に階段のドアにナイフが突き刺さってぶるぶると震えるまで、自分が本当にそれを投げるという確信は彼女にはなかった。そして実際に口に出してみるまで、自分がそんなことを言うなんて、まったく思いも寄らなかった。その宣言は出し抜けに出現したナイフのようなものだった。それが自分の内側に突き刺さってぶるぶると震えるのを、彼女は感じとれた。その言葉が落ち着くのを待って、彼女は再び口を開いた。

「結婚式が終わっても、わたしはもうここには戻ってこないからね」

　ベレニスはフランキーの湿った前髪を後ろにやり、おもむろに口を開いた。「ねえ、シュガー？　あんた本気でそんなこと言ってるのかい？」

「当たり前よ！」とフランキーは言った。「わたしがここに立って、適当な作り話をして、それを神様に誓っていると思うわけ？　ねえベレニス、ときどきあなたって人は、この世界中の他の誰よりもものわかりが悪いんじゃないかって思っちゃうことがあるわ」

「だってさ」とベレニスは言った。「あんたは、行き場所がわからないって言ってるじゃないか。つまりどっかに行っちまうけど、でもどこに行けばいいのかはわからないってことかい。それじゃさっぱり話の筋が通らないよ」

フランキーはそこに立って、部屋の四方の壁を上から下まで見渡した。彼女は世界のことを考えた。それは猛スピードでばらけながらぐるぐる回転していた。これまでよりも更に速度を増し、更にばらけ、更に大きく膨らんでいった。戦争のいろんな情景が飛び出してきて、彼女の頭の中でぶつかりあった。彼女は花が鮮やかに咲き乱れた島を目にし、灰色の波が打ち寄せる北方の海辺の土地を目にした。爆撃を受けた目、よろよろと歩く兵士たちの足。戦車と飛行機。一機の飛行機は翼を破壊され、燃えあがりながら砂漠の空を墜落していく。世界は騒々しい戦闘のせいでひび割れつつ、一分間に千マイルの速度で回転している。フランキーの頭の中でいろんな地名が渦巻いた。中国、ピーチヴィル、ニュージーランド、パリ、シンシナティ、ローマ。回転する巨大な世界について考えていると、やがて両足ががたがたと震え出し、ふたつの手のひらに汗が滲《にじ》んできた。しかしそれでも、いったいどこに行けばいいのかがわからなかった。やがて彼女は台所の四方の壁を見回すのをやめ、ベレニスに言った。

「まるで誰かに身体《からだ》中の皮膚を剝《む》かれてしまったみたいな気がする。ほんとうに。冷たくておいしいチョコレート・アイスクリームがあるといいのに」

ベレニスは両手をフランキーの肩に置き、首を振り、見える方の目を細めてフランキーの顔をまじまじと見ていた。

「でもさっき言ったのは全部本当のことよ」とフランキーは言った。「結婚式のあと、わたしはもうここには戻ってこない」

物音が聞こえ、二人が振り向くと、ハニーとT・T・ウィリアムズが戸口に立っていた。ハニーはベレニスと乳兄弟にあたったが、顔はぜんぜん似ていなかった。彼はまるでどこか外国から来た人のような顔立ちをしていた。たとえばキューバとかメキシコから。肌の色は明るく、ほとんどラベンダーに近かった。油のように艶《つや》やかな、細い物静かな目をしていて、体つきはしなやかだった。二人の後ろにはT・T・ウィリアムズが立っていた。真っ黒な巨漢だ。髪は白くなり、ベレニスよりも年上だった。教会に行くときのようなスーツを着て、ボタン穴に赤いバッジをつけていた。T・T・ウィリアムズはベレニスの交際相手で、裕福な黒人だった。黒人向けのレストランを経営していた。ハニーは病弱で、ぶらぶら暮らしていた。軍隊にもはねられ、砂利採掘場でシャベルを手に働いていたのだが、そこで内臓を壊し、以来きつい労働ができなくなってしまった。彼ら三人は黒々とした一団となって、戸口に立った。

「なんでそんなにこそこそと入ってくるんだい？」とベレニスが尋ねた。「足音が聞こえなかったよ」

「おまえさんとフランキーはずいぶん熱心に話し込んでいたみたいだったからね」とT・Tが言った。

「用意はできてるよ」とベレニスは言った。「いつでも出られる。でも行く前に軽く一杯やっていくかい？」

T・T・ウィリアムズはフランキーを見て、足をもぞもぞと動かした。彼はずいぶん礼儀正しく、人当たりが良かった。そしていつも正しいことをしようと努めていた。

「フランキーは言いつけたりしないよ」とベレニスは言った。「しないよね？」

フランキーはそんな質問には答える気にもならなかった。ハニーは深紅のレーヨンのゆったりしたスーツを着ていた。彼女は言った。「そのスーツ、なかなか素敵じゃない、ハニー。どこで買ったの？」

そうしようと思えば、ハニーは白人の学校の先生のような明瞭《めいりょう》な話し方ができた。そのラベンダー色の唇は蝶《ちょう》のように素早く軽く動くことができる。しかし今は黒人風の一語を返しただけだった。その喉から出てきたのはだらんとした、意味不明の黒い響きだった。「あーんんむ」と彼は言った。

彼らの前にグラスが並べられた。縮れた髪をまっすぐにする薬剤の瓶に入れられたジン。しかし誰もそれに口をつけなかった。ベレニスはパリについて何かを話した。彼らは自分がどこかに行ってしまうのを待っているのだという、のけ者にされたような感覚を、フランキーは持った。彼女は戸口に立って彼らを見ていた。まだそこを立ち去りたくなかった。

「水で割ってほしい、T・T?」とベレニスは尋ねた。

彼らはテーブルを囲み、フランキーはそこから外れて、一人で戸口に立っていた。

「みなさん、ごきげんよう」と彼女は言った。

「じゃあね、シュガー」とベレニスは言った。「今日ここで話したようなつまらないことは、みんな忘れちまうんだね。そして暗くなる前にミスタ・アダムズが帰ってきなさらなかったら、ウェストさんのうちに行くんだよ。そしてジョン・ヘンリーと遊びなさい」

「ふん、暗闇《くらやみ》なんかちっとも怖くないよ」とフランキーは言った。「じゃあね」

彼女はドアを閉めたが、背後から彼らの声が聞こえてきた。台所のドアに頭をつけると、黒人特有のもぞもぞとした声音が聞き取れた。それは優しげに高まり、沈んだ。

アイー、アイーというような響きだ。それから入り乱れたもぞもぞ、、もぞもぞ、、から抜け出すように、ハニーの声がはっきり聞こえた。「おれたちがここに入ってきたとき、あんたとフランキーとのあいだで何かあったのかい？」。彼女は耳をじっとドアに押しつけて、ベレニスがそれに対して何か言うのを待った。少しして返事があった。「アホらしいことだよ。フランキーはちょっくら頭のたがが外れているのさ」。彼らがようやく出て行くまで、彼女はそこで聞き耳を立てていた。

がらんとした家は次第に暗くなっていった。彼女と父親は夜にはいつも二人きりになった。夕食が終わるとすぐにベレニスは自宅に引き上げてしまうからだ。かつて二人は玄関脇《わき》の一室を人に貸していた。それは祖母が亡くなった年で、フランキーはそのとき九歳だった。その部屋を借りたのはマーロウ夫妻だった。フランキーが彼らについて記憶しているのは、最後に口にされた「あの人たちは慎みがないんだから」という言葉だけだ。それでも彼らがそこにいたその季節、フランキーはマーロウ夫妻と玄関脇の部屋に魅了されてしまった。彼女は二人が留守にしているときにその部屋に入り、わからないようにちょこっと彼らの持ち物を探るのが好きだった。ミセス・マーロウの香水の入った噴霧器、灰色がかったピンク色のパウダーパフ、ミスタ・マーロウの木の靴型。ある日の午後、フランキーには理解できないあることが起こり、そのあと彼らは説明もなく家を出ていった。それは夏の日曜日で、マーロウ夫妻の部屋の、廊下に通じるドアは開いていた。部屋の一部がその隙間《すきま》から見えた。ドレッサーの一部と、ベッドの足もとの部分だけだ。そこにはミセス・マーロウのコルセットが置かれていた。でもその静かな部屋からは、よくわからない音が聞こえてきた。そして戸口をまたいだとき、その光景をちらりと見ただけで彼女ははっと息を呑《の》み、叫びながら台所に飛び込んでいった。マーロウさんが発作をおこしている、と。ベレニスはあわてて廊下を駆けていった。でも玄関脇の部屋を覗《のぞ》き込むと、ベレニスはただ唇をぐいと結び、ドアを勢いよく閉めただけだった。そしてそのことを父親に報告したようだった。というのは父親はその夜、マーロウ夫妻には出て行ってもらわなくてはなと言ったからだ。フランキーはベレニスからことの次第を聞き出そうとした。でもベレニスは「あの人たちはまったく慎みがないんだから」と言っただけだった。そして付け加えた。「この家の家族構成を考えれば、少なくともドアを閉めておくくらいの節度はあってもいいはずなのに」と。その「家族構成」というのが自分を指しているらしいことはわかったが、それでもいったいそこで何があったのか、彼女には理解できなかった。あれはどんな発作だったの？　でもベレニスはこう答えただけだった。ベイビー、あれはありふれた発作なのさ。フランキーはその口調から、そこにはもっと深い意味があるらしいことを感じとった。あとになってフランキーはマーロウ夫妻のことをただ「慎みを持ち合わせない人たち」として記憶することになった。彼らは慎みがないから、慎みのない品物を所有していたのだ。だからそのあと時が経《た》って、マーロウ夫妻のことも発作のことも思い出さなくなり、覚えているのは彼らの名前と、彼らが玄関脇の部屋を間借りしていたというくらいになってからも、彼女は「慎みのない人々」を灰色がかったピンク色のパウダーパフや、香水の噴霧器と結びつけたものだった。その後、玄関脇の部屋が貸し間に出されることはなかった。

フランキーは玄関の帽子かけのところに行って、父親の帽子のひとつをかぶった。そして鏡に映った、薄暗くて醜い自分の顔を見た。結婚式についての会話が、なぜか間違った方向に流れていってしまった。その午後に彼女が口にした質問は、すべて間違った質問だった。そしてベレニスの返事はどれもみんな冗談めかしたものだった。彼女は自分の中にある感情にうまく名前をつけることができなかった。そして彼女はずっとそこに立っていた。深まりゆく影が彼女に幽霊のことを思い出させるまで。

フランキーは家の前の通りに出て、空を見上げた。彼女は両手の拳を腰にあて、口を開き、じっと空を見ていた。ラベンダー色の空は次第に暗さを増していった。彼女は近所の人々の夕暮れの声を聞き、水を撒《ま》かれたばかりの芝生の軽やかで新鮮な匂《にお》いを嗅《か》いだ。日は暮れ始めたばかり、まだ台所は暑すぎたので、彼女はその時刻にはよくふらりと外に出たものだった。そんなおりにはナイフ投げの練習をするか、それとも前庭に置かれた冷たい飲み物屋台に座っていたものだ。あるいは裏庭にまわった。あずまやの陰は暗く涼しかった。彼女は芝居の台本を書いた。彼女自身はもう舞台衣《い》裳《しょう》が身体にあわなくなっていたし、あずまやの葡萄《ぶどう》棚の下で演技をするには背が高くなりすぎていたのだが。その夏、彼女はとても「冷やっこい」芝居を書いていた。エスキモーと凍りついた探検家たちの出てくる芝居だ。そして日が暮れてしまうと、やっとまた家の中に戻った。

でもその夕方、彼女の心はナイフ投げにも、冷たい飲み物にも、芝居にも向かわなかった。そこに立ってじっと空を見つめる気にもならなかった。というのは、彼女の心は昔ながらの問いかけをしていたし、春の頃と同じように再び怖《おそ》れを感じていたからだ。

醜くてつまらないものごとについて考えなくては、と彼女は思った。だから夕暮れの空から目を離し、自分の住んでいる家をしげしげと見た。フランキーは街でもいちばん醜い家に住んでいた。でもそのときの彼女には、自分はもうそれほど長くそこに住むわけではないことがわかっていた。家は無人で、暗かった。フランキーは振り向いてそのブロックの端まで歩き、角を曲がり、歩道を進んで、ウェスト家に行った。ジョン・ヘンリーがフロント・ポーチの手すりに寄りかかっていた。背後には明かりの灯《とも》った窓があったので、その姿は黄色い紙の上に置かれた小さな黒いペーパードールのように見えた。

「ねえ」と彼女は言った。「パパがいつ街から戻ってくるのか、わからないのよ」

ジョン・ヘンリーは返事をしなかった。

「あの空っぽの、暗くて醜い古い家に一人で戻りたくないのよ」

彼女は歩道に立って、ジョン・ヘンリーを見ていた。それから気の利いた政治的な発言のことを思い出した。彼女は親指をショートパンツのポケットにひっかけ、尋ねた。「もしきみが投票するとしたら、誰に入れる?」

ジョン・ヘンリーの声は夏の夜に明るく高く響いた。「知らないよ」と彼は言った。「たとえばきみなら、町長選挙でC・P・マクドナルドさんに入れる?」

ジョン・ヘンリーはそれには返事をしなかった。

「どうする?」

しかし彼女はジョン・ヘンリーの口を開かせることができなかった。ジョン・ヘンリーにはときどき、こちらが何を言っても返事の返ってこないことがある。だから彼女は合いの手抜きで台詞を言わなくてはならず、一人でそんなことをやっていると、どうにも間が抜けてしまった。「ねえ、わたしならあんな人は、野犬捕獲人を決める選挙であっても投票しないな」

暮れゆく街はとてもしんとしていた。兄と花嫁はとっくにウィンターヒルに着いているに違いない。もう百マイルもこの街から離れ、今は遠方の都市にいるのだ。彼らは二人で一緒にウィンターヒルにいて、自分はあくまで自分のまま、ひとりでこの見飽きた古い街に取り残されている。でも彼女の心をより悲しい気持ちにし、より孤絶させているのは、その百マイルという距離ではなかった。それは彼らが二人で寄り添っているというのに、自分はあくまで自分でしかなく、彼らから切り離され、一人ぼっちでここに残されているという事実だった。そう思いながら沈み込んでいると、突然すべてを説明するひとつの考えが頭に浮かんだ。そうだったんだと、思わず声に出して叫んでしまうところだった。「二人はわたし《ミー》にとってのわたしたち《ウィー》だったんだ」と。昨日まで、そして十二年の人生を通じてずっと、彼女はただのフランキーだった。彼女は「わたし」という人間であり、一人ぼっちで歩き回ったり、いろんなことをやったりしなくてはならなかった。他の人々はみんな、彼女以外のみんなが、「我々」

と称すべきものを持っていた。ベレニスが「あたしたち」というとき、それはハニーやビッグ・ママと、彼女の住居と、彼女の教会を意味していた。父親が「私たち」というとき、それは店を意味した。いろんなクラブのメンバーたちはみんな、自分が属すべき、自分が語るべき「私たち」を持っている。軍隊の兵士たちは「我々」を持っているし、労役に服する囚人たちだって「おれたち」を持っている。ところがこのフランキーには「わたしたち」と呼べるようなものは何ひとつなかった。このろくでもない夏、彼女とジョン・ヘンリーとベレニスという「わたしたち」が存在したが、それはどう考えても願い下げたい種類の「わたしたち」だった。でもそんなことはすべて出し抜けに終わりを告げ、様相が一変してしまった。そこには兄とその花嫁がいた。彼女はまるでそのとき初めて二人を、自らの内部にあると前から知っていた何かとして見たかのようだった。「彼らはわたしにとってのわたしたちなんだ」と。だからこそ、二人がウィンターヒルに行ってしまって、ここに一人ぼっちで残されたとき、わたしはすごくまとまりのない気持ちになってしまったのだ。つまりフランキーの古い抜け殻だけが、街にぽつんと取り残されてしまったのだ。

「なんでそうやってずっとうつむいているんだよ？」とジョン・ヘンリーが声をかけた。

「ちょっとお腹《なか》が痛いのよ」とフランキーは言った。「悪いものを食べたせいかもしれない」

ジョン・ヘンリーは相変わらず、支柱につかまるようにして、手すりの上に立っていた。

「ねえ」と彼女はしばらくしてから言った。「うちに来て一緒にご飯を食べて、わたしと寝ない？」

「できないよ」と彼は返事をした。

「なんで？」

ジョン・ヘンリーは両腕を突き出してバランスをとりながら、手すりの上を歩いて渡った。窓の黄色い明かりの前で、彼は小さなブラックバードのように見えた。反対側の支柱に無事にたどり着くまで彼は口を開かなかった。

「なんでもさ」

「だからなんでなのよ？」

彼は何も言わなかったので、フランキーは付け加えた。「インディアンのテント小屋を裏庭につくって、そこで一緒に寝るってのはどう？　きっと楽しいよ」

ジョン・ヘンリーはそれでも無言だった。

「わたしたちはいとこでしょ。いつだって仲良くやってきたじゃない。いっぱいプレゼントもあげたしさ」

そっと身軽に、ジョン・ヘンリーは手すりの上を引き返し、支柱に再び手を回し、そこに立ったまま彼女を見た。

「だからさ」と彼女は声をかけた。「どうしてうちに来ないわけ？」

ようやく彼は口を開いた。「なぜならね、フランキー、ぼくは行きたくないからさ」

「馬鹿《ばか》な子なんだから！」と彼女は叫んだ。「わたしがこうして誘っているのは、きみがすごくみっともなくて、すごく淋《さび》しそうにしているからよ」

ジョン・ヘンリーは手すりからひらりと下に降りた。答える彼の声は澄み切った子供の声だった。

「だって、ぼくはちっとも淋しくなんかないさ」

フランキーはショートパンツのわきで、湿った両の手のひらを拭った。そして自分に言い聞かせた。さあ、くるっと後ろを向いてそのまま家に帰るんだ、と。しかし自らにそう命じながらも、実際にはあっさりそこを立ち去ることはできなかった。まだ日は暮れきってはいなかった。通りに並んだ家々は暗く、窓には明かりが灯っていた。葉が密生した樹木のあたりに暗闇が参集し、遠くに見える風景はぎざぎざの灰色になっていた。しかしまだ空は夜の闇に染まってはいなかった。「何かが間違っていると思う」と彼女は言った。「静かすぎるよ。よくない虫の知らせみたいなものがある。嵐《あらし》が来るっていう方に百ドル賭《か》けてもいいよ」

ジョン・ヘンリーは手すりの陰から彼女をじっと見ていた。

「すごくすごく大きな夏場の嵐だよ。台風《サイクロン》かもしれない」

フランキーはそこに立って夜の到来を待っていた。そしてちょうどそのとき、サキソフォンが演奏を始めた。街のどこか、それほど遠くないところで、サキソフォンがブルーズ曲を吹き始めた。曲は嘆きをたたえ、沈んでいた。その悲しい音色を吹いているのは黒人の青年だったが、彼が誰なのかフランキーは知らなかった。彼女は首を曲げ、目を閉じて、そこにただじっと立って耳を澄ませていた。その曲の中には春をそっくり——そこにあった花や、見知らぬ人々の目や、雨を——彼女の中に引き戻すような何かがあった。

曲は低く暗く悲しげだった。でもフランキーが耳を澄ませていると、やがて曲調は一変し、華々しくワイルドなジャズ音楽になり、楽器が軽快に踊り出した。そしてジグザグを描き、派手に上昇していった。はなやいだジャズ演奏の終わりに、音楽は細かく揺らぎつつ勢いを失い、霞《かす》んでいった。それから音楽は再び最初のブルーズ曲に戻った。まるで長いトラブルの季節の到来を告げるかのように。フランキーが暗い歩道に立ち、心臓をぐっと引き締めていると、両膝《りょうひざ》が固定され、喉もとがこわばった。それから何の予告もなく、それが起こったのだ。最初のうち、それが起こったことがフランキーには信じられなかった。そこで曲がいよいよ終局にさしかかろうかというところで、音楽がはっと終わってしまったのだ。楽器は沈黙した。サキソフォンは出し抜けに演奏を終えた。彼女はその事実をしばらくうまく受け入れられなかった。そしてすっかり途方に暮れてしまった。

　彼女はなんとかジョン・ヘンリー・ウェストに囁《ささや》くように言った。「彼は楽器に溜《た》まったつばを出すために、一服しなくちゃならなかったのよ。もうちょっとしたら、最後まできちんと吹き終えるからね」

　しかし音楽は戻ってこなかった。曲は中断されたまま、完結することはなかった。そして身体を固く引き締めたままいることに、彼女はこれ以上耐えられなくなった。何かこれまでにやったことのないような、ものすごくワイルドで唐突なことをやらなくちゃという気がした。こぶしで自分の頭を叩《たた》いてみたが、それくらいではとても足りなかった。だから声に出して何かをしゃべり始めた。でも初めのうち、自分が口にしている言葉に関心を払わなかったし、今から何を言おうとしているのか、自分でも見当がつかなかった。

「わたしはベレニスに、この街から永遠に出て行くって言ったんだけど、彼女は信じなかった。ときどき思うんだけど、あんなにわかりの悪い頭を持った女って他にいないわ」。彼女は声に出して文句を言った。その声はのこぎりの刃先のようにぎざぎざに尖《とが》っていた。話しながら、自分がこれからいったい何を言おうとしているのかぜんぜん予測できなかった。彼女は自分が話す声を耳にした。しかしそれらの言葉はろくに意味をなさなかった。「あんな馬鹿な女に何を言い聞かせたところで、セメントの塊に向かって話をするのと同じことよ。わたしは何度も何度も何度も言ったんだから。わたしは何があろうとこの街を出て行って、そのまま永遠に戻ってこないんだって。なぜならそれは避けがたいことだからよ」

彼女はジョン・ヘンリーに向かって話しているのではなかった。もう彼の方を見てはいなかった。彼は明かりの灯った窓を離れていたが、まだポーチにいて、彼女の言葉を聞いていた。しばらくしてから彼は言った。

「どこに?」

フランキーは返事をしなかった。彼女は突然動きを止め、黙った。新しい感覚に襲われたからだ。これからの行き場所を、心の深いところで自分は知っているのだという唐突な感覚だった。それはわかっているし、場所の名前はあとほんの少しで明らかになる。フランキーは拳を噛みながら、それを待った。でもその名前を無理に探りあてようとは思わなかったし、回転する世界についても考えなかった。彼女は頭の中で兄と花嫁の姿を見た。心臓がぐいぐいと締め上げられて、今にも破裂してしまいそうだった。

ジョン・ヘンリーは子供らしい甲高い声で尋ねた。「きみはぼくと一緒にごはんを食べて、インディアンのテントで一緒に寝てほしい？」

彼女は答えた。「ノー」

「でもちょっと前に、そうしようってぼくをさそったじゃないか！」

でも彼女にはジョン・ヘンリー・ウェストと議論をするつもりはなかったし、彼の言ったことに答えるつもりもなかった。というのは、その瞬間にフランキーは理解したからだ。自分が誰であり、どのようにして世界に出て行くかがわかったのだ。強く締め付けられた心臓は突然ぱくりと開き、二つに分かれた。心臓は二つの翼のように分割された。次に口を開いたとき、彼女の声はしっかりしていた。

「自分がどこに行くか、わたしにはわかってるの」と彼女は言った。

彼は尋ねた。「どこに行くのさ？」

「ウィンターヒルに行くのよ」と彼女は言った。「結婚式に出るの」

彼女は待った。「そのことならもう知ってるよ」と言うチャンスを相手に与えたのだ。でも結局は彼女自身が、唐突に訪れた真実を口にした。

「わたしはあの人たちと一緒に行くの。ウィンターヒルの結婚式のあとでね。あの二人が行くところに、それがどこであれ、一緒についていくの。わたしはあの人たちと離れないわ」

彼は何も言わなかった。

「わたしはあの二人をとても愛しているの。どこに行ってもずっと一緒にいるの。そのことは前からちゃんとわかっていた。あの人たちからずっと離れられないっていうことはね。わたしはあの人たちをそれくらい強く愛しているの」

それだけを言ってしまうと、彼女にはもう迷うべきことも、思案すべきこともなかった。目を開けると夜があった。ラベンダー色の空はようやく闇に包まれ、そこには斜めに差す星の光があり、ねじれた暗闇があった。彼女の心は二つの翼のように分割されており、これほど美しい夜を目にしたのは生まれて初めてのことだった。

フランキーはそこに立って、まっすぐ夜空を見つめていた。というのはお馴染《なじ》みの問いかけが彼女に戻ってきたとき——自分はいったいなにものなのか、自分は世の中に出てどんな人間になるのか、なぜ今の瞬間自分はここに立っているのか——そのような疑問に直面しても、彼女の胸はもう痛まなかったし、その答えはちゃんと目の前にあったからだ。ついに彼女には自分が何ものであるかを知り、これから自分がどこに行くかを理解することができたのだ。彼女は兄と兄嫁を愛しており、その結婚式の一員《メンバー》である。三人は手に手を取って世の中に出ていくし、これから先もずっと一緒だ。そしてついに、怖れに満ちた春と気が触れた夏をくぐり抜け、彼女の怖れは消え失《う》せたのだ。

PART TWO

1

結婚式の前日は、Ｆ・ジャスミンがこれまでに目にしたほかのどんな日とも違っていた。その日は土曜日で、彼女は街に出かけたのだが、出口のない空白の夏はもう終わりを告げ、突然彼女の前に街は大きく開かれた。そして新しいあり方で彼女は街に属していた。結婚式のおかげで、目にするものすべてが自分に結びついているみたいにＦ・ジャスミンには感じられた。その土曜日、彼女は突然の新しいメンバーとして街を歩きまわった。まるで女王様にでもなったみたいに堂々と歩き、至る所で人々と語り合った。その日は、そもそもの始まりからして、世界はもう彼女から遠ざけられてはいなかった。ふと気がつくと彼女は、しっかり世界の一部になっているようだった。そのようにして数多くのことが起こり始めた。でもどんなことだってＦ・ジャスミンを驚かせはしなかった。そして少なくとも、最後のところを別にすれば、すべては魔法にでもかけられたみたいに自然だったのだ。

ジョン・ヘンリーの大伯父にあたるチャールズ伯父さんの農園では、遮眼帯をつけられたラバがぐるぐると同じ円周を歩いてサトウキビを挽《ひ》き、シロップをつくるための液汁を搾《しぼ》っていた。夏のあいだずっと同じところをぐるぐる回っているという点では、フランキーはその田舎のラバにいくらか似ていたかもしれない。街ではフランキーはいつも、安物雑貨店のカウンターをあてもなく物色したり、パレス座の最前列に座ったり、父親の店で時間を潰《つぶ》したり、街角に立って兵隊たちを眺めたりしたものだ。でもその日の朝はまったく違っていた。そのときまでそんなところに入るなんて考えもしなかったような場所に、彼女はどんどん入っていった。たとえばF・ジャスミンはとあるホテルに入っていった。それは街でいちばん高級なホテルではなかった。二番目というのでさえなかった。でもそれはとにかくホテルであり、F・ジャスミンはそこにいた。おまけに彼女は一人の兵隊と同席していた。そして更に言うなら、それはまったく思いもかけぬ出来事だった。その日まで彼女は、ただの一度もその兵隊を目にしたことはなかったのだ。ほんの昨日までのフランキーが、そのような光景を魔術師の展望鏡で見せられ、これがあんたの未来だよと言われたら、冗談じゃないと口を尖《とが》らせていたに違いない。でもその朝には実にいろんなことが起こった。そしてその一日を通じていちばん奇妙だったのは、驚きの感覚が反転してしまっていたことだった。まったく思いもかけぬことが起こっても、それほど不思議には思わなかった。彼女を驚かせ首をひねらせるのはむしろ、昔から見慣れた、いつもと同じものごとだけだった。

未明に目覚めたときからその一日は始まった。兄と兄嫁はその夜、きっと彼女の心のいちばん深いところで眠っていたのだろう。だから目が覚めて最初に頭に浮かんだのは、結婚式のことだった。そして時を移さず、その次に考えたのは街のことだった。今日でもう生まれ故郷を離れようとしているからだろう、これが最後の日だからということで、街が不思議なやり方で自分に働きかけ、自分が来るのを待っているように彼女には感じられた。部屋の窓は夜明けどきの涼しげな青に染まっていた。マッキーン家の年老いた雄鶏《おんどり》がときを告げていた。彼女は素早く起き上がり、枕元《まくらもと》の明かりをつけ、モーターのスイッチを入れた。

戸惑っていたのは、昨日までのフランキーだった。F・ジャスミンにはもう迷いはなかった。結婚式なんて、遥《はる》か昔からすっかりお馴《な》染《じ》みのものみたいに感じられた。暗い一夜を境として、ものごとが一変してしまったのだ。それ以前の十二年間においては、何か急激な変化が持ち上がると、その変化が起こっているあいだ、そこにはいつだって何かしらの疑念のようなものがあった。しかし一晩ぐっすり眠って翌朝目覚めると、その変化はもうちっとも急激なものとは感じられなかった。二年前の夏、ウェスト一家と共に、ポート・セントピーターまで旅行をしたときもそうだった。初めての海辺での夜、さざ波の立つ灰色の海と空っぽの砂浜は、彼女にとって生まれて初めて目にするものであり、彼女は目を細めてそのへんを歩き回り、いろんなものに疑わしげに手を触れたものだ。でも一晩眠って起きたときにはもう、ポート・セントピーターなんて生まれてからずっと知っている、みたいな気持ちになっていた。結婚式についても同じことが言えた。そこにはもう何の疑問もなく、今ではそれ以外の様々なものごとに目を向けることができた。

　青と白のストライプのパジャマのズボンだけをはいて、彼女は机に向かった。パジャマの裾《すそ》は膝《ひざ》まで巻き上げられていた。素足の右足の親指の先を床につけて震わせながら、この最後の一日に何をやらなくてはならないか、彼女は考えた。そのいくつかを頭に並べることができたが、他にも指で数えたり、言葉で一覧表に並べたりできないいくつかのものごとがあった。まず最初に「ミス・F・ジャスミン・アダムズ、エスクワイア」と斜めの浮き彫り文字で印刷された、小振りの社交用名刺をつくらなくてはと彼女は思った（訳注・エスクワイアは通常、男性にしか使わない敬称）。彼女は緑色のサンバイザーをかぶり、ボール紙を切り抜き、両耳の後ろにペンを挟んだ。しかし頭は休みなく、忙しくあちこち移動し、ほどなく街に出ていく支度をととのえ始めた。彼女はその朝、念入りに身なりに気を配った。いちばん大人っぽく、上等に見える服を選んだ。ピンクのオーガンディーのドレスを着て、口紅をつけ、「スイート・セレナーデ」を振った。とびっきり早起きの父親は、彼女が階下に降りていったときにはもう台所で動きまわっていた。

「おはよう、パパ」

父親のロイヤル・クインシー・アダムズは、街のメイン・ストリートから少し外れた場所で宝飾店を営んでいた。彼はもぞもぞと呻《うめ》くようにその挨拶《あいさつ》にこたえた。というのは、一人の当たり前の大人として、寝起きのコーヒーを三杯飲まないうちは、まともな会話を始める気になれなかったからだ。煩雑《はんざつ》な日常に乗り出して行く前に、彼は静かで平和なひとときを必要としていた。F・ジャスミンは夜中に水を飲むために目覚めたとき、父親が部屋の中でごそごそ動き回っている音を耳にした。そして今朝、彼の顔はチーズみたいに青白く、目はピンク色で、疲弊の色を浮かべていた。その朝、いつものように父親はコーヒーカップをソーサーの上に置くことを嫌った。うまくかたちがあわなかったし、かたかたと音を立てたからだ。だからカップをテーブルの上か、ストーブの上にじかに置いたので、茶色の輪っかの跡がいたるところについていた。そして蠅《はえ》たちがその静かな輪っかの中に腰を据えていた。床の上に砂糖が落ちて、足の下でそれがじゃりっという音を立てるたびに、彼は顔を細かくしかめた。今朝は膝の出たグレーのズボンをはき、喉元《のどもと》のボタンをとめずに青いシャツを着ていた。ネクタイは緩められていた。自分ではそんなことはまず認めなかったが、彼女は四月のある夜、「ラッパ銃みたいな図体《ずうたい》の、足の長い大きな娘は、まだ父さんと一緒に寝るつもりなのかい？」と言われて以来ずっと、父親に対して密《ひそ》かに恨みを抱いていた。でも今朝、そんな恨みはもうどこかに消えていた。その朝出し抜けに、F・ジャスミンは生まれてこの方、初めて父親を目にしたような気がした。そして今そこにいる父親が見えているというだけではなく、過ぎた日々の映像が彼女の頭の中で渦巻き、行き交った。変化する記憶と固定された記憶とが、F・ジャスミンをそこにぴたりと立ち止まらせ、首を傾《かし》げさせた。その現実の部屋の中で、また同時に自分の内側のどこかの場所から、彼女は父親をじっと見つめた。でもとにかくきちんと言っておかなくてはならないことがあった。だから口を開いたとき、彼女の声はまったく自然なものだった。

「パパ、言っておかなくちゃならないことがあるの。結婚式のあと、わたしはもうこの家には帰ってきませんから」

父親は聞くための耳をちゃんと持っていた。だらんとした大きな耳で、縁はラベンダー色に染まっている。でも実際にはなにも聴いていなかった。彼は男やもめだった。妻は娘を産んだその日に亡《な》くなった。そして男やもめらしく、ずっと自分のやり方を通して生きてきた。ときとして、とりわけ朝の早い時刻には、彼は娘の言うことや、新しい提案みたいなものにまったく耳を傾けなかった。だから彼女は声を鋭くし、父親の耳に言葉を無理にねじ込まなくてはならなかった。

「結婚式用のドレスと、結婚式用の靴と、ピンク色の透明なストッキングを買わなくちゃならないの」

彼はそれを聞き、少し考えたあとで、許可の肯《うなず》きを与えた。グリッツ（訳注・挽き割りトウモロコシ）がねちねちした青い泡を立てながらゆっくり煮えていた。テーブルをセットしながら、父親を見ているうちに、彼女の頭にふと記憶が蘇《よみがえ》ってきた。窓ガラスに霜の花が咲き、ストーブがごうごうと音を立てている冬の朝があった。むずかしい算数の問題を台所のテーブルに向かって解いているとき、最後の最後になって、父親がいちばんむずかしいところを、肩越しに身をかがめて手伝ってくれたが、そのときの彼のごわごわした茶色の手を覚えている。説明をしてくれる声も聞こえる。青みがかった長い春の宵も彼女の目に浮かんだ。父親は暮れなずんだフロント・ポーチに座り、両足を手すりに載せ、ビールを霜のついた瓶から飲んでいた。フィニーの店まで彼女に買いに行かせたものだ。父親が店の作業台にかがみ込んでいる姿も見えた。とても小さなゼンマイをガソリンに浸《つ》け、あるいは口笛を吹きながら、宝石職人のルーペで時計を覗《のぞ》き込んでいた。回想が出し抜けに舞い戻ってきて、渦巻いた。季節ごとにそれぞれの色があった。生まれて初めて、彼女はこれまでの十二年の人生を振り返り、それを遠くから総体として眺めることができた。

「パパ」と彼女は言った。「手紙は書くからね」

父親は今、夜明けの鮮やかさが次第に失《う》せていく台所を、何かをなくしたのだけれど、何をなくしたのか思い出せないでいる人のように、うろうろと歩き回っていた。その姿を見ていると、かつての恨みはどこかに消え、すまないなという気持ちになった。自分がいなくなれば、彼は家に一人ぼっちで残され、淋《さび》しくなるだろう。彼女は父親に対して何か詫《わ》びの言葉を口にしたかったし、愛しているとも言いたかった。でもまさにそのとき、父親が咳払《せきばら》いをした。それはいつも娘に説教を垂れる前にする、特別な種類の咳払いだった。

「裏のポーチの道具箱に入れておいたモンキーレンチとドライバーがどうなったか、教えてくれないかな」

「モンキーレンチとドライバー……」、F・ジャスミンは肩を落とし、左足を右のふくらはぎにくっつくまで上にあげた。「借りたのよ、パパ」

「今はどこにあるのだろう？」

F・ジャスミンは考えた。「ウェストさんのうちにある」

「ここではっきり言っておくが」と父親は、グリッツをかき回しているスプーンをかざし、言葉を強調するようにそれを振りながら言った。「もしおまえがやっていいことといけないことを見分ける分別と判断力を持っていないのなら――」、彼は脅《おど》すようにじっと長く娘の顔を睨《にら》み、それから話を続けた。「おまえは躾《しつ》けを受けるしかない。これからしばらくは間違ったことをするんじゃないぞ。そうしないとしっかりと躾けを受けることになるからな」。彼はくんくんと鼻を鳴らした。「これはトーストの焦《こ》げている匂《にお》いか？」

その日F・ジャスミンはまだ朝の早いうちに家を出た。夜明けの柔らかな灰色は薄らぎ、空は水彩絵の具の淡いブルーに塗られたばかりで、まだ乾ききっていないように見えた。きらきらと輝く空気は新鮮で、茶色く日に焼かれた芝生には涼しげな朝露が降りていた。通りを歩いている途中どこかの裏庭から、F・ジャスミンは子供たちの声を聞いた。プールを掘ろうとしている近所の子供たちがかけあう声だった。子供たちは大きさも年齢もまちまちで、どこにも属していなかった。これまでの夏、フランキー時代の彼女は、このあたりのプール掘り少年たちのリーダーのような役を務めていた。でも十二歳になった今、彼女にはよくわかっていた。一生懸命あちこちの庭に穴を掘ったところで――子供たちはそれが澄み切った涼しげな水を湛《たた》えたプールになることを最後まで疑いもしなかったが――結局は泥のたまった浅い溝に成り果てるのがおちなのだということが。

その朝、Ｆ・ジャスミンは庭を横切りながら、心の目で大勢の子供たちが集まっているところを目にし、通りの向こうから聞こえる彼らの賑《にぎ》やかな叫び声を耳にし、生まれて初めてのことだが、彼女はそれらの響きの中に何かしら甘いものを聴き取り、心を打たれた。また不思議なことだが、彼女がずっと嫌ってきた自宅の庭でさえ、少しではあるけれどやはり彼女の心を打った。ずいぶん長いあいだそれを目にしていなかったような気がしたのだ。その楡《にれ》の木の下に、彼女が昔開いていた冷たい飲み物を出す屋台が置いてあった。日陰の移動に伴って持ち運びできる、軽い木箱で造られた看板には「デュー・ドロップ・イン（朝露亭）」と書かれている。朝のそのような時刻、バケツに入れたレモネードを足もとに置き、裸足《はだし》の両足をカウンターの上に載せ、メキシカン・ハットを顔の上に傾けてかぶせ、目を閉じ、太陽に温められた麦わらの強い匂いを嗅《か》ぎながら、お客を待ったものだ。ときどきお客がやってきた。そんなときには彼女は、ジョン・ヘンリーに命じてA&Pストアまでキャンディーを買いに行かせた。でもお客が来ないときは、悪魔の誘惑に勝てず、売り物を自分ですっかり飲み干してしまったものだ。しかしその朝、そこに置かれた屋台はとても小さく、貧相に見えた。そんな店を自分が開くことは、もう二度とあるまいと彼女は思った。F・ジャスミンには、店を出そうという思いつきそのものが、ずっと昔に起こって、今ではすっかり終わってしまったことのように思えた。ある計画が出し抜けに彼女の頭に浮かんだ。明日からあと、ジャニスとジャーヴィスと一緒にどこか遠い場所にいるとき、昔の日々についていろいろと思い返してみよう、そして——でもF・ジャスミンのその計画は途中で立ち消えになってしまった。というのは二人の名前が彼女の頭に浮かんだとき、結婚式の喜びが彼女の中に湧《わ》き上がり、八月だというのに、彼女は身震いに襲われることになったからだ。

メイン・ストリートもまたF・ジャスミンに、長い歳月を経たあと久しぶりに再訪する場所のような印象を与えた。実際はこの前の水曜日に歩いて行き来したばかりだったのだが。同じような煉瓦《れんが》造りの店舗が、おおよそ四ブロックにわたって続いている。真っ白な銀行の建物があり、遠くには窓のたくさんついた綿紡績工場がある。幅広い道路は、草の茂った狭い分離帯によって分かたれている。その両側を車がのんびりと走っていった。灰色に眩《まぶ》しく輝く歩道、そこを歩いていく人々、店の前につけられた縞《しま》模様の日よけテント、何もかもが同じだった。しかし今朝、その通りを歩いていく彼女には自分が、まったく知らない街を訪れた旅行者のように自由だと感じられた。

そしてそれだけではなかった。まずメイン・ストリートの左側を歩き、それから右側の歩道を歩いて戻ってきたのだが、通りに入るや否《いな》やそれが起こったことが彼女にはわかった。それは、彼女が途中で出会ったりすれ違ったりした人々と関わりのあることだった。その中には知っている人たちもいたし、まったく知らない人たちもいた。年老いた黒人が荷車のかたかたと鳴る座席に得意そうに身を立てて座り、遮眼帯をつけた哀《かな》しげなラバを駆って、土曜日のマーケットに向かっていた。F・ジャスミンは彼を見て、彼もまた彼女を見た。見かけはただそれだけの出来事だった。でも視線をちらりと交わすことによって、F・ジャスミンは、彼の目と自分の目とのあいだに、新しい、名状しがたい繋《コネクション》がりが生まれたことを感じた。まるで二人がそこでお互いをよく知り合えたようなな。そしてその荷車が、街の舗装された道路をかたかたと音を立てて通り過ぎて行くとき、彼の故郷の野原や田舎道や黒々とした静かな松の木の姿が、彼女の脳裏に浮かびまでした。そして彼女は相手に自分のことも知ってもらいたいと思った。結婚式のことなんかを。

その四ブロックを歩いているあいだに、同じようなことが次々に起こった。マクドゥーガルの店に入っていく女性とのあいだに、ファースト・ナショナル銀行の前でバスを待っている小柄な男性とのあいだに、タット・ライアンという名の父親の友だちとのあいだに。それは言葉ではうまく説明することのできない感覚だった。あとになって自宅でそれを説明しようとしたとき、ベレニスは眉毛《まゆげ》をぎゅっと上げ、からかうような大仰《おおぎょう》な口調でその言葉を口にしたものだった。コネクション？　コネクションだって？　しかしその感覚はたしかにそこにあったのだ。呼びかけへの応答に近いコネクションだ。それればかりではない。彼女はファースト・ナショナル銀行の前の歩道で、十セント硬貨を見つけたのだ。他の日であれば、大いにびっくりしたはずだ。しかし今朝の彼女は、立ち止まってそれをドレスの前で拭《ふ》いて磨き、ピンク色の財布に放り込んだだけだった。明けたばかりの新鮮な青い空の下で、道路を歩きながら感じるその感覚は、自分の中に新たに生じた軽やかさ、力、資格の感覚だった。

初めて結婚式のことを口にしたのは、「ブルームーン」と呼ばれる店だった。彼女はわざわざ回り道をしてその「ブルームーン」にやってきた。その店はメイン・ストリートではなく、河との境をなしているフロント・アヴェニューと呼ばれる通りにあった。彼女が回り道をしたのは、猿と猿使いが奏《かな》でる手回しオルガンの音色が聞こえてきたためだ。彼女はすぐにその方向に足を向けた。その夏のあいだ一度も猿と猿使いを見かけていなかったし、街でのこの最後の日に彼らと出くわすというのは、何かのお告げのようにも思えた。ずいぶん長いあいだ姿を目にしていなかったので、ときどき猿も猿使いももう死んでしまったのではないかと思ったほどだった。冬のあいだ彼らは通りには出てこない。冷たい風が身体《からだ》に良くないからだ。十月が来ると彼らは南方のフロリダに移って行った。そして暖かくなる春の終わり頃に、また街に戻ってきた。

その猿と猿使いはこの街だけではなく、あちこちの街を渡り歩いていた。しかしフランキー時代の彼女は、思い出せる限りの昔から、通りのいろんな木陰で、夏のあいだ——今年の夏だけは別にして——しょっちゅう彼らに出くわしたものだった。とても可愛《かわい》い猿だったし、猿使いの男も感じが良かった。フランキーはいつだって彼らのことが好きだった。そして今は彼らにこれからの計画のことを話したくてならなかったし、結婚式のことも知ってもらいたかった。だからその壊れかけたような手回しオルガンの音がかすかに耳に届いたとき、彼女はすぐに彼らを探しに行った。その音楽はフロント・アヴェニューの河の近くから聞こえてくるようだった。だから彼女はメイン・ストリートを離れて、急いで横道を歩いた。しかしフロント・アヴェニューに着く直前に、オルガンの音が止《や》んでしまった。通りを見渡しても猿も、猿使いも見えなかった。あたりはしんと静まり返って、彼らはまったくどこにもいなかった。たぶんどこかの戸口か、店の中に入っているのだろうと彼女は思った。だからF・ジャスミンは注意深く目を配りながら、ゆっくり通りを歩いていった。

フロント・アヴェニューには街でいちばんうらぶれた、ちっぽけな店が並んでいたが、その通りはいつも彼女を惹《ひ》きつけた。通りの左側には倉庫が並び、その隙間《すきま》から茶色の河と緑の樹木が見えた。通りの右手には「軍用衛生具」という看板をかけた店があったが、それがいったいどういう商売なのか、彼女にはさっぱり見当がつかなかった。それから他にもいろんな店があった。ウィンドウの砕いた氷の中から、一匹の魚がショックを受けた目をじっとのぞかせている、生臭い匂いのする魚屋。質屋。中古衣料品を売っている店。時代遅れの服が狭い入り口のところにかかっていて、外の歩道には破れた靴が一列に並べられている。それから最後に「ブルームーン」という名前の店がある。通りそのものは煉瓦敷きで、ぎらぎらと光って憤怒《ふんぬ》しているように見える。側溝に沿って歩きながら彼女は、卵の殻やら腐ったレモンの皮やらを目にした。そこは決して褒められた通りではない。しかしフランキー時代の彼女は、折に触れてそこを訪れることを好んだものだ。

通りは午前中と、ウィークデーの午後は静かだった。しかし午後遅くや休日には、そこは九マイル先にある訓練地からやってきた兵士たちで溢《あふ》れた。他のおおかたの通りよりも、彼らはフロント・アヴェニューがお気に入りのようで、時として通りは褐色の兵隊たちの流れる川のように見えた。彼らは休暇で街にやってくると、陽気で騒がしいグループとなって行動し、あるいは大人の女性を伴って歩道を歩いた。そしてフランキーはいつも羨望《せんぼう》の目で彼らを見つめたものだった。彼らは全米各地からやってきて、そしてほどなく世界各地に散っていくのだ。彼らはなかなか暮れない夏の黄昏《たそがれ》の中、仲間たちとつるんで行動した。その一方でフランキーは、カーキ色のショートパンツにメキシカン・ハットというかっこうで、一人ぼっちで遠くから彼らを眺めているしかなかった。遠い土地の物音や気象が、彼らのまわりに漂っているようだった。彼らがあとにしてきたたくさんの都市を、そしてまた彼らがこれから向かうであろう国々を彼女は想像した。それに比べて自分は、永遠にこの街に縛りつけられている。そんなことを思っていると、忍び寄ってくる羨《うらや》ましさに心が痛んだものだ。しかし今朝の彼女は、ひとつの心づもりで胸がいっぱいになっていた。結婚式と、これからの自分のいろんな計画について、人々に語らなくてはということで。猿と猿使いの姿を求めて焼けつくような通りを歩き、「ブルームーン」の前までやってきたとき、彼らはこの中にいるかもしれないという考えが彼女の頭に浮かんだ。

「ブルームーン」はフロント・アヴェニューのいちばん奥にある。フランキー時代の彼女はよく外の歩道に立って、網戸のドアに手のひらと顔を押しつけ、中で何がおこなわれているのかと、じっと覗き込んだものだった。客たち（ほとんどは兵隊だ）はブース席に座ったり、カウンターの前に立って酒を飲んだり、ジュークボックスのまわりに群がったりしていた。この店ではときどき出し抜けに騒ぎが持ち上がった。ある日の午後遅く、彼女が「ブルームーン」の前を通りかかったとき、荒々しい怒声と、瓶が投げられるような音が中から聞こえてきた。そこに立って見ていると、警官が一人、よろめく足取りの、服をずたずたにした男を引っ立てるようにして、歩道に出てきた。男は泣いたり、怒鳴ったりしていた。裂けたシャツには血がついて、汚れた涙が頰《ほお》をつたっていた。夕立の虹《にじ》が出ていた、四月の午後のことだ。護送車が悲鳴を上げながら通りをやってきて、逮捕された哀れな犯罪者は檻《おり》に放り込まれ、それから刑務所に運ばれていった。フランキーは「ブルームーン」のことをよく知ってはいたけれど、中に入ったことは一度もなかった。彼女がその中に入ってはいけないという法律はどこにもなかった。網戸に鍵《かぎ》がかかっていたり、鎖がはられているわけでもない。でも言葉にはされずとも、そこは子供が入ってはいけない場所なのだと彼女にはわかった。「ブルームーン」は休日の兵隊たちと、成人した自由な人間のための場所なのだ。フランキー時代の彼女は、自分にそこに入る資格がないことを知っていた。だから店のまわりをうろつくだけで、中には一度も入らなかったのだ。しかし結婚式の前日の朝、事情は一変してしまった。彼女が知っていた古い決まりは、F・ジャスミンにとっては何の意味ももたなかった。だから彼女はためらいもなく通りを離れ、店に足を踏み入れた。

「ブルームーン」には赤毛の兵隊が一人いた。この男は結婚式の前の日いちにち、実に予想もつかないかたちでこの話に絡《から》んでくることになる。でもF・ジャスミンは最初のうち彼の存在に気がつかなかった。彼女は猿回しの男を捜していたのだが、彼はそこにはいなかった。その兵隊を別にすれば、店の中にいるのは「ブルームーン」のオーナーであるポルトガル人だけで、彼はカウンターの中にいた。彼がF・ジャスミンが選んで結婚式の話をした最初の相手だった。彼が相手として選ばれたのは、ただ単にいちばん手近にいる適当な人間だったからだ。

通りの鮮やかな光の中から入ると、「ブルームーン」は暗く見えた。青いネオンの明かりが、カウンターの背後にある薄暗い鏡の上で燃えるように輝き、そこにいる人々の顔を淡い緑色に染めていた。ゆっくりと電気扇風機がまわっていて、生ぬるい饐《す》えたにおいのする微風を、さざ波のように部屋に巻き起こしていた。朝のその時刻には、店はひどく静かだった。店内のブース席はすべて無人だった。「ブルームーン」のいちばん奥には、明るく照らされた木造の、二階に通じる階段があった。店の中には気の抜けたビールと、朝のコーヒーのにおいがした。F・ジャスミンはカウンターの奥にいる主人にコーヒーを注文し、彼はそれを運んできて、彼女の前のスツールに腰を下ろした。彼はとてものっぺりとした顔をした、顔色の良くない、悲しげな男だった。丈の長い白いエプロンを掛け、スツールの上で身を前に屈《かが》め、両足を横木に載せ、ロマンス雑誌を読んでいた。結婚式について話をしたいという気持ちが高まり、それこそはち切れんばかりになったとき、どんな風に話し始めればいいのか、彼女は頭の中で必死で言葉を探し求めた。二人のあいだで会話を始めるにあたっては、何かしら大人っぽくてさりげない出だしが求められる。少しばかり震える声で彼女は切り出した。「とても普通じゃない夏だったじゃありませんか?」

ポルトガル人は最初、彼女の言ったことが聞こえなかったみたいで、そのままロマンス雑誌を読み続けていた。だから同じ台詞《せりふ》を繰り返した。そして彼の目が自分に向けられ、注意が払われたとわかると、声を高くして言った。「明日、わたしの兄がウィンターヒルで結婚式をあげるんです」。彼女はまっすぐ話の本題に踏み込んだ。まるでサーカスの犬が、紙を張った輪っかに飛び込むみたいに。話すにつれて声はよりくっきりと明瞭《めいりょう》に、より確かなものになっていった。彼女は自分の計画が既に完全に定まったものであり、疑問の余地はいっさいないものとして聞こえるように話した。ポルトガル人は首を少し片方に傾けて話を聞いていた。彼の黒い目のまわりにはくすんだ灰色の輪ができていた。そしてときどき、血色を欠いた、血管だらけの白く湿った手を、染《し》みのついたエプロンで拭《ぬぐ》った。彼女は結婚式や自分の計画について語り、相手はそれに対して異議を唱えたり、疑問を呈したりはしなかった。

本当に切実な思いの訪れを伝えようとするとき、自分の家の台所にいる人たちを相手にするよりは、まったくの他人を相手にした方が遥かに楽なのだなと、ベレニスのことを思い出しながら彼女は思った。ジャーヴィスやジャニスや結婚式やウィンターヒルといったいくつかの言葉を口にするときに感じる心のときめきはとても強いものだったので、F・ジャスミンはそれを話し終えたとき、最初からもう一度繰り返したいと思ったほどだった。ポルトガル人は耳の後ろに挟んだ煙草《たばこ》を手に取り、カウンターにとんとんと打ちつけたが、火はつけなかった。人工的なネオンの光を受けて、彼の顔は驚愕《きょうがく》したように見えた。彼女が話し終えても、彼は口を開かなかった。結婚式の話をした余韻が、彼女の中にまだ響いていた。ギターの最後の和音が、弦がかき鳴らされたあともまだ長く続いているみたいに。F・ジャスミンはそんな余韻の中で後ろを振り返り、入り口と、そこに四角く切り取られて見える灼熱《しゃくねつ》の通りに目をやった。暗い影になった人たちが歩道を歩いていて、その足音が「ブルームーン」の中に反響した。

「それはわたしにとても不思議な感覚をもたらすの」と彼女は言った。「生まれてこの方ずっとこの街で暮らしてきて、明日からあとはもう二度とここに戻ってこないんだっていうことが」

そこで彼女は初めて彼の存在に気づいた。この街での最後の長い一日を、最後の最後に変な具合にねじ曲げてしまうことになるその兵隊が、すぐそこにいることに。後日、彼女はそのときを振り返って、来《きた》るべき狂気を警告するヒントのようなものを自分が感じたかどうか、思い出そうとした。でもそのときの彼は、カウンターに立ってビールを飲んでいるごく普通の兵隊にしか見えなかった。長身でもなく、ちびでもなく、太ってもいないし、痩《や》せてもいなかった。赤毛を別にすれば、彼には普通ではないところはまったく見受けられなかった。彼は近くの訓練地から街に息抜きにやってくる何千という兵隊の一人に過ぎなかった。しかし「ブルームーン」の暗い照明の中で、その兵隊の目をじっと覗き込んでいると、彼女は自分がいつもとは違う目で相手を見ていることに気がついた。

その朝初めて、F・ジャスミンは羨望の目で兵隊を見ていなかった。彼はあるいはニューヨークやカリフォルニアからやってきたかもしれない。しかしそれをとくにうらやましいとは思わなかった。彼はこれから英国やインドに行くのかもしれない。でもそれもうらやましくはなかった。落ち着きのない春と、気の触れた夏、彼女は兵隊たちを悩ましい心で眺めていた。彼らはやってきて去って行く人たちであり、その一方で彼女は永遠にこの街に縛りつけられた人間だったからだ。でも今、結婚式を明日に控えて、すべては変化をとげた。兵隊の目をのぞき込む彼女の目からは、羨望や欠乏の色はきれいに払拭《ふっしょく》されていた。その日出会うまったくの他人と自分とのあいだに感じることになる、ちょっと説明のつかない繋がり《コネクション》がそこにあったわけだが、それだけではなく、また別の種類の認識のようなものも生じていた。自分たちは友好的にして自由な旅行者《トラベラー》として、移動の途中で一時的にこの地に足を休め、しばし特別な視線を交わし合っているのだという感覚を、F・ジャスミンは抱くことになった。二人は長く互いを見ていた。羨望の重しが取り去られたことで、F・ジャスミンの心は安らぎを得ていた。「ブルームーン」の店内はひっそりとして、彼女が口にした結婚式の話は微《かす》かな響きとしてまだそこに残っているように思えた。そのような旅行者仲間としての長い視線を交わし合ったあと、先に顔をそむけたのは兵隊の方だった。

「そうなの」とF・ジャスミンは少し間を置いて、とくに誰に向かってというのでもなく言った。「それはわたしをとってもへんてこな気持ちにさせるの。なんていうか、この街にずっと留まっていたらするはずの、すべてのことをやってしまわなくちゃならない、みたいな気持ちになるの。今日一日だけのことじゃなくてね。だからもう行かなくては。アディオス」。その最後の言葉を彼女はポルトガル人に向かって言って、それと同時に手はメキシカン・ハット（彼女は夏のあいだ、前日までずっとそれをかぶっていた）を持ち上げるために、自動的にそちらに伸びた。でもそこには何もなかったので、仕草は勢いを失い、手は行き場を失った。彼女は素早く頭を掻《か》き、兵隊に最後の一瞥《いちべつ》をくれて、「ブルームーン」をあとにした。

その朝は、これまで知っているすべての他の朝と違っていた。そこにはいくつかの理由があった。もちろんだいいちに、結婚式の話をしなくてはならなかったということがある。ずいぶん昔の話だが、フランキー時代の彼女はあるゲームをしながら街を回るのが好きだった。芝生の庭を持つ家が並ぶ街の北側から、うらぶれたサトウキビ工場や、黒人たちの住むシュガーヴィルまで、彼女はあたり構わず歩き回った——メキシカン・ハットをかぶり、丈の高い編み上げ靴を履き、カウボーイのロープを腰に巻いて、メキシコ人になったつもりで。ミー・ノー・スピーク・イングリッシュ。アディオス、ブエノス・ノチェス。アーブラ・ポーキー・ピーキー・プー、とでまかせのメキシコ語をしゃべりながら。ときどき小さな子供たちがまわりに群がり、フランキーはみんなをうまく騙《だま》せたことに得意になったものだった。しかしそんなゲームを終えてうちに帰ると、なんだか欺《あざむ》かれたような満たされない気持ちに襲われた。その朝彼女は、自分がメキシコ人のふりをして喜んでいた昔のことをふと思い出した。そして当時と同じいくつかの場所に行ってみた。そこにいる人々は——おおかたが知らない人々だったが——前と同じだった。でもその朝は、人々を騙したり、何かのふりをしたりする気持ちにはなれなかった。それどころか彼女は、ありのままの自分だけを認めてほしいという気持ちになっていた。自分のことを知られたい、認められたいという欲求、その必要性はとても強いものだったので、F・ジャスミンはすさまじい陽光の照り返しや、息が詰まるような埃《ほこり》や、街中を何マイルも歩き回っていることを（少なくとも五マイルは歩いたはずだ）すっかり忘れてしまっていた。

その日に関する二つ目の事実は、これまで忘れていた音楽が、唐突に頭に湧き起こってきたことだった。オーケストラのメヌエットや、マーチや、ワルツや、あるいはハニー・ブラウンのジャズ・サキソフォンといったいろんな音楽の切れ端。エナメル革の靴を履いた彼女の足はいつも、そんな曲にあわせてステップを踏んでいた。その朝いつもと違っていた最後のことは、三つの異なった部分が積み重なって自分の世界が作られているように見えたことだった。これまでのフランキー時代の十二年間、今日というこの日、そしてJAという頭文字を持つ三人が一緒にいろんな遠くの場所に行くであろう、これからの日々だ。

歩いていると、埃に汚れ飢えた目をした、フランキー時代の自らの亡霊が、少し離れたところを黙ってとぼとぼと歩いているみたいに感じられた。そして結婚式のあとの未来を巡る思いが、空そのもののように、切れ目なく頭上にあった。その日たった一日が、長い過去や、これからの輝かしい未来と等しく重要であるように思えた。スイングドアにとって蝶番《ちょうつがい》が重要であるのと同じくらい。過去と未来が入り混じった一日であるがゆえに、その日が一風変わった長い一日になることを、F・ジャスミンはいっときも疑わなかった。その朝がこれまでに体験した他のどんな朝とも違うと、うまく言葉にはできないものの、F・ジャスミンが心に感じたのには、主にそのような理由があった。このようなすべての事実と感覚を超えて、真の自分を知ってほしい、認めてもらいたいという切実な気持ちがあった。

メイン・ストリート近くの街の北側、木陰のある歩道沿いに彼女は歩いた。レースのカーテンのかかった下宿屋が並んでいるところだ。下宿屋のポーチの手すりの向こうには、無人の椅子《いす》があるだけだったが、やがて一人の奥さんがフロント・ポーチを箒《ほうき》で掃いている姿が目についた。この奥さんに向かって、最初にちょっとお天気の話をしたあとで、F・ジャスミンは自分の計画について語ったが、「ブルームーン」カフェのポルトガル人や、その日会うことになる他のすべての人に対してそうであったように、結婚式についての口上はきちんと定まった始まりと終わりを持っていた。まるで歌の形式のように。

最初、話し始めるとき、彼女の心に突然の静寂が訪れた。それからいくつかの名前が口にされ、計画が明らかにされるにつれて、気持ちがどんどん昂揚《こうよう》し、軽快になり、最後には満足感がやってきた。一方、奥さんは箒に寄りかかるようにして話を聞いていた。彼女の背後には開かれた薄暗い玄関があり、むき出しの階段が見えた。左手には手紙を置くテーブルがあり、暗い玄関の奥からは蕪《かぶ》の葉を調理する、熱く強い香りが漂ってきた。その波うつようなきつい匂いと、薄暗い玄関が、F・ジャスミンの喜びとひと入り混じり、その奥さんの目を覗き込んだとき、彼女は相手を心から好きになることができた。とはいっても、その相手の名前すら知らなかったのだけれど。

奥さんは何も異議は唱えなかったし、非難もしなかった。一言も口を聞かなかった。最後の最後になって、F・ジャスミンが背中を向けて立ち去ろうとしたとき、彼女はようやく口を開いた。「やれやれ、たまげたね」と。しかしそのときF・ジャスミンは既に、陽気なバンド音楽にあわせて足どりも軽く、さっさと道を先に進んでいた。

夏の芝生に樹影が落ちているあたりで、彼女は横道に逸《そ》れ、道路工事をしている何人かの男たちに出会った。溶けたタールと熱くなった砂利のむっとする匂いと、トラクターのうなりが、あたりの空気を賑やかに揺さぶっていた。F・ジャスミンが自分の計画を語ろうと決めた相手はトラクターを運転している男だった。彼の横を駆け抜けながら、そのよく日焼けした顔をよく見るために、彼女の顔は後ろに引き戻された。自分の声を相手に聞こえるようにするために、彼女は手を口もとでメガフォンのようにしなくてはならなかった。それでもなお、自分の言っていることが相手に伝わっているのかどうか確信が持てなかった。というのは話し終えたとき、男は声を上げて笑い、彼女に向かって何かを怒鳴りかえしたのだが、相手が何を言っているのか今ひとつ聞き取れなかったからだ。このように喧噪《けんそう》と活気に満ちている場所は、F・ジャスミンがフランキーの亡霊をいちばんはっきり見ることのできるところだった。騒ぎのまわりをうろうろし、タールの大きな塊を噛《か》み、昼休みには近くによって、弁当箱が開かれるのを眺めたものだ。道路工事現場の近くに立派な大きなオートバイが駐《と》めてあった。先に進んでいく前に、F・ジャスミンはそれをしげしげと鑑賞し、広々とした革のシートにぺっと唾《つば》を吐いて、こぶしでそれを丁寧に磨いた。今の彼女は、街の外縁部近くの高級住宅地域にいた。新しい煉瓦造りの家が並び、歩道とのあいだは花壇で区切られ、舗装されたドライブウェイに車が駐めてあった。しかし高級住宅地になればなるほど、そこで見かける人々は少なくなっていく。だからF・ジャスミンは向きを変えて、街の中心地に戻った。太陽は焼けた鉄の蓋《ふた》みたいに彼女の頭上にあり、スリップが胸に張りついた。オーガンディーのドレスでさえ汗で濡《ぬ》れて、身体のあちこちにまとわりついた。マーチ音楽はだんだん小さくなって、ヴァイオリンの夢見るような曲に変わり、それにつれて彼女の歩調もゆっくりしたぶらぶら歩きになっていった。その手の音楽に合わせて彼女は街の反対側へと移動していった。メイン・ストリートと製糖工場を通り過ぎ、工場地区の灰色のくねくねとした道路の方へと向かった。むっとする埃と、みすぼらしい灰色の小屋でごったがえしたこの地区なら、結婚式の話をできる相手はもっと簡単に見つかるだろう。

（このように歩き回っているあいだ、時折彼女の頭の奥底で、ささやかな会話のようなものが微かなうなりをあげていた。それはベレニスの声だった。この朝の出来事が知れたときに、彼女がいかにも言いそうなことだった。街中をうろつきまわっていただって、とその声は言った。知らない人に声をかけてまわっただって！　今まで生きてきて、そんな馬鹿《ばか》な話は聞いたことないよ！　というわけでベレニスの声はそこに聞こえていたものの、意識されぬままに素通りしていった。蠅の羽音と同じように）。

工場地区のうらぶれた横町と、曲がりくねった通りから、彼女は見えない一本の線を越えた。それはシュガーヴィルと白人の街を隔てている境界線だった。シュガーヴィルには工場地区と同じように、二間の小屋と朽ちた屋外便所が続いていたが、丸く刈られた密なセンダンの木がきりっとした影をそこに落としていたし、いくつかのポーチの上からは、鉢植えのシダが涼しげに垂れていた。そこはこの街の中で、彼女がよく知っている地域だった。歩きながら彼女は、そこにあるいくつもの小径《こみち》と、自分が長年にわたって様々な気候のもとで馴れ親しんできたいろんなものごとを思い出していた。白く凍《い》てつく冬の朝には、洗濯女たちの黒い鉄の釜《かま》の下で燃えるオレンジ色の炎さえ、かじかんで震えているように見えたものだ。そして風の強い秋の夜。

しかし今、夏の陽光は目も眩《くら》むほどまぶしかった。その中で彼女はたくさんの人々に会って、話をした。顔や名前を知っている人たちもいたし、全然知らない人たちもいた。でも新しい人に話をするたびに、結婚式の計画はますますしっかり固まってい って、最後には揺るぎないものとなった。十一時半になる頃には、彼女はすっかり疲れ果てていた。そして頭の中の音楽でさえ、今ではくたびれて勢いを失っていた。そして真の自分を認められたいという欲求はとりあえず満たされた。だから彼女は出発した地点に戻ることにした。眩しく光る歩道が熱く焼かれ、白い照り返しの中で人影もまばらなメイン・ストリートに。

街に出るたびに彼女は父親の店の前を通ることにしていた。父親の店は「ブルームーン」と同じブロックにあった。しかしメイン・ストリートから二軒ぶんしか離れておらず、立地的には遥かに優れていた。細長いかたちの店で、高価な宝石がビロードの箱に収められてウィンドウに並べられていた。ウィンドウの向こうには父親の仕事台があって、歩道を歩きながら父親がそこで仕事をしているのが見えた。小さな時計の上に頭を屈め、大きな褐色の両手が蝶のように繊細な動きを見せている。街では父親は知名人といってもいい存在だった。その姿と名前はみんなに知られている。しかし父親はそれを誇らしいとは思わず、立ち止まってじっと自分を眺める人がいても、決して顔を上げたりしなかった。しかしその日の朝、父親は仕事台の前にはいなかった。カウンターの奥にいて、折り畳んでいたシャツの袖《そで》を下ろし、これから上着を着て外に出ていこうとしているみたいに見えた。

細長いガラスのショーケースは宝石や時計や銀細工で眩しく光り、店の中は時計を修理するための灯油の匂いがした。父親は鼻の下の汗を人差し指で拭い、鼻を困ったようにごしごしとこすった。

「朝からずっといったいどこに行ってたんだ？　おまえが見当たらないといって、ベレニスが二度も連絡してきたぞ」

「街をずっと歩き回っていたのよ」と彼女は言った。

しかし父親は聞いていなかった。「これからペット叔母さんのところに行くところだ」と彼は言った。「今日、彼女のところに悲しい知らせが届けられた」

「どんな悲しいニュースなの？」とF・ジャスミンは尋ねた。

「チャールズ伯父さんが亡くなったんだ」

チャールズ伯父さんはジョン・ヘンリー・ウェストの大伯父にあたる。彼女とジョン・ヘンリーは直接の従弟《いとこ》だが、チャールズ伯父さんと彼女のあいだに血のつながりはない。彼は二十一マイル離れたレンフロー・ロードの、まわりを赤い綿花畑に囲まれた、色あせた木造のカントリー・ハウスに住んでいた。ずいぶんな高齢で、かなり以前から病を得ていた。片足を墓穴に突っ込んでいるようなものだと言われていた。

いつも寝室用のスリッパを履いていたが、今はもうこの世にはいない。でもそれは結婚式とは無関係なことだ。だからF・ジャスミンは「可哀想《かわいそう》なチャールズ伯父さん。気の毒に」と言っただけだった。

店を二つに仕切っている、饐《す》えた匂いのする灰色のビロードのカーテンの奥に、父親は入っていった。カーテンの手前は入り口に近い、広い店舗部分であり、その奥は狭くて埃っぽいプライベートな部分になっている。奥にはウォータークーラーがあり、箱の並んだ棚があり、夜間に盗まれないようにダイアモンドの指輪をしまっておくための、大きな鉄製の金庫がある。F・ジャスミンはカーテンの向こうで父親がごそごそと動き回る音を聞いた。そしてフロント・ウィンドウに面した仕事台に注意深く腰を据えた。緑色の下敷きの上には、既に分解された時計の部品が並べられていた。

時計職人の血が彼女の中にも濃く受け継がれていて、フランキー時代の彼女は父親の仕事台の前に座るのが大好きだった。宝石職人のルーペがついた父親の眼鏡をかけ、いかにも忙しそうに顔をしかめながら、時計部品を灯油に浸けたものだ。旋盤の前でも働いた。歩道で暇を潰《つぶ》している連中が何人か、彼女を見るためにウィンドウの前に集まることもあった。そんなとき彼女はみんなが言うことを想像したものだ。

「フランキー・アダムズは父親の店で働いて、週に十五ドルもらっている。彼女はいちばんむずかしい時計を修理して、父親と一緒にウッドメン・オブ・ザ・ワールド・クラブに出席するんだ。ごらんよ、彼女は一家の誇りであり、街ぜんたいにとっても大きな誇りになっている」。むずかしい顔をして忙しそうに時計にとりくみながら、彼女はそんな会話を頭の中で想像したものだ。でも今日は、下敷きの上に広げられた時計の部品を目にしても、宝石職人のルーペをつけたりはしなかった。チャールズ伯父さんが亡くなったことについて、もう少し何かを言わなくてはならないような気がしたのだ。

父親がカーテンの奥から出てきたとき、彼女は言った。「チャールズ伯父さんもかつては指導的な立場にいる市民だった。この地域全体にとって大きな損失になるでしようね」

その発言はとくに父親を感心させなかったようだった。「家に帰りなさい。ベレニスはおまえの行方を捜して、あちこち電話をかけていたから」

「ねえ、結婚式のためのドレスを買ってもいいって言ったことを覚えてる？　それからストッキングと靴も」

「マクドゥーガルの店でつけで買っておきなさい」

「どうしていつもいつもマクドゥーガルの店で買い物をしなくちゃならないの？　地

元のお店だからというだけの理由で」と彼女は戸口から出ていきながら不平を言った。「わたしがこれから行くところには、マクドゥーガルの店の百倍も大きなお店がいくつもあるっていうのに」

ファースト・バプティスト教会の鐘楼の時計が十二時を告げ、製糖工場のサイレンが鳴り出した。通りは眠り込んだような静けさに包まれていた。中央の草の茂った分離帯に鼻先を向けて斜めに駐車している車でさえ、くたびれ果てて眠り込んでいるみたいに見えた。昼ご飯どきに外に出ている少数の人々は、日よけテントがぶっきらぼうに落とす影から足を踏み出さないようにしていた。太陽は空から色を奪い去り、煉瓦造りの店は激しい陽光の下で縮み、黒ずんでいるように見えた。ひとつの建物のてっぺんには、張り出した飾り軒がついていたが、遠くから見ると、まるで煉瓦造りの建物そのものが溶け出しているような、気味の悪い印象を与えていた。そんな正午の静けさの中で、彼女は再び猿使いのオルガンの音を耳にした。その音が聞こえると彼女の足はいつも磁石に引き寄せられるように、自然にそちらの方に向かっていったものだ。今度こそ彼らをみつけて、別れの挨拶《あいさつ》をしなくてはならない。

F・ジャスミンは通りを急いで歩きながら、心の目で二人を見ていた。そして彼らが自分のことを覚えているかどうか、考えた。フランキーはいつもその猿と猿使いのことが大好きだった。彼らは互いによく似ていた。どちらも心配そうな、問いかけるような表情を顔に浮かべていた。まるで常に「自分たちのやっていることは間違っているのでは」と案じているみたいに。実際のところ、猿のやることはほとんどいつも間違っていた。猿はオルガンの曲にあわせて踊ったあと、小さな可愛い帽子を脱いで、それを持って聴衆のあいだを回ることになっていたが、よく取り違えて、お辞儀をしてからその帽子を、聴衆ではなく猿使いに向けて差し出した。猿使いは猿に懇願し、最後にはぶつくさわけのわからない文句を言い出したものだ。彼が猿を打《ぶ》つような真似《まね》をすると、猿は身を縮め、同じようにぶつくさ文句を言った。そして彼らは怯《おび》えたような苛立《いらだ》ちを同様に顔に浮かべ、お互いをじっと見つめるのだった。皺《しわ》の寄った二つの顔はとても哀しげだった。長いあいだ彼らを見物したあと、フランキー時代の彼女はすっかり魅了され、あとをついて歩きまわりながら、彼らと同じ表情を顔に浮かべることになった。そして今、F・ジャスミンはどうしても彼らに会わなくてはと思った。

彼女は調子外れのオルガンの音をはっきりと耳にした。でもそれはメイン・ストリートから聞こえてきたのではない。先の方、たぶん次のブロックの角を曲がったあたりだ。だからF・ジャスミンは急ぎ足でそちらに向かった。角に近づくにつれ、違う物音が聞こえてきて、それが好奇心を戸惑わせ、彼女は立ち止まって耳を澄ませた。オルガンの音を圧するように、男のけんか腰の声が聞こえ、猿使いの興奮した甲高い抗議の声が聞こえた。猿まで何かわめいているようだった。それから急にオルガンの音が止み、二つの違った声が大きくなり、狂ったように重なっていった。F・ジャスミンは角に着いた。そこはシアーズ&ローバック・ストアの角だった。彼女はストアをゆっくり通り過ぎ、角を曲がり、そして思わず目を見はった。

それはフロント・アヴェニューに向けて下っていく狭い坂道で、太陽が強烈に光っているせいで目が眩んだ。その歩道に猿と猿使いがいた。そして一人の兵隊がドル札の束を握りしめた拳《こぶし》を差し出していた。一見して百ドルはありそうだった。兵隊は腹を立てているようだったし、猿使いもまた顔を蒼白《そうはく》にし、興奮していた。二人は口論をしており、F・ジャスミンが見たところ、兵隊は猿を買いたがっているみたいだった。猿自身はシアーズ&ローバック・ストアの煉瓦の壁に寄って、歩道の上で身を屈めて震えていた。暑い日だったが、猿は銀のボタンのついた赤い小さな上着を着て、その怯えて切羽詰まった小さな顔は、くしゃみをしそうになっている人に似た表情を浮かべていた。情けなさそうに震えながら、猿は誰にともなくお辞儀をし続け、帽子を空中に差し出していた。交わされている怒声が、自分に関わるやりとりであることが猿にはわかっていたし、そのせいで自分が責められているように感じていた。

F・ジャスミンはその近くに立ち、騒ぎの内容を理解しようと、じっと耳を傾けていた。それから急に兵隊が猿の鎖を摑《つか》んだ。しかし猿は金切り声をあげ、彼女がいったい何が起こったのか気づく間もなく、フランキーの脚と身体を素早く駆け上り、肩の上にうずくまって、その小さな両手を彼女の頭にまわした。それは一瞬の出来事で、ショックを受けた彼女は身動きひとつできなかった。声は止み、猿の意味不明の金切り声を別にすれば、通りはしいんと静まりかえった。兵隊はびっくりしたような、ぽかんとした顔で、相変わらずドル札の束を握りしめた拳を差し出していた。

最初に我に返ったのは猿使いだった。彼は優しい声で猿に呼びかけ、次の瞬間猿は彼女の肩から、猿使いが背負ったオルガンの上に飛び移った。そして二人は去って行った。彼らは急いで角を曲がったが、曲がり際《ぎわ》の最後の瞬間に、同じ顔つきで揃《そろ》ってこちらを振り向いた。咎《とが》めるような、険のある顔つきだった。F・ジャスミンは煉瓦の壁に寄りかかり、猿の重みをまだ肩の上に感じていた。その埃っぽい、むっとする匂いを嗅ぐこともできた。その二人の姿が見えなくなってしまうまで、兵隊はぶつぶつとぼやいていた。F・ジャスミンはその時点で彼が赤毛であることに、そしてまた「ブルームーン」にいたのと同じ兵隊であることに気づいた。彼はドル札の束をポケットにねじ込んだ。

「あの猿はたしかにかわいいわよね」とF・ジャスミンは言った。「でもあんな風に身体を駆け上がられるのって、なんだかすごく変な気持ちがする」

兵隊はそこで初めて彼女の存在に気がついたみたいだった。彼の顔つきはだんだん変化していった。怒りの表情が消えて行った。彼はF・ジャスミンを上から下まで眺めた。頭のてっぺんから、一張羅のオーガンディーのドレスから、彼女の履いている黒いパンプスまで。

「あなたはあの猿がほしかったんでしょ。ほんとに」と彼女は言った。「わたしもいつも猿をほしいと思ってた」

「なんだって？」と彼は言った。それからまるで舌がフェルトだか、すごく分厚い吸い取り紙だかでできているみたいな、もったりとした声で言った。「で、おれたちはどっちに行くんだい？　君がおれの行く方に来るか、それともおれが君の行く方に行くか？」

F・ジャスミンはそんな展開を予想していなかった。その兵隊は旅行者仲間として、旅先の街で出会ったもう一人の旅行者と行動を共にしようとしているのだ。一瞬のことだが、彼女は以前その台詞をどこかで耳にしたことがあるという気がした。たぶん映画の中で。その決めの台詞にふさわしい、決めの返答があるはずだ。でもその出来合いの台詞を知らなかったので、彼女は用心深く答えた。

「あなたはどっちに行くのかしら？」

「さあ、つかまりな」と言って彼は肘《ひじ》を突き出した。

お昼時のぎゅっと詰まった影を落としながら、二人は通りを歩いた。その一日のうち、向こうから彼女に話しかけ、行動を共にしようと誘ってきたのは、その兵隊だけだった。しかし結婚式の話を始めようとしたとき、そこに何かが欠けているような気がした。彼女は朝から街中をまわって、たくさんの人に自分の計画について話をしたので、おそらく少し落ち着いた気持ちになっていたからかもしれない。あるいは兵隊が本当は人の話を聞いていないことを感じとっていたからかもしれない。彼はピンクのオーガンディーのドレスを目の端で見ていた。その口には淡い笑みが浮かんでいた。F・ジャスミンはどれだけ努めても、兵隊の歩調に合わせて歩くことができなかった。というのは彼の両脚はしまりなく身体にくっつけられたみたいに、てんでばらばらな歩き方をしていたからだ。

「どこの州から来たのか、よかったら教えてもらえる？」と彼女は丁寧な口調で尋ねた。

答えが返ってくる前の一瞬、彼女の頭はせわしなく動いて、ハリウッドかしら、ニューヨークかしら、メインかしらと想像をたくましくした。兵隊は答えた。「アーカンソーさ」

連邦の四十八のすべての州の中で、アーカンソーは彼女の心にとくに何も訴えかけてこないとても数少ない州のひとつだった。しかし彼女の想像力はひるみながらも、すぐさま反対方向に転じた。そして彼女は尋ねた。

「これからどこに行くのかしら?」

「ただうろつきまわっているだけさ」と兵隊は言った。「三日間の外出許可をもらって、自由の身なものでね」

彼は質問の意味を取り違えていた。というのは彼女は、世界中のどこの国に送られるかしれない兵隊としての彼に質問していたからだ。しかし彼女が質問の意味を説明する前に、彼は言った。

「あそこの角を曲がったところに、おれが泊まっているホテルみたいなのがあるんだ」、それから彼女のドレスのひだ飾りのついた襟をなおも眺めながら、彼は付け加えた。「君をどっかで見かけた気がするな。『アイドル・アワー』に踊りにいったりするのかい?」

二人はフロント・アヴェニューを歩いて行ったが、今では通りは土曜日の午後の雰囲気を帯び始めていた。魚屋の店舗のある建物の二階では、一人の女が窓辺で黄色い髪を乾かしながら、下を歩いて行く二人の兵隊に声をかけていた。街の名物男である路上の説教師が街角に立って、倉庫で働く黒人の若者たちや、やせこけた子供たちのグループに向かって説教をしていた。しかしF・ジャスミンの頭は自分のまわりで起こっていることにまではまわらなかった。兵隊が口にしたダンスと「アイドル・アワー」についての言及は、魔法の物語の杖《つえ》となって彼女の心に触れた。彼女はそのときになって初めて、自分が兵隊と二人で歩いていることに気づいた。彼は、みんなで徒党を組んで陽気に通りで騒ぎまくっていたり、女たちと連れだって歩いている連中の一人なのだ。フランキーが眠っているあいだに、彼らは「アイドル・アワー」でダンスをして楽しい時間を過ごす。彼女はエブリン・オウエン以外の誰ともダンスをしたことはないし、「アイドル・アワー」には足を踏み入れたこともない。

そして今、F・ジャスミンは一人の兵隊と並んで歩いていて、彼はどんなものだかよく知れないそのお楽しみの中に彼女を組み込んでいる。でも彼女はそのことですっかり得意な気持ちにはなれなかった。今ひとつ捉《とら》えきれない、言葉では表せない疑念がそこにはあり、それが彼女を落ち着かない気持ちにさせた。真昼の空気には熱いシロップのようなもわっとした粘りけがあった。そして綿紡績工場の染色室の息苦しい匂《にお》いも混じっていた。猿使いの手回しオルガンの音が、メイン・ストリートの方から微かに漂い聞こえてきた。

兵隊は足を止めた。「これがホテルだ」と彼は言った。

二人は「ブルームーン」の前にいた。それがホテルと呼ばれるのを耳にして、F・ジャスミンは驚いた。それまではただのカフェだと思っていたからだ。彼女のために網戸のドアを押さえながら、兵隊の身体がふらっと揺らいだことに彼女は目を留めた。外の眩《まぶ》しい陽光の中から店に入ると、視野が真っ赤になって何も見えなくなり、それから真っ黒になった。青い明かりに目が慣れるのに少し時間がかかった。彼女は兵隊のあとについて、右手に並んでいるブース席のひとつに座った。

「ビールでいいな」と兵隊はとくに返事を求めるでもなく言った。そうに決まってるといわんばかりに。

F・ジャスミンはビールの味が好きではなかった。何度か父親のグラスから盗み飲みをしたが、口がひん曲がりそうになった。でも兵隊は彼女に選択の余地を与えなかった。「ええ、それでいいわ」と彼女は言った。「ありがとう」

彼女はこれまでしばしばホテルについて思いを巡らせたし、芝居の中に登場させたりもしたのだが、実際にホテルに足を踏み入れたのはそれが初めてだった。彼女の父親は何度かホテルに泊まったことがあり、一度モンゴメリーのホテルから、備え付けの小さな石鹼《せっけん》を二つ持って帰ってきてくれた。彼女はそれを大事にとっておいた。彼女は新たな好奇心をもって「ブルームーン」の店内を眺めた。そして突然とても取り澄ました気持ちになり、ブース席のテーブルの前でドレスを注意深く整えた。パーティーやら教会の集まりのときに、スカートのプリーツがつぶれないように気をつけるみたいに。身体《からだ》をまっすぐにして座り、つんとした表情を顔に浮かべていた。でもどう見ても「ブルームーン」は本物のホテルというより、ただのカフェのようにしか見えなかった。哀《かな》しげな青白い顔をしたポルトガル人の姿はなく、かわりに金歯を光らせた太った女性がカウンターに立っていて、その兵隊のために笑いながらビールを注いだ。奥の階段はおそらく二階にあるホテルの部屋に通じているのだろう。階段のステップはリノリウム敷きで、青いネオンの電球に照らされていた。ラジオでは小粋《こいき》なコーラスがコマーシャル・ソングを歌っていた。デンティーン・チューイーンガム！デンティーン・チューイーンガム！　デンティーン！　ビールの匂いのする空気は彼女に、壁の背後でネズミが死んでいる部屋を思い出させた。兵隊はビールのグラスをふたつ持ってブース席に戻ってきた。手の上にこぼれた泡を舐《な》め、その手をズボンの尻《しり》で拭った。彼が席に座ると、F・ジャスミンはこれまで一度も出したことがない声で言った。鼻から出てくるような高い声だ。上品で威厳がある。

「これってすごくわくわくすると思わない？　わたしたちはこうして同じテーブルについている。でも一か月後にわたしたちがどこにいるか、それは誰にもわからない。軍は明日にでもあなたをアラスカに送るかもしれない。うちの兄にそうしたみたいにね。それともフランスかアフリカかビルマか。そしてわたしだって、どこにいるか見当もつかないわ。できればわたしたちはしばらくアラスカに行ければと思っているの。それからどこか他のところに行く。パリが解放されたっていう話ね。戦争はもう来月にでも終わるんじゃないかしら」

兵隊はグラスを持ち上げ、頭を後ろに反らしてぐいとビールを飲んだ。F・ジャスミンも少しすすってみたが、ひどい味だと思った。今日の彼女は世界のことを、ばらばらにほどけてひび割れて、時速千マイルでぐるぐる回転している球体としては見ていなかった。だから戦争や遠い場所のめまぐるしい光景が、彼女の頭をくらくらさせることもなかった。世界がこれほど身近に思えたことはなかった。「ブルームーン」のブース席で、テーブルを隔てて兵隊と向かい合っていると、彼女と兄とその花嫁が三人で、アラスカの冷たい空の下を歩いている光景が、突然目に浮かんだ。そこでは緑色の氷の波が固まって、海辺に重なっている。彼らは陽光に照らされた氷河を登っていく。淡青色の光が氷河を刺し貫き、三人の身体は一本のロープで結び合わされている。他の氷河からやってきた友人たちが、アラスカ語でJAを頭文字とする彼らの名前を呼ぶ。彼女は次にその三人組をアフリカで見る。シーツみたいな布を身に巻いたたくさんのアラブ人たちと共に、砂混じりの風を受けながら、彼らはラクダに乗って足早に進んでいった。ビルマには暗いジャングルがあり、それを彼女は「ライフ」誌の写真で見たことがあった。結婚式のおかげで、それらの遠い土地は、世界は、ほとんど手の届きそうな近い場所に思えた。ウィンターヒルからそこまでは、この街からウィンターヒルまでほどしか離れていないように思えた。F・ジャスミンにとってあまり現実的でなく感じられるのは、むしろ今現在の方だった。

「ええ、それはすごく興奮させられることだわ」と彼女はもう一度言った。

　兵隊は自分のビールを飲み終え、そばかすのある手の甲で濡れた口もとを拭った。彼の顔は丸顔ではなかったが、派手なネオンの明かりのせいで膨らんで見えた。顔には千もの小さなそばかすがあった。彼女がその兵隊について可愛《かわい》いと思えるのは、そのカールした明るい色あいの赤毛だけだった。目は青く、左右くっつきすぎていて、白目がなまなましかった。彼は何か含みのある顔で彼女を見ていた。それは一人の旅行者がもう一人の旅行者を見る顔つきではなく、秘密の陰謀を分かち合っている人のような凝視だった。五分か六分のあいだ彼は何も言わなかった。それからようやく口を開いたが、その言葉はさっぱり意味をなさなかったし、彼女にはまったく理解できなかった。彼女の耳には彼がこう言ったように聞こえた。

「このかわいいお姉ちゃん《ディッシュ》は誰なんだろう?」

テーブルの上にはお皿《ディッシュ》はなかったし、彼は裏の意味を含めて話を始めたのだと感じて、彼女は落ち着かない気持ちになった。彼女は会話の方向を変えようと努めた。

「わたしの兄は陸軍に入っているって言ったわよね」

しかし兵隊は何も聞いていないようだった。「どっかで君に会ったことがあるって気がたしかにするんだがな」

F・ジャスミンの疑念は深まった。兵隊は自分のことを実際よりずっと年上だと思っているようだった。でもそう思われても、なぜか手放しで楽しい気持ちにはなれなかった。会話を成り立たせるために、彼女は言った。

「赤毛があまり好きじゃないっていう人も中にはいるけど、わたしは赤毛が好きよ」。それから兄と花嫁のことを思い出して付け加えた。「濃い茶色と金髪もいいけれど。男の子の頭にカールした髪を与えるなんて、神様は無駄なことをなさると思うの。たくさんの女の子が、火かき棒みたいなまっすぐな髪でそのへんを歩き回っているっていうのに」

兵隊はブース席のテーブルの上に前屈みになり、彼女をなおもじっと見つめていた。それから彼は指歩きを始めた。両手の中指と薬指がテーブルを横切って、とことこと彼女の方に歩いてきた。指は汚くて、爪《つめ》の下に黒い垢《あか》がたまっていた。何かおかしなことが持ち上がろうとしているという予感を、F・ジャスミンは抱いた。ちょうどそのとき突然、ちょっとした賑《にぎ》やかな騒ぎが起こった。三、四人の兵隊が押し合いへし合いホテルに入ってきたのだ。わけのわからない声が上がり、スイングドアがばたんばたんと音を立てた。テーブルを横切ってくる兵隊の指の動きが止まった。ほかの兵隊たちをちらりと見たとき、含みのある表情は彼の目からさっと消えた。

「あれはたしかに可愛い猿だわ」と彼女は言った。

「猿？」

疑念は、何かが間違っているという感覚へと深まっていった。「だから、少し前にあなたが買おうとしていた猿のことよ。いったいどうしたっていうの？」

何かが間違っており、兵隊は両の拳を頭にあてた。身体の力が抜け、まるで倒れ込むように椅子の背にどっと身をもたせかけた。「ああ、あの猿か！」と彼はもつれた声で言った。「ビールを浴びるほど飲んだあとで、かんかん照りの中を歩いたんだ。なにしろ一晩中飲みまくったからな」。彼はため息をついた。彼の両手はテーブルの上にだらしなく開かれていた。「今にもへたばりそうだ」

F・ジャスミンはそこで初めて、いったい自分はこんなところで何をしているんだろう、家におとなしく帰った方がいいのかもと思った。他の兵隊たちは階段のそばのテーブル席を囲み、金歯の女性はカウンターの奥で忙しそうに働いていた。F・ジャスミンはビールを飲み終え、空のグラスの内側にレースのようなクリーム状の泡が線になって残った。ホテルのむっとした、閉じ込められたような匂いが、急に彼女を妙な気持ちにさせた。

「もう家に帰らなくちゃ。ビールをごちそうさま」

彼女はブース席から立ち上がった。しかし兵隊は手を伸ばして、彼女のドレスの端をつかんだ。「よう！」と彼は言った。「そんな風に行っちまわないでくれよ。今日の夜の約束をしようじゃないか。九時にデートするってのはどうだい？」

「デートする？」、F・ジャスミンは自分の頭が大きくなって、ばらけてしまったような気がした。ビールのおかげで足元が変になっていた。二本の脚ではなく、四本の脚を操らなくてはならないような感じだ。もしそれが今日以外の日であれば、誰かが

（ましてや兵隊が）自分をデートに誘うなんて、ほとんどあり得ないことに思えたはずだ。デートなんていう言葉からして、もっとずっと年上の娘たちが使うべき大人びたものなのだ。しかしここでもまた、彼女の喜びに水を差すものがあった。もし彼が自分がまだ十三歳にもなっていないと知っていたら、彼女をデートに誘ったりはしなかったはずだ。そもそも声をかけたりもしなかったはずだ。困ったことになるかもしれないという感覚があった。軽い不安に襲われた。「さあ、どうかしら、それは――」

「いいだろ」と彼は強要するように言った。「九時にここで待ち合わせようじゃないか。それから『アイドル・アワー』かどこかに行こう。それでいいだろ？　ここで九時にってことでさ」

「オーケー」と彼女は言った。「喜んで」

彼女は再び焼けつく歩道に出た。その怒りに満ちたぎらつきの中で、道を行く人々は暗く縮んだように見えた。その朝の結婚式の気分に戻るのに少し時間がかかった。というのはホテルの中での半時間が、彼女の意識の枠を微妙に乱してしまっていたからだ。でも回復にそれほど長い時間はかからなかった。メイン・ストリートに着く頃には、結婚式の気分はまた戻っていた。同じ学校の、二学年下の小さな女の子を目にとめて、道で呼び止め、結婚式の話をした。兵隊にデートに誘われた話もした。その声にはいかにも自慢げな響きがあった。その少女は彼女が結婚式用の服を買いに行くのに一緒についてきた。服を買うのに一時間かかった。一ダース以上の美しいドレスを試着したからだ。

しかし結婚式の気分が戻ってきた最も大きな理由は、帰宅する道筋で起こったある出来事だった。それはほとんど神秘的な目の錯覚であり、想像の産物だった。家に向かって歩いているときに突然、彼女は激しいショックを受けた。まるでナイフが飛んできて胸に突き刺さり、そこでぶるぶる震えているような感じだった。F・ジャスミンは踏み出した片足を下ろすことができないまま、その場に立ちすくんだ。最初のうち、いったい何が起こったのかわけがわからなかった。彼女の斜めうしろに何かがあり、左目のぎりぎりの端っこで、それがぱっと輝いたのだ。彼女はその像を半分しかとらえられなかった。それは暗くて二重になったもので、ちょうど今通り過ぎた路地の奥に位置していた。そして半分だけ見えたその物体のおかげで、目の片隅にきらりと捉えられた閃光《せんこう》のおかげで、彼女の兄とその花嫁の映像が唐突に脳裏に浮かび上がったのだ。稲妻のようなぎざぎざに明るい光の中で、彼女は二人の姿を見た。二人が家の居間のマントルピースの前に束《つか》の間《ま》並んで立ち、兄の腕が花嫁の肩にまわされている姿が。その像はあまりにも鮮烈だったので、F・ジャスミンは、ジャーヴィスとジャニスが実際に路地の奥に立っていて、その姿が一瞬自分の視野に飛び込んできたように思えたほどだった。しかし二人が今、ここから百マイル近く離れたウィンターヒルにいることは、わかりすぎるくらいよくわかっていた。

F・ジャスミンは宙に上げられたままの足を舗装された地面に下ろし、ゆっくり背後を振り返った。二軒の食料品雑貨店にはさまれた路地は狭く、まぶしい陽光の中では真っ暗に見えた。彼女はまっすぐその奥をのぞき込みはしなかった。なんだかよくわからないが、怯えに似たものを感じたからだ。彼女の目は盗み見るように、煉瓦《れんが》塀沿いにそろそろと這《は》って、もう一度そこに暗い二重の影を見た。いったい何なのだろう？　F・ジャスミンは息をのんだ。路地の中にいるのは、ただの二人の黒人の子供たちだった。一人の男の子はもう一人より背が高く、その子はもう一人の小さい子の肩に手をまわしていた。それだけのことだ。しかしその角度や、立っている姿勢や、とっているポーズには、兄と花嫁の姿をはっと蘇《よみがえ》らせるものがあり、それが彼女に衝撃を与えたのだ。こうして、二人のまぎれなく生き写しの像とともに、その朝は終わった。二時前に彼女は家に戻った。

2

その日の午後は、ベレニスが先週の月曜日に焼いて失敗したケーキの芯《しん》のようだった。フランキー時代の彼女は、ケーキが失敗したことを喜んだが、それは悪意からではなく、崩れたケーキが何より好きだったからだ。真ん中あたりの湿って、ねっとり固まったところが彼女の好物だった。だから大人たちがなぜそれを失敗とみなすのか、どうしても理解できなかった。その月曜日に焼かれたのはパン型のケーキで、端っこが軽く高く盛り上がり、真ん中が湿ったまますっかり崩れてしまっていた。明るく昂《こう》揚《よう》した朝があり、そのあとにやってきた午後は、重ったるく堅牢《けんろう》なものだった。あのケーキの芯と同じように。そしてこれがそこで過ごす最後の午後だったから、F・ジャスミンはすっかり見飽きたはずの台所の中に、あれやこれや、いつもとは違う甘美なものを見いだすことになった。二時に彼女が帰宅したとき、ベレニスは服にアイロンをかけていた。ジョン・ヘンリーはテーブルの前に座り、糸巻きでシャボン玉を吹いていた。そして緑色の秘密めかした目つきでじっと彼女の顔を見た。

「いったいどこをほっつき歩いていたんだね？」とベレニスが言った。

「きみが知らないことをぼくらは知ってるんだよ」とジョン・ヘンリーは言った。

「どんなことだか知りたい？」

「何よ？」

「ベレニスとぼくは結婚式に行くことになった」

　F・ジャスミンはオーガンディーのドレスを脱いでいるところだったが、その言葉は彼女を驚かせた。

「チャールズ伯父さんが亡《な》くなったからさ」

「その話は聞いたけど——」

「そうなんだよ」とベレニスは言った。「あの方はお気の毒に、今朝お亡くなりになった。それでご家族は、一家代々の墓地のあるオペライカまで遺体を運ぶことになってね、その何日かのあいだ、ジョン・ヘンリーはあたしたちと行動を共にするわけさ」

　となると、チャールズ伯父さんの死は結婚式になんらかの影響を及ぼしたわけだ。彼女はその考えを頭の中に落ち着かせた。ベレニスがアイロンをかけ終えるまでのあいだ、彼女は自分の部屋に通じる階段にペチコート姿で腰を下ろしていた。チャールズ伯父さんは街から離れたところにある、木陰になった木造の家に住んでいた。もうトウモロコシを丸かじりできないくらい年寄りになっていた。この六月に病を得て、それ以来ずっと生死を危ぶまれる状態が続いていた。縮んで茶色くなった老いさらばえた身体を、ベッドにじっと横たえていた。壁に掛かった絵がどれも傾いていると文句を言うので、人々は——本当は傾いてなんかいなかったのだが——額に入った絵を全部取り除かなくてはならなかった。自分のベッドが間違った角に置かれていると彼は文句を言い、本当はそんなことはなかったのだが、みんなはベッドの位置を移動した。それから声が出なくなってしまった。何かをしゃべろうとすると、喉《のど》がにかわで塗り固められたみたいになった。何を言っているのか、誰にも理解できなかった。ある日曜日、ウェスト家の人々は彼を見舞いに行き、フランキーもそれに同行した。彼女は忍び足で、奥のベッドルームの開け放たれた戸口に行って、中を覗《のぞ》いてみた。老人は木彫品のように見えた。茶色の木を使って彫られ、その上からシーツを掛けられているみたいに。目だけが動いていたが、それは青いゼリーのようだった。今にも眼《がん》窩《か》から抜け落ち、青く湿ったゼリー球となって、そのこわばった顔の上をころころ転がってきそうに見えた。彼女は戸口に立ってじっと彼を見ていたが、やがて怖くなって戸口を離れた。人々はようやく彼が何を言おうとしているのか、聞き取ることができた。太陽が窓の間違った方向から差していると、彼は文句を言っていたのだ。でも彼を実際にひどく苦しめているのは、太陽の位置ではなかった。彼を苦しめているのは死だった。

Ｆ・ジャスミンは目を開け、のびをした。

「死ぬって、おそろしいことだわ！」と彼女は言った。

「ああ」とベレニスは言った。「あの人はとてもきつい目にあったし、もう寿命も尽きたんだよ。神様がその時をお決めになったのさ」

「そりゃそうかもしれないけど、でも結婚式の前日に死んじゃうなんて、ちょっと変だと思わない？　それにだいたい、どうしてあなたとジョン・ヘンリーが結婚式についてこなきゃならないわけ？　家でお留守番していればいいじゃない」

「フランキー・アダムズ」とベレニスは言った。そして両手を腰にやって仁王立ちになった。「あんたくらい自分勝手な人間はまたといないよ。あたしたちはみんなでこの台所にずっと閉じ込められて――」

「フランキーって呼ばないで！」と彼女は言った。「同じことをこれ以上何度も言わせないでね」

午後の早い時刻で、以前であれば楽団が甘い音楽を奏《かな》でているところだった。でも今ではラジオは消されていたから、台所は厳しいまでの静寂に包まれ、遠くの物音が耳に届くだけだった。歩道を行く黒人物売りの声が聞こえてきた。黒人らしいだらりとひきずられた声音で、いくつかの野菜の名前が告げられた。そのほどけかけたゼンマイのような間延びした長いかけ声からは、単語としての意味が失われていた。近所の家で金槌《かなづち》を打つ音が聞こえた。一度打たれるごとに、その音がこだまとなってあたりに残った。

「わたしが今朝どこにいたかを知ったら、あなたはきっとすごくびっくりすると思うな。わたしは街中、あらゆる所にいたのよ。猿と猿使いにも会ったわ。その猿を買おうとしている兵隊がいて、百ドルを握った手を差し出していた。誰かが道ばたで猿を買おうとしているところを見たことある?」

「いいや。そいつは酔っぱらっていたのかい?」

「酔っぱらっていた?」とF・ジャスミンは言った。

「ああ」とジョン・ヘンリーが言った。「あの猿と猿使いね!」

ベレニスの質問はF・ジャスミンを戸惑わせ、考えをまとめるのに少し時間がかかった。「酔っぱらっていたとは思わないな。こんな真っ昼間から酔っぱらったりはしないでしょう」。彼女はベレニスに兵隊の話をするつもりでいたのだが、今ではそれをためらっていた。「でもまあ、そう言われてみれば——」と彼女は言いかけて、そのまま尻切れトンボになった。そして虹色《にじいろ》のシャボン玉が部屋を音もなく横切っていくのを、眺めていた。裸足《はだし》で、ペチコートだけの姿で台所にいると、兵隊のことをどう考えればいいのか、よくわからなくなった。そして夕刻の約束を思うと、気持ちが揺れた。決心がつかないので、彼女は話題を変えた。「今日、わたしの良い服を全部洗って、アイロンをかけてくれたわよね。ウィンターヒルに持って行かなくちゃならないから」

「なんで？」とベレニスは尋ねた。「ウィンターヒルにはたった一日しかいないんだよ」

「だから言ったじゃないの」とF・ジャスミンは言った。「結婚式のあと、もうここには戻ってこないって」

「馬鹿なことを言うもんじゃない。あんたはあたしが思っていたより、ずっと智恵《ちえ》が足りないみたいだ。あの人たちがあんたを新婚旅行に連れて行くわけはないだろう。二人で十分、三人目はお邪魔って言うじゃないか。それが結婚っていうものさ。二人で十分、三人目はお邪魔」

言い古されたことわざみたいなものに刃向かうのは、F・ジャスミンの得意とするところではなかった。彼女はそれを自分の芝居や会話で好んで使ったが、それに逆らって議論するのはまったく簡単なことではない。だから彼女は言った。

「まあ、見てればわかるわよ」

「洪水のことを思い出してごらんよ。ノアと彼の方舟《はこぶね》のことをね」

「それが今の話とどう関係あるのよ？」

「彼はどうやって動物たちを選んだか覚えてるよね？」

「ああ、もういいわよ。うるさいな」と彼女は言った。

「つがいで選んだんだよ」とベレニスは言った。「二匹ずつ、二頭ずつ、二羽ずつ方舟に乗せたんだよ」

その午後の言い合いは最初から最後まで一貫して、結婚式に関連したことだった。ベレニスはF・ジャスミンの考え方に従うことを断固拒否した。まったくの最初から、彼女はF・ジャスミンの首根っこをひっつかみそうな勢いだった。まるで警官が、不良の悪事を働いている現場を取り押さえるみたいに。そして彼女をそもそもの出発点まで引き戻すのだ。あの悲しく気の触れたような、そしてF・ジャスミンにはもう遥《はる》か遠い昔のできごとのようにしか思えない夏に。でもF・ジャスミンも頑固だったから、そう簡単に相手の言うがままにはならなかった。ベレニスは、彼女のすべての発想の中に間違ったところを見つけ、最初の一言から最後の一言に至るまで、目いっぱい痛烈な攻撃をしかけ、結婚式の話を打ち消そうと努めたが、F・ジャスミンはそんなに易々《やすやす》と打ち消されたりはしなかった。

「ねえ、見てよ」とF・ジャスミンは言った。そして脱いだばかりのピンクのオーガンディーのドレスを持ち上げた。「これを買ったときのことを覚えている？　この襟には小さなかわいいひだ飾りがついていた。でもあなたがアイロンをかけて、こんな風にそれをべったり潰しちゃったのよ。あのかわいいプリーツを元に戻さなくっちゃね」

「で、誰がそれをやるんだね？」とベレニスが言った。彼女はドレスを持ち上げて、襟を点検した。「あいにく、あたしにはやらなくちゃならないことが山ほどあってね」

「でも、これはやってもらわなくちゃ」とF・ジャスミンは抗議した。「だってそれが本来の襟のかたちなんだから。それに今晩、この服を着て出かけなくちゃならないところがあるかもしれないから」

「いったいどこに出かけるのか、聞きたいものだね」とベレニスは言った。「それから、さっきあんたが帰ってきたときにあたしがした質問に答えてくれないかね。午前中いったいどこをほっつき歩いていたんだよ？」

　F・ジャスミンがそうなるだろうと前もって予想していたとおり、ベレニスは理解することを断固拒絶した。そしてそれは言葉や事実がどうこうというより、むしろ感覚の問題だったから、相手を納得させるのはまったく簡単なことではなかった。彼女が「繋がり《コネクション》」について語ろうとすると、ベレニスはよくわけがわからないという顔で、まじまじと彼女を見つめるのだった。そして彼女が「ブルームーン」に入り、多くの人々と会話を交わしたところまで話を進めたとき、ベレニスの平たくて幅のある鼻は、横にぐいと広がり、頭が振られた。F・ジャスミンは兵隊の話は伏せておいた。何度かもう少しで口に出そうになったのだが、そのたびに何かが彼女に、その話はしない方がいいと警告した。

　彼女が話し終えると、ベレニスは言った。

「フランキー、あたしは本気で思うよ。あんたは頭がでんぐり返っちまったんだって。街中を歩き回って、みんなにあることないことをふれてまわるなんてね。あんたの頭に取りついている考えは、とことん馬鹿《ばか》げたものだよ。それくらいちょっと考えればわかるだろうに」

「今に見てなさいよ」とF・ジャスミンは言った。「二人はわたしを連れてってくれるから」

「もし連れてってくれなかったら？」

Ｆ・ジャスミンは銀色のサンダルの入ったシューボックスと、結婚式用のドレスの入った包装された箱を取り上げた。「これは結婚式に着るもの。あとで見せてあげるわ」

「で、もし連れてってくれなかったら？」

Ｆ・ジャスミンは既に階段を上り始めていたが、途中で立ち止まって、台所の方に向き直った。部屋の中はしんとしていた。

「もし連れてってくれなかったら、わたしは自殺する」と彼女は言った。「でもぜったいに連れてってくれるんだから」

「どうやって自殺するつもりなんだね？」とベレニスが尋ねた。

「ピストルでこめかみを撃ち抜いてやる」

「どのピストルで？」

「簞笥《たんす》の右の抽斗《ひきだし》、お母さんの写真と一緒に、パパのハンカチーフの下にいれてあるやつ」

ベレニスは少しのあいだ黙り込んだ。彼女の顔は戸惑いの色を浮かべていた。「あのピストルで遊んじゃいけないって、ミスタ・アダムズはおっしゃっていたはずだよ。さあ二階に行きなさい。じきに食事の用意ができるから」

それは遅めの昼食だった。この三人がこの台所のテーブルで食べる最後の食事になるはずのものだった。土曜日の食事の時刻ははっきりと決まっておらず、その日の食事が始まったのは午後の四時だった。庭にさす八月の太陽の光は斜めに長く伸びて、勢いを失っていた。午後のその時刻になると、陽光は裏庭で光の棒となり、そこを眩しい不思議な監獄みたいに見せていた。二本のイチジクの木の緑色には奥行きがなく、あずまやは太陽の光を斜に受けて密な影を落としていた。午後の太陽の光は家の裏側の窓からは差し込まなかったから、台所は薄暗かった。四時に始まった食事が終わる頃には、既に黄昏《たそがれ》が訪れていた。豚の腿骨《たいこつ》入りのホッピンジョン（訳注・豆と米とベーコンで作るシチュー。南部料理）で、彼らはそれを食べながら愛について話をした。それはF・ジャスミンがこれまで一度として語ることのなかった話題だった。だいいちに彼女は愛なんていうものの存在を信じたことがなかったし、芝居の中でそれを取り上げたこともなかった。しかしその日の午後、ベレニスがその話題を持ち出したとき、F・ジャスミンは嫌がって両耳を塞《ふさ》いだりはせず、豆と米と煮汁を口に運びながらおとなしく話に耳を傾けていた。

「あたしはこれまで、ずいぶんいっぱいへんてこな話を聞いたよ」とベレニスは言った。「世の中にはとんでもなく醜い女に恋をする男がたくさんいるんだ。この人の目は歪《ゆが》んでるんじゃないかって思っちまうくらいだよ。誰も考えつけないようなけったいな結婚をあたしはいくつか見てきた。あたしの知り合いに、火傷《やけど》をして顔がほとんどくずれた男の子がいたんだが、そのために——」

「それ、誰のこと?」とジョン・ヘンリーが尋ねた。

ベレニスはコーンブレッドを食べ終え、手の甲で口を拭《ぬぐ》った。「誰あろう悪魔そのものに恋をして、悪魔たちのその割れた蹄《ひづめ》が敷居をまたいだときに、わざわざイエス様に感謝するような女たちを知っているよ。悪魔に取り憑《つ》かれて、男に恋をするようになった男たちを知っているよ。あんたはリリー・メイ・ジェンキンズを知っているかい?」

F・ジャスミンは少し考えてから返事をした。「どうかな。わからない」

「あのね、あの男のことは、知っているか知らないか、どっちかしかないんだよ。ピンクのサテンのブラウスを着て、片手を腰にあてて、ちゃらちゃらしているやつさ。で、このリリー・メイがジューニー・ジョーンズという名前の男と恋に落ちたんだよ。男だよ、いいかい。そしてリリー・メイはついに女になったんだ。自然の摂理に逆らって、性を変えて、女になっちまったのさ」

「嘘《うそ》でしょ」とF・ジャスミンは言った。「ほんとに女になっちゃったの？」

「なっちまったのさ」とベレニスは言った。「あらゆる点においてね」

F・ジャスミンは耳の後ろを掻《か》いて言った。「それが誰のことなのかわからないって不思議よね。ずいぶんたくさんの人を知っていると思っていたんだけど」

「ああ、あんたはリリー・メイ・ジェンキンズのことなんて知らなくていいさ。あんなやつのことを知らなくたって不自由はないからさ」

「でもそんなことってとても信じられないな」とF・ジャスミンは言った。

「まあ、信じなきゃ信じないでいいさ」とベレニスは言った。「ところで何の話をしてたんだっけね？」

「いろんなけったいなことについてよ」

「ああ、そうだった」

彼らはそれからしばらく黙って食事を続けた。F・ジャスミンはテーブルの上に肘をつき、椅子《いす》の横木に裸足のかかとをひっかけて食べた。彼女とベレニスは向かい合わせに座り、ジョン・ヘンリーは窓の方を向いて座っていた。ホッピンジョンはF・ジャスミンの好物だった。自分が棺《ひつぎ》に入れられるときには、豆と米の入ったお皿を鼻の前にちらつかせてくれと彼女はみんなに強く頼んでいた。そうすれば本当に死んでいるかどうか、確かなところがわかるはずだ。もし少しなりとも生命の息吹《いぶき》が残っていれば、彼女はさっと飛び起きてそれを食べるに違いないから。でもホッピンジョンの匂いを嗅《か》がせてもぴくりとも動かないようであれば、そこで棺の釘《くぎ》を打ってくれていい。死んでいることに疑いの余地はないのだから。ベレニスは自分の死亡確認のための一品として、川鱒《かわます》のフライを選んだ。ジョン・ヘンリーはディヴィニティー・ファッジを選んだ。ホッピンジョンを最高の好物として選んだのはF・ジャスミンだが、他の二人だってその料理を好きなことに変わりはない。だから三人はみんなその食事を楽しんだ。膝《ひざ》関節肉のハム、ホッピンジョン、コーンブレッド、焼きたてのサツマイモ、そしてバターミルク。彼らは食べながら、会話を再開した。

「だからさ、さっきも話しかけていたように」とベレニスは言った。「あたしはこれまでにずいぶんあれこれけったいなことを目にしてきたよ。でもあたしがまだ見たことも聞いたこともないものがひとつあるよ。ああ、金輪際お目にかかったことのないものがね」

ベレニスはそこで話をやめ、そこに座ったまま首を振った。そして誰かが、それは何かと尋ねるのを待っていた。しかしF・ジャスミンは口を開かなかった。皿から好奇心に満ちた顔を上げ、「いったいなんだよ、それは、ベレニス？」と尋ねたのはジョン・ヘンリーだった。

「そうさね」とベレニスは言った。「あたしは長いあいだ生きてきたけど、結婚式に恋する人間がいるなんて話は初めて耳にしたよ。いろんなけったいな話は耳にしてきたけど、そんな話はいっぺんも聞いたこともなかったね」

F・ジャスミンは何ごとかをもごもごと言った。

「で、そのことについていろいろと考えた末に、ひとつの結論に至ったんだよ」

「でもどうやって」とジョン・ヘンリーが出し抜けに尋ねた。「どうやって男が女に変われたわけ？」

ベレニスは彼の方をちらりと見て、首のまわりに結んだナプキンをまっすぐにしてやった。「そのへんは、まあいろいろあるんだよ、坊や。あたしもよくは知らないけどさ」

「そんな話を聞いちゃだめだよ」とF・ジャスミンは言った。

「そしてあれこれ考えた末に、こういう結論に達したのさ。あんたが考え始めなくちゃならないのは、いい人のことだよ」

「なんですって？」とF・ジャスミンは言った。

「聞こえただろう」とベレニスは言った。「男友だちだよ。素敵な白人のいい人をみつけなくちゃ」

F・ジャスミンはフォークをテーブルに置いて、顔を横に向けた。「いい人なんていらない。そんなものをつくって、何をするわけ?」

「何をするって?」とベレニスは言った。「馬鹿なことを言うね。たとえば、あんたを映画に誘わせたりするのさ」

F・ジャスミンは前髪を引っ張っておでこの前に垂らし、椅子の横木にかけた足を前に滑らせた。

「そろそろ変わり時だよ。そんな風にがさつで、がつがつ食べて、でかくかまえるのはやめなくちゃ」とベレニスは言った。「きれいな服を着て、気取ったしゃべり方をして、相手を手玉にとるんだよ」

F・ジャスミンは小さな声で言った。「わたしはもう乱暴じゃないし、がつがつも食べない。そういうのはもうやめているの」

「それはなによりだ」とベレニスは言った。「じゃあ、次はいい人をみつけなくちゃね」

F・ジャスミンはベレニスに兵隊とホテルの話をしたかった。夜のデートに誘われたことも。しかし何かがそうするのを押しとどめた。だから彼女はものごとを微《かす》かに仄《ほの》めかすだけにした。「いい人って、どんな男のことよ？　具体的に言うと、たとえば――」、そこでF・ジャスミンは口を閉じた。その最後の午後の台所では、兵隊は現実味を失っていたからだ。

「そこまではあたしにも忠告はできないよ」とベレニスは言った。「自分で決めることだからね」

「わたしを『アイドル・アワー』のダンスに連れて行ってくれる兵隊さんみたいな人のことかしら？」と彼女はベレニスの方を見ないで言った。

「誰も兵隊とかダンスとかの話はしていないよ。あたしが言ってるのは、あんたと同じくらいの歳《とし》の、ちゃんとした白人の男の子のことだよ。あのお馴染《なじ》みのバーニーなんてどうだい？」

「バーニー・マッキーンのこと？」

「ああ、そうだよ。まず手始めにあの子でいいじゃないか。他にもっと良い相手がみつかったら、そっちに乗り換えればいいいんだ。あの子はそんなに悪くないよ」

「あの意地の悪い、ろくでなしのバーニー！」。ガレージは暗く、閉じられたドアの割れ目から細い針のように陽光が差し込んでくるだけだった。そして埃《ほこり》の匂いがした。

しかし彼女は彼が自分に示したわけのわからない罪——あとになって彼女はそのおかげで、ナイフを投げて彼の眉間《みけん》に突き立てたいという思いに駆られることになったのだが——を思い出さないようにつとめた。そうする代わりに彼女は激しく首を振り、皿の中の豆と米をぎゅっとつぶした。「あなたくらい頭のおかしい人は、この街に他にいないわよ」

「頭のおかしい人間ほど、正常な人間のことを頭がおかしいって言うものなのさ」

それからまた二人は食べることに意識を集中した。ジョン・ヘンリーはそれには加わらなかった。F・ジャスミンはコーンブレッドをスライスし、そこにバターを塗り、ホッピンジョンを潰《つぶ》し、ミルクを飲むのに忙しかった。ベレニスは、関節から肉を上品にひとつひとつ剝《は》がしながら、ずっとゆっくりと食べた。ジョン・ヘンリーはそんな二人を交互に見ていた。二人の会話を聞き終えたあと、食べるのを中断し、ひとしきり何かを考え込んでいた。少ししてから彼は尋ねた。

「あんたは何人くらいつかまえたのさ？　そのいい人を」

「何人だって？」とベレニスは言った。「ああ、坊や、あたしの編んだ髪に何本髪が詰まっていると思うね？　あんたの話している相手は、誰あろうベレニス・セイディー・ブラウンなんだよ」

ベレニスは話し始め、その声は延々やむことがなかった。そして彼女がいったんこのような真剣なものごとについて、本腰を入れて語り出すと、その言葉はよどみなく次から次へと重なり合い、やがて声が歌い出すことになる。夏の黄昏の薄闇《うすやみ》の中で、彼女の声の音調は黄金色にひっそり染まっていた。そこでは聴き手は、語り手の声の色と歌心を聴き取ることができるが、言葉を追うことはできなくなる。F・ジャスミンはその長い声音を耳の中でゆっくり響かせておいたが、それが語る意味やセンテンスを辿《たど》ることはすっかりやめていた。彼女はテーブルの前に座り、その声に耳を澄ませながら、今までずっと奇妙に思えてならなかった事実について、ときおり考えを巡らせた。ベレニスはいつも、自分がとびっきり美人であるかのようなしゃべり方をした。ほとんどその話題だけに関しては、ベレニスの頭はまるで正常さを欠いていた。F・ジャスミンはその声に耳を傾けながら、テーブルの向かいに座ったベレニスの顔をまじまじ見ていた。黒い顔に禍々《まがまが》しい青の義眼がひとつ入っている。髪は油をつけた十一個の三つ編みにされ、まるで丸帽子《スカルキャップ》のようにぴったり頭に収まっている。平べったく横に広がった鼻が、話に合わせてぴくぴく震える。どう見たって美人からはほど遠い顔だちだ。ベレニスに何か忠告してあげなくてはという気がした。だから相手の声が少し途切れたとき、彼女は言った。

「あなたも、いい人のことであれこれ考えるのはやめて、T・T一人で満足しておいた方がいいわよ。もう四十歳にはなってるでしょう。そろそろ身を落ち着ける潮時じゃないかしら」

ベレニスは唇を結び、見えている方の黒い目でじっとF・ジャスミンを睨《にら》んだ。

「口の減らない子だね」と彼女は言った。「なんでそんな偉そうなことが言えるんだね。あたしだって、他のみんなと同じように、好きなだけ愉《たの》しい思いをすることができるんだよ。だいたいね、いろんなことを言う人もいるけれど、あたしはまだまだ歳取っちゃいないんだ。まだちゃんと月のものだってあるしね。奥の方に引っ込むまでには、まだまだ長い歳月が残っているんだよ」

「べつに、奥の方に引っ込んでろなんて言ってないわよ」とF・ジャスミンは言った。

「そんな風に聞こえたけどね」とベレニスは言った。

ジョン・ヘンリーは二人を見て、話を聞いていた。口のまわりには煮汁の小さな滓《かす》がひとつついていた。大きな青蝿《あおばえ》が、そのべたべたした顔にとまろうとして、彼のまわりを気怠《けだる》くふらふらと飛んでいた。だからジョン・ヘンリーはときおり手を振って、蝿を追い払わなくてはならなかった。

「その人たちはみんな、映画をおごってくれたの？」と彼は尋ねた。「そのいい人たちは？」

「映画とか、ほかのいろんなこととかね」と彼女は答えた。

「つまり自分じゃぜんぜん払わないってこと？」とジョン・ヘンリーは尋ねた。

「そのとおりさ」とベレニスは言った。「いい人と一緒のときは、自分じゃ払わないよ。女友だちと連れだってどっかに行くときには、自分のぶんは払わなくちゃならないよ。でもね、あたしは女友だちと連れだって遊ぶようなタイプじゃないからね」

「じゃあ、あなたたちがみんなでフェアヴューに行ったときなんかは——」とF・ジャスミンは言った。この春のある日曜日、黒人のパイロットが自分の飛行機に黒人たちを乗せたことがあったのだ。「そこまでの旅費は誰が出したわけ？」

「そうさねえ」とベレニスは言った。「ハニーとクロリーナは、自分たちの旅費を払った。ただし、あたしがハニーに一ドル四十セントを貸してやったけどね。ケープ・クライドは自分のぶんを払った。T・Tは自分のぶんとあたしのぶんを払ったよ」

「それからT・Tが、あなたのぶんの飛行機の料金も払ってくれたの？」

「そのとおりさ。彼はフェアヴューまでの往復のバス代と、飛行機代と、食べ物と飲み物の金を払ってくれた。旅行の費用をそっくりね。そんなこと当然だろう。だって飛行機に乗れるようなお金は、あたしは持ち合わせていないもの。週に六ドルぽっちのお給金じゃね」

「そんなことは知らなかったな」とF・ジャスミンは少しして言った。「それでT・Tはどこでそんなにお金を稼いでくるわけ？」

「働いて稼いだのさ」とベレニスが言った。「ジョン・ヘンリー、口のまわりを拭《ふ》きなさい」

そうして彼らはテーブルの前で休んだ。というのはその夏、三人の食事は一種の循環のうちにおこなわれていたからだ。彼らは料理を食べ、それが胃の中に満遍なく落ち着くための時間を与え、少し置いてからまた同じ作業にとりかかった。F・ジャスミンは空になった皿の上にナイフとフォークを交差させ、心にかかっていた事柄についてベレニスに質問した。

「ねえ、この料理をホッピンジョンって呼んでいるのはわたしたちだけなのかしら？　それともこれはアメリカ中でその同じ名前で呼ばれているの？　なんだかすごいへんてこな名前に思えるんだけど」

「いろんな名前で呼ばれるのを今まで聞いたけどね」

「どんな？」

「そうさね、豆とライスとか。あるいはライスと豆と煮汁とか。それともホッピング・ジョンとか。そのへんのところを、なんとでも好きに呼べばいいのさ」

「わたしはこの街の話をしてるわけじゃないのよ」とF・ジャスミンは言った。「もっと他の場所のことを話しているの。世界中でどうなのかってことよ。フランス人はこれをどう呼ぶのかしら？」

「ふうん」とベレニスは言った。「さあ、そんなことを訊《き》かれても、あたしにはわからないよ」

「Merci a la parlez」（訳注・「話してくれてありがとう」というつもりの、でたらめなフランス語）とF・ジャスミンは言った。

彼らはテーブルに着いたまま黙っていた。F・ジャスミンは椅子の背にもたれかかり、顔を窓と、陽光が斜めに射《さ》している人気のない庭に向けた。街は静まりかえり、台所も時計の音以外は何の音も聞こえなかった。F・ジャスミンは地球の回転を感じることができなかった。なにひとつ動いてはいなかった。

「それで、わたしの身にへんてこなことが起こったの」とF・ジャスミンは語り始めた。「言いたいことをどう言葉にすればいいのか、よくわからないわ。ほら、どうやってもうまく説明できないことってあるでしょう」

「何なの、フランキー？」とジョン・ヘンリーが尋ねた。

F・ジャスミンは窓を見ていた顔をこちらに向けたが、彼女が口を開く前にある音が聞こえた。その音が台所の沈黙の中を静かに移ろっていくのを、彼らは耳にした。それからもう一度同じ音が繰り返された。ピアノの音階が八月の夕方の中で、ぎこちなく弾かれた。和音がひとつ。それからまるで夢見るように、一連の和音が下から上へとゆっくり昇っていった。お城の階段を昇っていくみたいに。しかし最後のところで、八つめの和音が鳴らされ、音階が完結する手前で、その上昇は中断してしまった。そして最後のひとつ前の和音が繰り返された。終わらない音階全体を谺《こだま》させているようなその七つめの和音が、執拗《しつよう》に何度も何度も繰り返された。それからついに沈黙が訪れた。F・ジャスミンとジョン・ヘンリーとベレニスは互いの顔を見つめた。近所のどこかで八月のピアノが調律されているのだ。

「まったくもう！」とベレニスが言った。「こんなのもう、これ以上耐えられないよ」

ジョン・ヘンリーは身震いした。「ぼくもさ」と彼は言った。

F・ジャスミンは料理の大皿や取り皿でいっぱいになったテーブルの前に座ったたま、身動きひとつしなかった。台所の灰色の薄闇は生気のない灰色で、部屋は普段以上にのっぺりと真四角に見えた。沈黙のあとで、もうひとつの音符が弾かれた。それから一オクターブ上の同じ音が弾かれた。F・ジャスミンは音がひとつ上がるごとに、目を上にあげた。まるでその音が台所のある場所から別の場所に移っていくのを見ているみたいに。いちばん高いポイントで彼女の目は天井の隅にまで達し、それから長い音階がするすると下にさがってくると、首を前に傾けるようにして、天井の隅から台所の反対側の床の隅へとゆっくり視線を移していった。いちばん低いキーが六度鳴らされるあいだ、F・ジャスミンはそのままじっと、部屋の隅にある古い寝室用のスリッパと空のビール瓶を見つめているしかなかった。とうとう彼女は目を閉じて首を振り、テーブルの前から立ち上がった。

「気持ちが悲しくなる」とF・ジャスミンは言った。「そしていらいらしてじっとしていられなくなる」、彼女は部屋の中を歩き回り始めた。「聞いた話だけど、ミレッジヴィルじゃ誰かに罰を与えたいとき、その人を縛りつけて、ピアノの調律を聴かせるんだって」。彼女はテーブルのまわりを三回歩いてまわった。「あなたにひとつ尋ねたいことがあるのよ。もしあなたが誰かものすごく変だと思う人に出会ったとする。でもいったいどこが変なのかがわからない」

「どんな風に変なのさ？」

F・ジャスミンは兵隊のことを思い浮かべた。でも彼女にはそれ以上の説明はできなかった。「ひょっとしたらこの人、酔っぱらっているんじゃないかって思っちゃうような変さかな。でもはっきりそうとは言えない。そしてその人からどこかの大きなパーティーとか、ダンスとかに誘われたとする。どうする？」

「さあね、場合によるよ。わからないよ。どうなるかは気分次第さ。その人と一緒に大きなパーティーに行って、そこでもっとぴったりくる男をみつけることになるかもしれない」。ベレニスの生きている方の目が突然狭まった。そしてF・ジャスミンをまじまじと見た。「なんでそんなことを訊くんだね？」

部屋の静けさは引き延ばされて、F・ジャスミンの耳には蛇口から流しに落ちる水音まで聞こえた。ベレニスに対してどのように兵隊の話をすればいいか、彼女は考えようとした。そのとき出し抜けに電話のベルが鳴った。F・ジャスミンは飛び上がり、空っぽの牛乳のグラスをひっくり返し、それから廊下に向かって走ったが、電話の近くにいたジョン・ヘンリーの方が早く受話器をとった。彼は電話の椅子の上に膝をつき、受話器に向かってにっこりと微笑《ほほえ》んでから「もしもし」と言った。それからF・ジャスミンがその受話器を取り上げるまで、「もしもし、もしもし」と言い続けた。彼女は二十回以上「もしもし」と繰り返してからようやく電話を切った。

「こういうのって本当にがっくり来ちゃうわ」と台所に戻ってから彼女は言った。「あるいは配達のトラックがうちの前に駐《と》まって、住所の番号にちらっと目をやって、包みをよそのうちに持って行っちゃうとか。そういうのって何かのしるしじゃないかな」。彼女は短く刈り込んだ金髪を指で梳《す》いた。「明日の朝に家を出ていく前に、運勢を見てもらわなくちゃね。そうしようと、ずいぶん前から思ってはいたんだけど」

ベレニスは言った。「それはそうと、その新しく買ったドレスはいつ見せてもらえるんだね？　どんなものをあんたが選んだか、すごく見てみたいよ」

それでＦ・ジャスミンは二階にそのドレスを取りに行った。彼女の部屋は「熱気の部屋《ホットボックス》」として知られていた。他の部屋の熱気が昇ってきて、そっくりその部屋に集まってしまうのだ。午後には空気がじりじりと音を立てているみたいに思えるほどだ。そうなると、モーターを回しっぱなしにしておくのがいちばんだ。Ｆ・ジャスミンはモーターのスイッチを入れ、クローゼットのドアを開けた。結婚式の前日にあたるその日までは、彼女はいつも自分の六着の衣裳《いしょう》を、ハンガーにかけて一列に並べていた。そして普段着る服は棚に上げるか、それとも床の隅の方に蹴《け》り込んでいた。しかしその日の午後に帰宅したとき、彼女はその習慣を変えた。衣裳は棚に投げ上げられ、クローゼットの中でコートハンガーにかけられているのは結婚式用のドレスだけだった。そのドレスの下の床には、銀色のサンダルが大事そうに揃《そろ》えられていた。そしてそのつま先は北に、ウィンターヒルの方に向けられていた。どうしてかはわからないが、そのドレスを着ようとするとき、Ｆ・ジャスミンは部屋の中を忍び足で歩いて回った。

「目をつぶっていてね」と彼女は声をかけた。「階段を降りていくところを見ないでね。目を開けていいというまで、開けちゃだめよ」

　まるで台所の四方の壁が彼女を見つめているかのようだった。壁にかかったフライパンは、まさにこっちを見ている丸い大きな黒い目だった。ピアノの調律も少しのあいだ止《や》んだ。ベレニスはまるで教会にでもいるみたいに、頭を垂れていた。ジョン・ヘンリーも頭を垂れていたが、こっそり薄目を開けていた。F・ジャスミンは階段のいちばん下に立ち、左手を腰にあてた。

「わあ、すごくきれいだ！」ジョン・ヘンリーが言った。

　ベレニスは顔を上げた。そして彼女がF・ジャスミンを見たときの、その顔たるやまさに見物《みもの》だった。黒いひとつの目が、頭の銀色のリボンから銀色のサンダルの底までをじろりと見渡した。そして何も言わなかった。

「さあ、正直に意見を言ってよ」とF・ジャスミンは言った。

　しかしベレニスは、そのオレンジ色のサテンのイブニング・ドレスを目にして首を振り、ただ無言のままだった。最初のうち、彼女は短く小さく首を振るだけだったが、長く見れば見るほど、その首の振り方はだんだん大きくなっていった。そし最後には、首がぽきぽきと音を立てるのがF・ジャスミンにも聞こえるほどだった。

「何よ、いったい？」とF・ジャスミンは尋ねた。

「あんたはピンクのドレスを買いにいったんじゃないのかい？」

「でもお店に入って、気持ちが変わったのよ。このドレスのどこがいけないの？　これが好きじゃないの、ベレニス？」

「ああ」とベレニスは言った。「ぜんぜんまずいね」

「ぜんぜんまずいってどういう意味よ？」

「そのとおりの意味さ、ぜんぜんまずい」

F・ジャスミンは鏡に姿を映してみた。でもドレスは相変わらず素敵に見えた。しかしベレニスは頑《かたく》なに苦い表情を顔に浮かべていた。長い耳をもった年老いたラバのような顔だ。F・ジャスミンにはどういうことなのか理解できなかった。

「でもわたしにはよくわかんないな」とF・ジャスミンは言った。「いったいどこがいけないのよ？」

ベレニスは胸で両腕を組んで言った。「自分で見てわからないのなら、あたしが説明してもきっとわからないよ。まず最初にあんたの頭を見てごらんよ」

F・ジャスミンは鏡に映った自分の頭を見た。

「あんたはまるで囚人みたいに、髪を短くしている。なのに髪もほとんどないくせして、頭に銀色のリボンなんかつけている。それからしてけったいだよ」

「ああ、でも今夜のうちに髪を洗って、うまくカールさせるわよ」とF・ジャスミンは言った。

「そしてその肘《ひじ》をごらんよ」とベレニスは続けた。「あんたはそうして大人向きのイブニング・ドレスを着ている。オレンジ色のサテンのドレスをね。それでいてあんたの肘には茶色のかさかさができている。ぜんぜんそぐわないよ」

F・ジャスミンは肩を丸めるようにして、汚い両肘を手で隠した。

ベレニスは頭をもう一度大きく素早く振った。そして裁定を下すように唇をぐいと結んだ。「お店にそれを返してくるんだね」

「でも返せないわ！」とF・ジャスミンは言った。「バーゲン売り場で買ったんだもの。返品はきかないわよ」

ベレニスは常に二つのモットーを掲げて生きていた。ひとつは「豚の耳で絹の財布はつくれない（訳注・人の本性は変えられない）」という世間によく知られた金言であり、もうひとつは「布地に合わせてスーツをつくるしかない。手持ちのものでうまくやっていくしかない」というものだった。ドレスについてのベレニスの決意を変化させたのが、その後者のモットーによるものだったのか、それともそのドレスについての彼女の気持ちが実際にいくぶん和らいだのか、F・ジャスミンにはそのへんがうまく見定められなかった。いずれにせよベレニスは頭を片方に傾けてしばしじっと見つめてから、やっとこう言った。

「こっちにおいで。ウェストのあたりをちょっとつめて、どうなるか見てみよう」

「あなたは人がこんな風に正装するのを見慣れてないのよ」とF・ジャスミンは言った。

「八月に人がクリスマス・ツリーみたいな格好をするのも、あたしは見慣れていないよ」

そうやってベレニスは飾り帯をほどき、ドレスのあちこちを軽く叩《たた》いたり、引っ張ったりした。F・ジャスミンは帽子掛けのようにそこにじっと立って、ベレニスに好きなようにドレスを触らせた。ジョン・ヘンリーは椅子から立ち上がり、首の回りにまだナプキンを巻き付けたまま、それを見物していた。

「フランキーのドレスはクリスマス・ツリーみたいだ」と彼は言った。

「二枚舌のユダ!」とF・ジャスミンは言った。「さっきはきれいだって言ったじゃないか。この二枚舌のユダ!」

ピアノは調律されていた。それが誰のピアノなのかF・ジャスミンにはわからなかった。しかしその調律の音は台所に生真面目《きまじめ》に、また執拗に響いた。それはさほど遠くないところから聞こえてくるようだった。調律師はときに調子外れの短い曲を弾くこともあった。それからまた単音に戻った。同じ音の繰り返しだ。ひとつの鍵盤《けんばん》を生真面目に、狂ったようににしつこく何度も叩きつけた。また繰り返し。ひとつの鍵盤を叩きつける。この街でピアノの調律をしているのは、シュウォーツェンバウムという男だった。その音は音楽家たちの内臓を痛めつけ、聞いている人みんなにめまいを起こさせるのにじゅうぶんな代物《しろもの》だった。

「あの人、わたしたちを嫌がらせるためにあれをやっているんじゃないかと思うこともあるわ」とF・ジャスミンは言った。

しかしベレニスはそれには同意しなかった。「シンシナティでも、世界の他のどこでも、ピアノの調律ってのはああいう具合にやるんだよ。みんな同じやり方なのさ。居間のラジオのボリュームを上げて、あの音を消してしまおう」

F・ジャスミンは首を振った。「だめよ」と彼女は言った。「うまく理由は説明できないけど、でももうあのラジオのスイッチは入れたくないの。この夏のことを思い出し過ぎちゃうから」

「一歩後ろにさがってごらんよ」とベレニスは言った。

彼女はウエストを高くしてピンで留め、ドレスのあちこちに手を加えた。F・ジャスミンは流し台の上の鏡を見ていた。胸より上しか鏡には映っていなかった。だからその部分の自分の姿に見とれたあとで、彼女は椅子に乗って真ん中あたりを見てみた。それからテーブルの端っこをきれいにして、そこに立って銀色のサンダルを映してみようとした。しかしベレニスはそれを阻止した。

「あなたはほんとにこれが素敵だとは思わないわけ？」とF・ジャスミンは言った。「わたしは素敵だと思うんだけどな。本当のところはどうなの？　正直な意見を聞かせてよ、ベレニス」

しかしベレニスは身体《からだ》をまっすぐにして、咎《とが》めるような口調で言った。「よくもまあそんな筋の通らないことが言えるものだよ！　正直な意見が聞きたいっていうから、正直な意見を言ったんだよ。なのにもう一度それが聞きたいってあんたは言う。だったらあたしとしては同じことを言うだけさ。結局のところ、あんたが聞きたがっているのはあたしの正直な意見じゃないんだよ。あたしが本当には思っていないことを口にして、ほめてもらいたがっているのさ」

「わかったわよ」とF・ジャスミンは言った。「わたしはただ、素敵な感じになりたいだけ」

「うん、あんたじゅうぶん素敵に見えるよ」とベレニスは言った。「最高に可愛《かわい》らしいよ。誰の結婚式に出しても恥ずかしくない。まあ、あんた自身の結婚式は別だけどね。そのときには、もっとばりっと豪華にしなくちゃね。あたしが今やらなくちゃならないのは、ジョン・ヘンリーのために新しいスーツを用意することと、あたし自身が着ていく服の段取りをすることだよ」

「チャールズ伯父さんが亡《な》くなって」とジョン・ヘンリーは言った、「そしてぼくらは結婚式に行こうとしている」

「そうだよ、ベイビー」とベレニスは言った。そして彼女が突然まるで夢見るような沈黙に浸っているのを見て、ベレニスはきっともう死んでしまった知り合いの人々のことを思い出しているのだろうと、F・ジャスミンは思った。死者たちが彼女の心の中を歩いているのだ。今は亡きルーディー・フリーマンのことを想《おも》い、シンシナティでの遥か昔の日々や、雪に思いを馳《は》せているのだ。

もう故人となった彼女の知っている七人の人々のことを、F・ジャスミンは考えた。彼女の母親は、彼女が生まれたまさにその日に亡くなった。だから母親をその一人に含めることはできない。母親の写真は父親の箪笥の右の抽斗の中に入っている。その顔はおずおずとして、申し訳なさそうだ。その写真は、冷やかに畳まれたハンカチーフと共に抽斗に入っている。それからフランキーが九歳の時に亡くなった祖母がいる。F・ジャスミンは彼女のことをとてもよく覚えていた。でもその歪んだ小さないくつかの像は、彼女の心のずっと奥の方に沈み込んでしまっている。その年にイタリアで戦死した、ウィリアム・ボイドという名のこの街出身の一人の兵隊。彼女は彼の顔も名前も知っていた。二ブロック先に住んでいたミセス・セルウェイも亡くなった。F・ジャスミンはその葬儀を歩道から見ていたが、お葬式には招かれなかった。厳しい顔をした大人たちがフロント・ポーチに集って立ち、雨が降っていた。灰色の絹のリボンが玄関のドアに飾られていた。彼女が知っていたロン・ベイカーも死んだ。ロンは黒人の青年で、彼女の父親の店の裏側にある路地で殺された。ある四月の午後に、喉《のど》を剃刀《かみそり》で切り裂かれたのだ。そして路地にいた人々は全員、裏口から中に引っ込んでしまった。そしてあとになって、その喉は震える狂った口のようにぱっくりと開いて、四月の太陽に向かって幽霊の言葉を語っていたと、人々は噂《うわさ》をした。ロン・ベイカーは死んで、フランキーは彼のことを知っていた。ブローアー靴店のミスタ・ピトキンや、ミス・バーディー・グライムズや、電柱に登っていた電話会社の男は、たまたま少し知っていたというだけの人たちに過ぎなかったが、彼らもまた亡くなっていた。

「ルーディーのことはよく考えるの？」とF・ジャスミンは尋ねた。

「決まってるじゃないか」とベレニスは言った。「あたしとルーディーが一緒にいた年月のことはよく考えるよ。そのあとのろくでもない歳月のこともね。ルーディーが生きていたら、あたしに淋《さみ》しい思いなんてさせなかっただろうし、そうすればあんなろくでもない男たちに関わるようなこともなかっただろうね。あたしとルーディー」と彼女は言った。「ルーディーとあたし」

F・ジャスミンは足を貧乏揺すりさせながら、ルーディーとシンシナティについて考えた。世界中の死んでしまった人々のうちで、ルーディーくらいF・ジャスミンがよく知っている人物はいなかった。とはいえ、彼女は彼の姿を一度も目にしたことがないし、だいたい彼女が生まれたときにはその男はもう死んでいたのだ。彼女はルーディーとシンシナティのことを知っていた。ルーディーとベレニスが一緒に北部に行って雪を見た冬のことを。そういうあれこれについて、彼女たちはもう千回も話をしたものだ。そういうことを、ベレニスはとてもゆっくりと話した。ひとつひとつのセンテンスがまるで歌のように聞こえた。そしてフランキーはシンシナティについてあれこれ質問したものだった。シンシナティでは具体的にどんなものを食べていたの？

シンシナティの通りはどれくらい広いの？　そしてまるで詠唱でもするような口調で彼らは語り合った。シンシナティの魚について、マートル・ストリートのシンシナティ風屋敷の客間について、シンシナティの映画館について。ルーディー・フリーマンは煉瓦《れんが》工であり、立派な固定給をもらっていた。そして彼はベレニスがすべての夫たちの中で唯一《ゆいいつ》愛した相手だった。

「ときどきルーディーになんていっそまったく会わなければよかったのに、と思ってしまうこともある」とベレニスは言った。「おかげで心に弱みが生まれるからね。いなくなっちまうと、なにしろ寂しくてたまらない。夕方に仕事を終えて家まで歩いて帰るときなんかに、胸がぎゅっと縮み上がるみたいに痛むんだよ。そしてその淋しさを紛らわせるために、たくさんのろくでもない男たちと関わり合いになってしまうのさ」

「それはわかるけど」とF・ジャスミンは言った。「でもT・T・ウィリアムズはろくでもない人じゃないでしょう」

「T・Tのことを言ってるんじゃないよ。彼とあたしとはただの仲の良いお友だちなんだから」

「彼と結婚するつもりはないの？」とF・ジャスミンは尋ねた。

「そうさね、T・Tは社会的地位のある黒人のジェントルマンだ。彼がそのへんの多くの男たちのようにだらしなく酔っぱらったなんて話は、聞いたことないはずだよ。もしあたしがT・Tと結婚することになったら、あたしはこの台所から出て行くことができて、彼のレストランのひとつのレジの後ろに立って、足でもさすってりゃいいってことになる。それになによりあたしはT・Tのことを心から尊敬しているんだ。あの人はずっと人生を通して、きちんと間違いのない道を歩いてきた人だからね」

「で、いつ彼と結婚するのよ？」と彼女は尋ねた。「彼はあなたに夢中みたいだけど」

ベレニスは言った。「あたしはあの人とは結婚しないさ」

「だって今、あなたはちゃんと言ったじゃない――」とF・ジャスミンは言った。

「あたしが言ったのは、あたしはT・Tのことを心から尊敬しているってことさ。立派な人だと心から思っている」

「じゃあ、どうして――」とF・ジャスミンは言った。

「あの人は尊敬に値する立派な人だと思っている」とベレニスは言った。彼女の黒い方の目は静かに醒《さ》めていた。話をしながら、彼女の平べったい鼻は大きく広がった。

「でもあの人はあたしをちっとも震えさせてくれないのさ」

少し間を置いてからF・ジャスミンは言った。「結婚式について考えると、震えちゃうけどな」

「ふん、それはお気の毒に」とベレニスは言った。

「それから死んじゃった人をもう何人知っているかについて考えると、身体が震えて来ちゃうんだ。全部で七人よ」と彼女は言った。「それに加えてチャールズ伯父さんも」

F・ジャスミンは両耳に指を突っ込み、目を閉じてみた。しかしそれは死ではなかった。彼女はストーブの熱気を感じることができたし、夕食の匂《にお》いを嗅ぐこともできた。お腹《なか》がごろごろと鳴るのも感じたし、心臓の鼓動を感じることもできた。でも死者は何も感じないし、何も聞こえないし、何も見えない。ただ真っ暗なだけだ。

「死んでるのって恐ろしいでしょうね」と彼女は言って、結婚式用のドレスを着たまま部屋の中を歩き回った。

棚にゴムまりが載っていた。彼女はそれを廊下のドアに向かって投げ、跳ね返ってくるのを摑《つか》んだ。

「それを元に戻しなさい」とベレニスは言った。「汚す前にドレスを脱ぐんだよ。よそに行って何かしてくれれば。ラジオでもつけたら」

「ラジオなんかつけたくないって言ったでしょう」

そして彼女は部屋の中を歩き回った。よそに行って何かをしてくるようにと言われたが、何をすればいいのか思いつけなかった。彼女は結婚式用のドレスを着たまま、腰に片手をあてて歩いた。銀色のサンダルが両足をきつく締めつけていたせいで、まるで親指がふくれてとろけて、十個の大きなひりひりするカリフラワーになったみたいに感じられた。

「でも今度あなたがここに戻ってきたときには、ラジオをつけておくようにすればいい」とF・ジャスミンは出し抜けに言った。「いつかきっと、わたしたちがラジオで話す声を耳にすることになるだろうから」

「いったい何のことだね？」

「いつかわたしたちはきっと、ラジオで話をするように求められると思うの」

「何について話すのか、教えてくれないかね」とベレニスは言った。

「何について話すことになるのか、そこまではまだわからない」とF・ジャスミンは言った。「でもたぶん、目撃した何かについて話すことになる。わたしたちはそれについて話してくれと頼まれるの」

「よくわからないね」とベレニスは言った。「あたしたちは何を目撃することになるんだろう？　そしてそれについて話してくれと、誰に頼まれるんだね？」

F・ジャスミンはくるりと振り向き、両方の拳《こぶし》を腰に当て、じろりと相手をにらみつけるような姿勢をとった。「わたしたちって、それはあなたとジョン・ヘンリーとわたしのことだって思っているわけ？　まったく、そんなおかしな話、生まれてこの方聞いたことがないわ」

ジョン・ヘンリーの声は興奮して上ずっていた。「何だって、フランキー？　誰がラジオで話すんだよ？」

「わたしが『わたしたち』って言ったとき、あなたはそれは自分とわたしとジョン・ヘンリー・ウェストのことだと思ったのね。世界に向けてラジオで話をするのが。生まれてこの方、そんなおかしな話って聞いたことがないわ」

ジョン・ヘンリーはいつの間にか椅子に上って膝をついていた。額には青い血管が浮き上がり、首の筋が引きつるのが見えた。「誰が？」と彼は叫んだ。「何を？」

「は、は、は！」と彼女は言った。それから吹き出した。そして足音も高く台所を歩き回り、拳でいろんなものを叩いた。「ほ、ほ、ほ！」

そしてジョン・ヘンリーは悲痛な叫びをあげ、F・ジャスミンは結婚式用のドレス姿でキッチンをどたばたと歩き回り、ベレニスはテーブルから立ち上がって、場を鎮《しず》めるために右手をあげた。それから突然、彼らは同時にさっと動きを止めた。F・ジャスミンは窓の前で、文字通り身じろぎひとつしなかった。ジョン・ヘンリーもやはり窓の前に走っていって、窓枠に手をかけ、背伸びして外に目をやった。ベレニスは顔をそちらに向け、何が持ち上がったのかを見ようとした。そしてその瞬間、ピアノの音もぱたっと止んだ。

「ああ！」とF・ジャスミンは囁《ささや》くように言った。

四人の少女が裏庭を歩いて横切っていた。少女たちは十四歳から十五歳で、全員がクラブのメンバーだった。先頭を行くのがヘレン・フレッチャーで、あとの三人はその後ろを一列になって歩いていた。彼女たちは近道をするために、オニール家の裏庭からやってきて、あずまやの前をゆっくりと歩いて横切っていた。黄金色の長い陽光を斜《はす》に浴びて、少女たちの肌もやはり黄金色に輝いていた。彼女たちは清潔なぱりっとしたドレスを着ていた。彼女たちがあずまやの前を横切るとき、それぞれの影が庭に長く伸び、ぎこちなく揺れた。間もなく彼女たちは姿を消してしまうだろう。F・ジャスミンはそこに身じろぎもせずに立っていた。その夏の初めの頃なら、彼女は少女たちが自分に声をかけて、クラブのメンバーに選ばれたと教えてくれるのではないかと、期待を込めて待ち受けていたことだろう。そしてぎりぎりまで待って、少女たちがただ近道をしているだけなのだとわかると、そこで怒りを含んだ大きな声で、勝手にうちの庭を横切るんじゃないよと怒鳴ったことだろう。しかし今では彼女はうらやましさを感じることもなく、ただ静かに少女たちを眺めていた。最後の最後に、彼女たちに声をかけて、結婚式のことを教えたいという衝動に駆られた。しかし言葉が口から出てくる前に、少女たちは既に姿を消していた。あとに残っているのはあずまやと、沈んでいく太陽だけだった。

「それで、思うんだけど——」とF・ジャスミンがようやく口を開いた。しかしベレニスがすかさず口をはさんだ。

「なんでもない。好奇心だよ」と彼女は言った。「好奇心。それだけさ」

三人が最後の食事の二回り目にとりかかったとき、時計の針は既に五時をまわり、そろそろ黄昏《たそがれ》が訪れようとしていた。昔であれば彼らはこの夕方の時刻、テーブルの前に座って、赤いトランプ・カードを並べながら、時として創造主を批判する言葉を口にし始めたものだった。彼らは創造主の仕事ぶりを裁定し、どうすれば世界がもっと良くなるか、その方法を口にしたものだ。「聖なる主にして神」となったジョン・ヘンリーの声は高まり、幸福で甲高く奇妙なものになった。そして彼の世界は甘美なものと奇怪なるものの混合物となった。彼は総合的な観点からものを考えるということをしなかった。彼が思いつくのは、ここからカリフォルニアまで一瞬にして伸びる長い腕とか、チョコレートの泥やらレモネードの雨とか、千マイルも先が見える第三の目とか、座ったときに取りだして座布団《ざぶとん》がわりになる折りたたみ式の尻尾《しっぽ》とか、キャンディーでできた花とか、そんな類《たぐい》のものだった。

しかし「聖なる主にして神」としてのベレニス・セイディー・ブラウンの描く世界は、それとはまったく異なった世界だった。その世界は丸く、公正で、筋が通っていた。まずだいいちにその世界では、肌の色によって人は分けられていなかった。すべての人は淡い褐色の肌と、青い瞳《ひとみ》と、黒い髪を持っていた。そこには有色人種もなく、白色人種もなかった。白人のせいで黒人が貶《おとし》められ、惨《みじ》めな人生を送らされることもなかった。肌の色の違いはなく、人間であれば男も女も子供たちも、みんなひとつの家族のように、この地球上で仲良く暮らすのだ。そしてベレニスがこの第一原理について語るとき、彼女の声は力強く深い歌となった。それは黒々とした美しい音《ね》で歌われ、高らかに舞い上がり、部屋の隅々にこだまを残した。そのこだまはやがて沈黙が訪れるまで、そこで長いあいだ震えていた。

戦争もない、とベレニスは言った。ヨーロッパの樹木に吊《つる》されている死体もないし、どこかでユダヤ人が殺されるようなこともない。戦争はなく、若者たちが軍服に身を包んで遠くにやられることもないし、野蛮で残忍なドイツ人や日本人もいないだろう。

地球上に戦争なんてひとつもなく、すべての国は平和のうちにある。そして飢餓もない。そもそも本当の神様は、みんなのために空気もただ、雨もただ、土地もみんなただで与えて下さったのではないか。すべての人間にただの食物が与えられるだろう。食事はただであり、週に二ポンドの背脂《せあぶら》が与えられるだろう。そしてそのうえで、身体に問題のない人々は、自分が食べたいものや、持ちたいものを手に入れるために働けばいいのだ。ユダヤ人たちが殺されることもないし、黒人が傷つけられることもない。世界には戦争も飢餓もなくなる。そして最後に、その世界ではルーディー・フリーマンもまだ生きているはずだった。

ベレニスの世界は丸い世界だった。かつてのフランキーは、その歌うような力強く深い声に耳を澄ませ、ベレニスの言うことに賛同したものだった。しかしフランキーの世界こそがなんといっても、三人が描く世界のうちで最も優れたものだった。彼女の創造の主要原理はベレニスとおおむね同じだったが、彼女はそこにいろんなものを付け加えた。一人ひとりに一台ずつ飛行機とオートバイが与えられる。会員証とバッジがもらえる「世界クラブ」があり、重力の法則はもっとましなものになっている。戦争についての彼女の意見は、ベレニスの意見とぴたりと同じというわけではなかった。「戦争専用島」のようなものをどこかに作ればいいと、ときどき彼女は口にした。

望む人はそこに行って、好きに戦ったり、あるいは献血したりすればいいのだ。彼女も空軍の婦人部隊員になって、しばらくそこに行くことになるかもしれない。彼女はまた季節にも少し変更を加えた。夏なんかそっくり取り除いて、雪をもっとたくさん付け加えた。思うがまま、望むがまま、男の子になったり女の子になったり、また元に戻ったりできるようにした。しかしそのことについては、ベレニスは異議を唱えた。人間の性の法則は今のままでちょうど良いし、改良する余地なんてまったくない、と彼女は言った。そしてそのあたりでだいたいの場合、ジョン・ヘンリー・ウェストが愚かしい意見を持ち出したものだった。人間は半分男の子で半分女の子であればいいのに、と。じゃあ今度あんたを共進会《フェア》に連れて行って、フリークス館に売り飛ばしてやるからね、とフランキーが脅すと、彼はただ目を閉じて、にっこり笑うだけだった。

そのようにして三人は台所のテーブルに座り、創造主と、神の仕事にあれこれ批判を加えた。ときとして彼らの声は交差し、三つの世界がねじれあった。「聖なる主にして神」としてのジョン・ヘンリー、「聖なる主にして神」としてのベレニス・セイディー・ブラウン、「聖なる主にして神」としてのフランキー・アダムズ。気怠く長い午後のおしまい頃に示されるいくつかの世界。

しかしその日は違っていた。だらだらと時間を送ったり、トランプを持ち出したりすることもなく、まだ食事が続いていた。F・ジャスミンは結婚式用のドレスを脱いで裸足《はだし》になり、ペチコートだけというものの気楽な格好になった。豆にかかった茶色いグレイヴィー・ソースは既に固まっていた。食物は熱くも冷たくもなく、バターはすっかり溶けてしまっていた。彼らは二回り目の食事に入っていた。料理の皿をお互いにまわしていた。夕方のこの時間にいつもよく持ち出すような、お馴染《なじ》みの話題も出てこなかった。そのかわりにちょっと不思議なやりとりが行われた。このようなものだ。

「フランキー」とベレニスが言った。「ちょっと前に、あんたは何か言おうとしていたね。でも話が違う方に逸《そ》れていってしまった。何かが変だとか、そういう話じゃなかったっけ？」

「ええ、そうよ」とF・ジャスミンは言った。「今日起こった、ちょっとへんてこなことについて話そうとしていたの。よくわけのわからなかったこと。でも今となっては、自分の言いたいことをどうやって言葉にすればいいのか、わからなくなっちゃった」

F・ジャスミンはサツマイモを二つに割り、椅子《いす》の背にもたれかかった。家に歩いて帰る途中で起こったことを、彼女はベレニスに話そうと試みた。彼女は視野の端っこに突然何かの姿を捉《とら》えた。そちらを向くと、横町の奥の方に二人の黒人の少年の姿が見えた。Ｆ・ジャスミンは話をしながら、ところどころで話を中断し、唇をきゅっと結んで、自分の感じたことを表現するための正しい言葉を探した。それはこれまでに名前を耳にしたこともない感覚だった。ときどき彼女は、自分の言いたいことがちゃんと伝わっているかどうか確かめるために、ベレニスの顔をうかがった。ベレニスの顔に、はっとするような表情が浮かんだ。青いガラスの目はいつもながらのきらきらした驚きの色を浮かべていたが、最初のうちは黒い方の目もやはり同じように驚いていた。でもやがて、奇妙な共謀者のような表情が、その顔つきを一変させた。彼女は時折小さくくいと首を曲げた。まるで耳の位置を変えることで、自分が聞いている話が真実かどうか確認しているみたいに。

Ｆ・ジャスミンが語り終える前に、ベレニスは自分の皿を押しやり、胸に入れた煙草《たばこ》に手をやった。自分で巻いたシガレットだが、彼女はそれをチェスタフィールドの箱に入れて持ち歩いていた。店売りのチェスタフィールドを吸っているように見せかけるために。彼女は煙草の葉がゆるくなった端っこをちぎり取り、マッチで火をつけて、その炎が鼻に届かないように、頭を後ろにそらせた。テーブルについた三人の上に煙の青い層が浮かんだ。ベレニスは親指と人差し指で煙草をつまんでいた。彼女の指は冬期リウマチのために曲がったまま固まって、薬指と小指はまっすぐ伸ばせないようになっていた。彼女は煙草を吸いながらじっと話を聞いていた。F・ジャスミンが話し終えると、長い沈黙があった。それからベレニスは身体をぐいと前に乗り出して、唐突に尋ねた。

「よくお聞き！　あんたにはあたしの頭の骨が透けて見えるかい？　どうだい、フランキー・アダムズ、あんたにはあたしの考えが読めたことあるかい？」

　どう答えればいいのか、F・ジャスミンにはわからなかった。

「これはあたしが耳にした中ではいちばんけったいな話のひとつだよ」とベレニスは言った。「うまく呑《の》み込めないね」

「わたしが言いたいのは——」とF・ジャスミンは話を繰り返そうとした。

「あんたの言いたいことはわかるよ」とベレニスは言った。「目の玉のこのいちばん端っこで」と言って、彼女は赤い血管の浮いた黒い方の目の隅を指した。「あんたは何かの姿を捉える。そのとき全身を寒気のようなものが走る。あんたはさっと振り向く。そしてその何かとまっすぐ向き合う。でもそれはルーディーでもないし、あんたが求めている相手でもない。そしてあんたは少しの間、井戸に落っこちたような気持ちになる」

「そう」とF・ジャスミンは言った。「そのとおりよ」

「ああ、そいつはまったく素晴らしいことだよ」とベレニスは言った。「同じことはあたしもこれまでしょっちゅう体験してきた。でもそれがきちんと言葉にされたのを耳にしたのは、今が初めてだよ」

F・ジャスミンは鼻と口を手で覆《おお》った。それが素晴らしいことであると聞いて、喜んだことを気づかれないために。そして彼女の目は慎み深く閉じられた。

「ああ、人は恋したときにそうなるんだよ」とベレニスは言った。「決まってそうなんだ。それはよく知られてはいるけれど、口にはされないことさ」

そのようにして、最後の日の午後六時十五分前に、風変わりな会話が開始されることになったのだ。彼らが愛について語ったのはそれがまったく初めてのことだった。F・ジャスミンは愛というものを理解し、それについて自分なりの意見を持つものとして、会話に加わることになった。かつてのフランキーは愛なんて笑い飛ばし、そんなものはただのつくりごとだと主張し、その存在をすら認めなかった。彼女は自分の芝居に愛なんて持ち込まなかったし、パレス座に愛に関する映画がかかっても見に行かなかった。かつてのフランキーは、犯罪映画や戦争映画や西部劇がかかっていれば、いつも土曜日のマチネーに映画を見に行ったものだった。前の年の五月に、『椿姫《つばきひめ》』

（訳注・原題は「Camille」、グレタ・ガルボ、ロバート・テイラー主演・一九三六年制作）という映画の、土曜のリバイバル上映が行われたとき、パレス座でひと騒動を起こしたのはいったい誰だっただろう？ かつてのフランキーだ。彼女は前から二列めの席に陣取り、足をどたばたと鳴らし、指を二本口に入れて口笛を吹いた。前から三列の半額割引席に座った連中が、それにならって足を踏みならし、口笛を吹き始めた。愛がテーマになったその映画が進行すればするほど、騒ぎは大きくなっていった。ついに支配人が懐中電灯を手にやってきて、そこにいる連中を席から立たせ、通路を追い立て、外の通りに放り出した。みんなは十セントをだまし取られて、頭に来ていた。

かつてのフランキーは愛など認めなかった。でも今のF・ジャスミンは膝《ひざ》を交差させてテーブルの前に座り、いつもの調子で時折、裸足の足でぱたぱたと床を叩きながら、ベレニスの言うことに肯《うなず》いていた。それればかりではなく、溶けたバター皿の脇《わき》に置かれたチェスタフィールドの箱にそっと手を伸ばしたときにも、ベレニスはその手をぴしゃりと叩いて引っ込ませたりはしなかった。だからF・ジャスミンは煙草を一本せしめることができた。彼女とベレニスは夕食の席で共に煙草を吹かせている二人の大人なのだ。そしてジョン・ヘンリー・ウェストは子供っぽい大きな頭を肩にくっつけるようにして、その会話をひとことも聞き漏らすまいと耳を澄ませていた。

「あんたにひとつ話をしてあげよう」とベレニスは言った。「あんたへの警告としてね。言ってることは聞こえたかい、ジョン・ヘンリー？　聞こえたかい、フランキー？」

「うん」とジョン・ヘンリーはつぶやくように言った。そして血色の悪い小さな人差し指を向けた。「フランキーが煙草を吸ってるよ」

ベレニスはまっすぐに座り直し、肩を張り、テーブルの上にねじ曲がった黒い両手を重ねた。そして顎《あご》を上げ、歌手が歌い出す前にそうするように、息を深々と吸い込んだ。ピアノの調律はなおもしつこく続いていたが、ベレニスはかまわずに語り始めた。彼女の黒々とした黄金色の声が台所に響き渡ると、もうピアノの音なんて誰の耳にも入らなくなってしまった。しかしベレニスはその警告を与える前にまず、以前に何度も聞かされたお馴染みの話を語り始めた。彼女とルーディー・フリーマンの話、ずいぶん昔に起こったことだ。

「まず最初に言っておくと、あたしは幸福だった。当時、この世に生きている女で、あたしよりも幸福なものはいなかった」と彼女は言った。「誰一人例外なくだよ。聞いているかい、ジョン・ヘンリー？　すべての王妃や百万長者や偉い人たちの奥さん、すべてひっくるめてだよ。あらゆる肌の色の女たち、すべてひっくるめてだよ。聞いているかい、フランキー？　この世界にベレニス・セイディー・ブラウンより幸福な女は一人もいなかった」

彼女はお馴染みのルーディーの話から始めた。それは二十年以上前、十月の終わり頃の午後のことだった。街の境界線の外にあるキャンプ・キャンベル給油所の前で、二人が初めて出会ったところから話は始まった。それはちょうど木の葉が色づく季節で、街を出るとそこは靄《もや》ったように、秋特有の灰色と金色に染まっていた。話はその最初の出会いから、シュガーヴィルの「喜ばしき昇天教会」での結婚式へと続いていった。それから二人の結婚生活が語られた。バロウ・ストリートの角にある家には、煉瓦の正面階段があり、ガラス窓があった。クリスマスの贈りものには狐《きつね》の毛皮のコート、六月には二十八人の親戚《しんせき》や客を招いての、魚フライを振る舞うパーティーがあった。その歳月、ベレニスは料理をし、ミシンでルーディーの背広やシャツを縫った。二人はいつも楽しい日々を過ごした。二人は北部に行って、シンシナティで九か月を過ごした。そこには雪があった。それからまたシュガーヴィルに戻ってきた。一日と一日が混じり合い、週と週が、月と月が、年と年が混じり合っていった。二人はいつだって生活を楽しんだ。とはいえ、F・ジャスミンがその幸福ぶりを理解できたのは、語られる出来事の中身によってではなく、ベレニスがそれについて語る様子によってだった。

ベレニスはのんびりとくつろいだ声で語った。そして自分は女王よりも幸福だったと言った。彼女が話すのを聞いていると、F・ジャスミンには彼女が不思議の国の女王のように思えてきた。もし黒人で、台所のテーブルの前に座っている女王がいるとすればだが。彼女は自分とルーディーの物語を、あたかも黒人の女王が、黄金の布地の巻物を紐解《ひもと》くかのように語った。そして最後に、その物語が終わったときに、彼女が顔に浮かべる表情は常に同じだった。黒い方の目はまっすぐ前を見つめ、平たい鼻は広がって震え、語り終えた口は静かで悲しげだった。普通の場合、話が終わると、彼らはそのままじっと座っていた。それから急に忙《せわ》しげにばたばたと何かをやり始めた。トランプの勝負を始めるとか、ミルク・シェークをつくり始めるとか、あるいはこれといった目的もなく台所の中をばたばた動き回るとか。しかしその日の午後、ベレニスが話し終えたあと、彼らは長いあいだじっとして、口も開かなかった。ようやくF・ジャスミンが口を開いた。

「ルーディーは具体的に何が死因だったの？」

「肺炎みたいな何かだよ」とベレニスは言った。「一九三一年の十一月のことだった」

「その年のその月にわたしが生まれた」とF・ジャスミンが言った。

「あんな寒い十一月はあとにも先にもなかった。毎朝霜が降りて、水たまりに氷が張った。太陽の光は真冬みたいに淡い黄色だった。音が遠くまでよく通って、日暮れ時に一匹の猟犬がよく吠《ほ》えたのを覚えている。昼も夜も暖炉に火を燃やし続けていた。夕方にあたしが部屋の中を歩き回ると、震える影があたしの隣の壁の上をついてきた。そしてあたしの目にするすべてのものが、何かのしるしのように見えた」

「わたしが彼が亡くなったのと同じ年の同じ月に生まれたというのは、ひとつのしるしだと思うわ」とF・ジャスミンは言った。「日にちこそ違うけれど」

「そしてそれは、木曜日の夕方の六時に近い頃だった。だいたい今くらいの時刻だよ。ただし十一月だったけれど。廊下に出て、玄関のドアを開けたのを覚えている。あたしたちはその年プリンス・ストリートの二三三番地に住んでいた。あたりはもう暗くなりかけていて、遠くの方で例の年老いた猟犬が吠えていた。それからあたしは部屋に戻って、ルーディーのベッドに横になった。ルーディーの上に重なるように横になり、両腕を広げ、顔と顔をくっつけた。そしてあたしは神様に祈ったよ。あたしの元気をこのルーディーに移してくださいってね。他の誰かがひどい目にあったってかまわない、でもルーディーだけは助けてくださいって。そこに横になって、長いあいだずっと祈っていたよ。夜になるまで」

「どうやって?」とジョン・ヘンリーが尋ねた。それはまったく意味をなさない質問だった。しかし彼はその質問をもう一度甲高い、悲鳴に近い声で繰り返した。「どうやって、ベレニス?」

「その夜に彼は亡くなった」と彼女は言った。その口調はぐっと鋭くなった。まるでみんなに異議を申し立てられたみたいに。「彼は死んだって言ってるんだよ。ルーディーがね! ルーディー・フリーマンが! ルーディー・マックスウェル・フリーマンが!」

彼女は話を終えた。そして三人はテーブルの前に座っていた。誰も動かなかった。ジョン・ヘンリーはベレニスをじっと見ていた。彼の上をずっと飛び回っていた一匹の蠅《はえ》が、その眼鏡の左の縁にとまった。蠅はゆっくりと左のレンズを横切り、鼻の部分を渡って、右のレンズを横切った。蠅が飛び立って初めて、ジョン・ヘンリーは瞬《まばた》きをし、手で払った。

「ひとつ気になることがあるの」とF・ジャスミンがようやく口を開いた。「チャールズ伯父さんが亡くなって、棺《ひつぎ》に安置されている。でもわたしは泣くことができない。悲しく思って当然なのに。でもわたしにはチャールズ伯父さんの死よりも、ルーディーの死の方が悲しく思えてしまうのよ。ルーディーには会ったこともないのにね。それに比べてわたしは生まれたときからチャールズ伯父さんのことを知っていたし、わたしの親戚の親戚にあたる人なのよ。それはたぶん、わたしがルーディーの亡くなったすぐあとに生まれたせいかもしれない」

「あるいはそうかもね」とベレニスは言った。

このまま夜になるまで、こうやってここに座っていることになるかもしれない、F・ジャスミンにはそう思えた。身動きもせず、口もきかず。しかし突然彼女はあることを思い出した。

「ねえ、それとは違う話をするはずじゃなかったの?」と彼女は言った。「何か警告みたいなものだということだったけど」

ベレニスはわけがわからないという顔をした。それから頭をぱっと上げて言った。「ああ、そうだ! あたしはね、あたしたちの話していたことが、あたしの身にどのようにあてはまるかについて、聞かせてあげるつもりだったんだ。そしてあたしが結婚したほかの男たちとのあいだに何が起こったかということについて。さあ、よく耳をかっぽじってお聞き」

しかし他の三人の夫についての話も、前に何度も聞いたことのある話だった。ベレニスが話し始めると、F・ジャスミンは冷蔵庫から、甘みをつけたコンデンス・ミルクを出してテーブルに持ってきて、それをクラッカーにかけてデザートにした。最初のうち、彼女は話をそれほど注意深く聞いていなかった。

「その翌年の四月のことだけど、あたしはある日曜日にフォークス・フォールズ教会に行った。そんなところで何をしていたかというとね、同じ里親に育てられたいとこたちがジャクソンのあたりに住んでいて、あたしがそこを訪れていて、彼らの通う教会に一緒に行ったたっていうことなのさ。そしてあたしは見知らぬ会衆ばかりのその教会でお祈りをしていた。あたしは前の信徒席の背に額をつけて、目を開いていた。じろじろとあたりを見回していたわけじゃないよ。ただ目を開けていたってことさ。そこで突然、全身をざわざわっと震えが走ったわけさ。あたしは目の端っこに何かの姿を捉えていた。あたしは左の方にゆっくりと目を向けた。それであたしがそこに何を見たと思うね？　その信徒席の上に、あたしの目からほんの六インチしか離れていないところに、その親指があったのさ」

「親指って？」とF・ジャスミンが尋ねた。

「これからその話をするのさ」とベレニスは言った。「その前にひとつ話しておかなくちゃならないことがある。ルーディー・フリーマンには美しいとは言えない部分が、ほんの小さなところだけど、ただひとつだけあった。それ以外の部分はどこをとっても、誰にも文句のつけようがないくらい、小綺麗《こぎれい》で美しかったんだけどね。でも右手の親指だけはそうじゃなかった。蝶番《ちょうつがい》で潰《つぶ》されちまったんだよ。その親指は嚙《か》み砕かれたみたいにぺしゃんこに潰れていて、お世辞にも美しいとは言えなかった。わかったかい？」

「お祈りをしているときに突然、ルーディーの指が見えたっていうこと？」

「あたしが言いたいのは、その親指が見えたってことさ。そしてあたしがひざまずいているとき、頭から爪先《つまさき》まで震えがざわざわと走った。あたしはただひざまずいて、その親指をじっと見つめていた。そしてそのもっと先を目にする前に、つまりその親指の持ち主がどんな人なのか見る前に、あたしは熱心に祈り始めた。あたしは声に出して祈った。主よ、お姿を見せて下さい！　主よ、お姿を見せて下さい！」

「それで神様は願いをきいてくださったの？」とF・ジャスミンが尋ねた。「お姿を見せてくださったの？」

ベレニスは横を向いて、唾《つば》を吐くような音を立てた。「ふん、お姿が聞いてあきれるよ！」と彼女は言った。「その親指の持ち主が誰だったかわかるかい？」

「誰だったの？」

「なんとジェイミー・ビールだったのさ」とベレニスは言った。「例のうすらでかい、ろくでもないジェイミー・ビール。それがやつを目にした最初だった」

「それが彼と結婚した理由だったの?」とF・ジャスミンは訊《き》いた。ジェイミー・ビールというのは、彼女の二番目の亭主になった、年老いた常習的酔っぱらいの名前だった。「彼がルーディーと同じ潰れた親指を持っていたから、それで結婚したってわけ?」

「そんなことあたしにもわからないよ」とベレニスは言った。「見当もつかないね。でもあたしはその指のせいで、まず彼に惹《ひ》かれたんだという気がする。それから知らないうちに話が前に進んでいって、気がついたら彼と結婚していた」

「だって、そんなの馬鹿《ばか》げているわ」とF・ジャスミンは言った。「親指だけのために彼と結婚しちゃうなんて」

「まったくそのとおりさ」とベレニスは言った。「あんたの意見に異議を唱えるつもりはないよ。あたしはただそこで起こったことを、そのまま話しているだけさ。そしてそれとまったく同じようなことが、ヘンリー・ジョンソンとのあいだにも起こったわけさ」

ヘンリー・ジョンソンは彼女の三人目の亭主で、ベレニスに対して常軌を逸したふるまいに及んだ男だ。結婚してから三週間のあいだ彼はまともだった。ところが急に頭がおかしくなった。そして正気の沙汰《さた》とは思えないことをするようになったので、ベレニスはとうとう彼を捨てて出ていくしかなかった。

「まさかヘンリー・ジョンソンも潰れた親指を持っていたなんていうんじゃないでしょうね」

「いいや」とベレニスは言った。「そのときは親指じゃなくて、コートだった」

F・ジャスミンとジョン・ヘンリーは顔を見合わせた。話の筋がよくわからなかったからだ。しかしベレニスの黒い方の目は真剣そのもので、揺らぎがなかった。彼女は二人に向かってしっかりと肯いた。

「それを説明する前にひとつ知っておいてほしいのは、ルーディーが死んだあとに何が起こったかということなんだ。ルーディーは生命保険に入っていて、二百五十ドルをもらえることになっていた。詳しいことを話すつもりはないけど、とにかくあたしは保険会社の連中に騙《だま》されて、そのうちの五十ドルをもらえないことになってしまった。おかげであたしは、二日のあいだになんとかその五十ドルを工面しなくてはならなくなった。葬儀を出すためにね。だってルーディーを安っぽい葬儀で送り出すってわけにはいかないじゃないか。だからそのへんにあるものを片端から質屋に持っていったよ。あたしのコートも、ルーディーのコートもみんな売り払った。フロント・アヴェニューのあの古着屋に持っていったのさ」

「そうか！」とF・ジャスミンは言った。「つまりヘンリー・ジョンソンがそのコートを買って、そのおかげであんたは彼と結婚したってことね」

「ちょっと違う」とベレニスは言った。「ある夜に市役所の前を歩いていると、あたしの前を歩いている人影が突然目に入った。その若い男の体型がルーディーにそっくりだったんだよ。肩から後頭部にかけてさ。あまりにそっくりだったんで、あたしはその歩道の上であやうく死んじまうところだったよ。あたしはその男のあとを走って追いかけた。それはヘンリー・ジョンソンで、それが彼に会った最初だった。彼は田舎に住んでいて、街にはほとんど出てこなかったからさ。でも彼はたまたまルーディーのコートを買って、その体型はルーディーにそっくりだった。後ろから見ると彼はルーディーの幽霊か、それともルーディーの双子の兄弟みたいに見えた。でもどうしてあんなやつと結婚しちまったのか、自分でも理解できないよ。だって彼がまともな分別の持ち主じゃないことは、最初からわかっていたからね。でも何度も顔を合わせていれば、自然に情も移るってものさ。とにかくそんな風にして、あたしはヘンリー・ジョンソンと結婚することになった」

「人ってずいぶん妙なことをするものね」

「そのとおり」とベレニスは言った。そしてディナーの仕上げの甘いサンドイッチをつくるべく、ソーダ・クラッカーにゆっくりとコンデンス・ミルクの糸を垂らしているF・ジャスミンにちらりと目をやった。

「いい加減にしたらどうだい、フランキー！　お腹にさなだむしでもいるんじゃないのかい。冗談抜きでさ。あんたのお父さんは食料品店の勘定書を見て、その額の大きさに眉《まゆ》をしかめ、当然のことながら、あたしがちょろまかしているんじゃないかと疑っているんだよ」

「実際にやってるじゃない」とF・ジャスミンは言った。「ときどき」

「お父さんが勘定書を見て、あたしに文句を言うとするね。なあベレニス、一週間に六缶のコンデンス・ミルクと、大量の卵と、八箱のマシュマロ、そんなとてつもない量の食品を、いったい誰がどうやって使い切れるんだ？　そうなるとあたしとしちゃ、フランキーがそれを食べているんですと打ち明けないわけにはいかないよ。あたしはこう言わないわけにはいかない。ミスタ・アダムズ、あなたはきっと、自宅の台所で普通の人間の子供を養い育てているとお考えになっておられるのでしょうね。そうですよね。そしてあたしはこう言わないわけにはいかない。ところがところが、そいつはとんでもない思い違いってものですよ、ってね」

「今日からあとはもうがつがつとものを食べたりはしない」とF・ジャスミンは言った。「でもわたしにはもうひとつ話のポイントがよくわからないの。そのジェイミー・ビールとヘンリー・ジョンソンの話が、どうやってわたしに当てはまるわけ?」

「それはすべての人に当てはまるものであって、ひとつの警告なんだよ」

「でもどうやって?」

「ああ、あんたにはあたしがやっていたことの意味がわからないのかい?」とベレニスは言った。「あたしはルーディーのことを愛したし、彼はあたしが愛した初めての人だった。だからこそあたしはそのあともずっと、永遠に自分をなぞって生きて行かなくてはならなかったのさ。ルーディーの一部分みたいなものに出会うたびに、その相手と結婚しちまう、それがあたしのやってきたことだよ。でもあたしにとって不幸なことに、結局のところそれらはみんな間違った一部分だった。あたしの望んだのは、あたしとルーディーの関係を再現することだったんだけどね。どう、これでわかったかい?」

「言いたいことはわかると思う」とF・ジャスミンは言った。「でもそれがわたしにとっていったいどんな警告になるのかがわからないわ」

「そこまで説明しなくちゃならないのかい?」とベレニスは言った。

F・ジャスミンはそれには肯きもせず、返事もしなかった。というのは、ベレニスが何かそこに罠《わな》を仕掛けており、自分があまり耳にしたくないことを言われそうな気がしたからだ。ベレニスは新しい煙草に火をつけるために話を中断した。そして二本の青い煙が、その二つの鼻の穴からゆっくりと立ち上り、テーブルの汚れた食器の上にぽっかりと浮かんだ。シュウォーツェンバウムさんはアルペジオを奏《かな》でていた。F・ジャスミンは何も言わずにじっと待っていた。それはずいぶん長い時間に感じられた。

「あんたと、このウィンターヒルでの結婚式」とようやくベレニスが口を開いて言った。「それがまさにあたしが警告を与えていることだよ。あんたのそのガラス玉同然の二つの灰色の目の奥にあるものが、あたしにはありありと見て取れる。そしてあたしに見えるのは、これまで目にしたこともないような、切ないばかりの愚かさだよ」

「灰色の目はガラスの目」とジョン・ヘンリーが囁くように言った。

しかしF・ジャスミンは相手に見透かされたり、にらみ合いに負けたりするわけにはいかなかった。彼女は目をきっと硬くし、ベレニスから目を逸らさなかった。

「あんたが考えていることは、あたしにはお見通しだよ。わからないなんて思わないことだね。あんたは明日ウィンターヒルで、これまでに目にしたことのないようなことを目にするだろうし、その真ん中にいるのはあんた自身だ。あんたはお兄さんと新婦のあいだに立って、一緒に祭壇まで歩んでいくつもりなんだろう。あんたは結婚式に割り込んでやろうと思っている。まだ他にどんなことを考えているかは、イエス様にしかわからないがね」

「いいえ」とF・ジャスミンは言った。「二人のあいだに入って祭壇まで歩いていくなんてことはしないわ」

「その目の奥にちゃんと見えているよ」とベレニスは言った。「あたしを言いくるめようったって無駄だよ」

ジョン・ヘンリーがもう一度、でも今度はもっとそっと繰り返した。「灰色の目はガラスの目」

「しかしあたしが警告しているのは、こういうことだよ」とベレニスは言った。「もしあんたがそんな、そんな前代未聞《みもん》なものと恋に落ちることから人生を始めたりしたら、あんたの身にいったいどんなことが降りかかると思うね？　もしそんな熱に取りつかれたら、それはそのときだけじゃ終わらない。そいつは覚悟しといた方がいいよ。それであんたはどうなっちまうと思う？　あんたはその人生を、他人の結婚式に割り込むことに使い果たしてしまっていいのかい？　そんなへんてこな人生でかまわないのかい？」

「まともな頭を持ってない人の話を聞いていると、だんだん気分が悪くなってくるわ」とF・ジャスミンは言って、両耳を指で塞《ふさ》いだ。でもそれほどぴったりとは塞いでいなかったので、ベレニスの声はまだちゃんと聞こえた。

「あんたはそんな良い気な罠を自分に仕掛けることで、厄介な問題に巻き込まれるよ」とベレニスは続けた。「それはあんたにだってわかっている。七年生のBセクションを終えたし、もう十二歳になっているんだからね」

F・ジャスミンは結婚式のことは口には出さず、その先にあることを取り上げた。彼女は言った。「あの人たちはわたしを一緒に連れて行くわ。まあ見てなさいよ」

「もし連れて行かなかったら？」

「だから言ったじゃない」とF・ジャスミンは言った。「お父さんのピストルで死んでやる。でもあの人たちはきっとわたしを連れて行く。そしてこんな土地になんて二度と戻っては来ないんだから」

「さて、あたしはずいぶん真剣に理を説いたつもりだ」とベレニスは言った。「でもどうやら役には立たなかったみたいだね。あんたはそんなに痛い目にあいたがってるんだ」

「わたしが痛い目にあうなんて誰が言ったのよ?」

「そんなことはわかりきっている」とベレニスは言った。「あんたは痛い目にあうことになるよ」

「きっとわたしを妬《ねた》んでいるんだわ」とF・ジャスミンは言った。「わたしがこの街を離れることがうらやましくて、それをなんとか邪魔しようとしているのよ。楽しみを台なしにする気なのよ」

「あたしは最悪の事態を防ごうとしていただけさ」とベレニスは言った。「でも無駄に終わったらしい」

ジョン・ヘンリーは最後にもう一度繰り返して囁いた。「灰色の目はガラスの目」と。

時刻は六時をまわっていた。毎度お馴染みのだらだらした午後は、ゆっくりと終息を迎えようとしていた。F・ジャスミンは耳から指を抜き取り、疲弊した長いため息をついた。彼女がため息をつくと、ジョン・ヘンリーもまたため息をついた。そして仕上げにベレニスがいちばん長いため息をついた。シュウォーツェンバウムさんはワルツを軽く、不器用に試し弾きしていた。しかしピアノはまだ彼の満足のいくようには調律されていなかった。彼はまたくどくどしく別のひとつの音を鳴らし始めた。再び音階を上に向けて辿《たど》り、七音めでやめた。もう一度それを繰り返し、同じところでひっかかって、音階を最後まで終えることができなかった。F・ジャスミンは音楽を目で追うのをやめた。でもジョン・ヘンリーはまだ目で追っていた。ピアノが最後のところでひっかかったとき、彼が背中をこわばらせ、椅子の上でしゃちほこばり、目を上げて次の音を待ち受ける様子を、F・ジャスミンは目にすることができた。

「あの最後の音なのよ」とF・ジャスミンは言った。「Aの音から始めてGの音まで上がっていくと、面白いことに気がつく。AとGって、これ以上違っているものはないって思えるくらい違っているの。音階の中のどの二音をとってみても、そんなものの二倍くらいAとGは違っているの。なのにその二音はピアノの鍵盤《けんばん》の上ではぴったり隣り合っている。他の音と同じようにね。ド・レ・ミ・ファ・ソ・ラ・シ。シ・シ・シ……頭がおかしくなっちゃいそう！」

ジョン・ヘンリーは不揃《ふぞろ》いな歯を見せてくすくすと笑った。「シ・シ」と彼は言った。そしてベレニスの袖《そで》を引っ張った。「フランキーの言ったことを聞いた？ シ・シだって」

「もう黙って」とF・ジャスミンは言った。「どうしていつもそう根性が悪いのかしら」。彼女はテーブルから立ち上がったが、どこに行けばいいのかわからなかった。

「じゃあ、ウィリス・ローズのことはいったいどうなのよ？　彼も潰れた親指か、コートか、そういう何かを持っていたの？」

「ああ、神様！」とベレニスは言った。その声はあまりに唐突で衝撃的だったので、F・ジャスミンは思わず振り向いて、テーブルに戻った。「その話を聞いたら、あんたの髪の毛はきっと逆立ってしまうよ。あたしとウィリス・ローズとのあいだに起こったことを、あんたにまだ話してなかったっていうのかい？」

「話してない」とF・ジャスミンは言った。ウィリス・ローズは四人の夫たちのうちでいちばん最後の、そして最悪の人物だった。彼はあまりに悪質だったので、ベレニスはとうとう警察を呼ばなくてはならなかった。「どんなこと？」

「まあ、こういうのを想像してごらん！」とベレニスは言った。「しんしんと冷えた一月の夜を想像してごらん。そしてあたしは一人で、広い客間のベッドに横になっているんだ。家にいるのはあたし一人きりだった。というのは土曜日の夜で、他のみんなはフォークス・フォールズまで出かけていたからね。あたしはねえ、古い空っぽのベッドに一人で寝るのが大嫌いときている上に、家に自分一人しかいないんで、すごくびくついていた。しんしんと冷える一月の真夜中過ぎだよ。あんたは真冬がどんなだったか覚えているかい、ジョン・ヘンリー？」

ジョン・ヘンリーは肯いた。

「じゃあ、こういうのを想像してごらん」とベレニスは再び言った。彼女は皿を積み上げ始めており、テーブルの自分の前に汚れた皿三枚を積み上げていた。彼女の黒い目はテーブルの上にぐるりと輪を描き、F・ジャスミンとジョン・ヘンリーを自分の聴衆としてしっかり手中にしていた。F・ジャスミンは身を前に乗り出していた。口を開き、その両手はテーブルの縁を握っていた。ジョン・ヘンリーは身を震わせながら椅子の上に沈み込み、その眼鏡の奥から瞬きもせずにじっとベレニスを見ていた。ベレニスは低い、不気味な声で話を始めたが、突然黙り込み、そこに座ったまま二人を見ていた。

「それでどうなったのよ?」とF・ジャスミンが、身体《からだ》をテーブルの上に乗り出しながら、先を急《せ》かせた。「何が起こったの?」

しかしベレニスは話さなかった。彼女は二人を交互に見て、ゆっくりと首を振った。そして次に話し始めたとき、彼女の口調はすっかり違ったものになっていた。彼女は言った。「ああ、先にあるものがあんたに見えるといいんだけどね。そうなるといいんだが」

F・ジャスミンは背後にさっと目をやった。でもそこには料理用ストーブと壁と無人の階段があるだけだった。

「それでどうなったの？」と彼女は尋ねた。「何が起こったの？」

「あんたに先が見えるといいんだがね」とベレニスは繰り返した。「二つのちっぽけな水差しと四つの大きな耳」、彼女は唐突にテーブルの前から立ち上がった。「さあ、おいで、皿を洗おう。そのあとで明日の旅行に持っていくカップケーキを作ろう」

自分が今どう感じているかをベレニスに伝える術《すべ》は、F・ジャスミンにはなかった。長い時間が経《た》って、自分の前のテーブルが片付いて、ベレニスが流し台の前に立って皿を洗っているとき、彼女はやっとこう言うことができた。

「わたしがとことん頭に来るものがあるとしたら、それは何か話を始めて、こちらの興味をさんざんかきたてておいて、そのまま話をやめちゃう人よ」

「あんたの言うとおりだ」とベレニスは言った。「悪かったね。でもね、あたしにははっとわかったんだよ。この話はやっぱり、あんたとジョン・ヘンリーには聞かせるべきじゃないんだって」

ジョン・ヘンリーは台所の中をスキップし、駆け回り、階段と裏ポーチのドアのあいだを行き来していた。「カップケーキ！」と彼は叫んでいた。「カップケーキ！ カップケーキ！」

「あの子を外に出しちゃえばよかったじゃない」とF・ジャスミンは言った。「そしてわたしに話してくれればよかったのに。でもどうでもいいわよ。何が起こったところで、わたしにはぜんぜん関係ないんだから。そこでウィリス・ローズが入ってきて、あなたの首を掻《か》き切ってしまえばよかったんだ」

「そういう言い方はよくないよ」とベレニスは言った。「とりわけ、あたしがあんたのために、びっくりするお楽しみを用意しているようなときにはね。裏ポーチに出て、籐《とう》のバスケットに入っているものを見てごらん。新聞紙にくるんであるよ」

F・ジャスミンはテーブルから立ち上がったが、あくまでしぶしぶという様子だった。そして気乗りのしない重い足取りで裏ポーチに向かった。それから彼女はピンクのオーガンディーのドレスを手に、戸口に立っていた。ベレニスの言い分とは裏腹に、襟には元通りしっかりと小さなひだ飾りがついていた。食事の前、F・ジャスミンが二階に行っているあいだに、それをやってくれたに違いない。

「まあ、素敵だわ」と彼女は言った。「どうもありがとう」

表情を二つに分けることができたとしたら、よかったかもしれない。一方の目で彼女はベレニスを責めるように睨《にら》み、もう一方の目でしっかりと感謝を伝えられるみたいに。でも人間の顔はそのようにはっきり二つの表情に区切ることはできない。そんなわけでそれら二つの表情はお互いをつぶし合うことになった。

「元気を出しなさい」とベレニスは言った。「何が起こるかなんて、誰にもわかりはしない。明日そのぱりっとしたピンクのドレスを着て、あんたはとびっきり素敵なウィンターヒルの男の子に出会うかもしれないよ。見たこともないような素敵な白人の男の子にね。そういう遠出をしているときに、よく恋人に巡り会うものだからさ」

「でもわたしが言いたいのは、そういうことじゃない」とF・ジャスミンは言った。そして少ししてから、まだ戸口にもたれかかったまま、こう付け加えた。「なんでこんな見当違いな会話になっちゃったのかしら」

黄昏《たそがれ》は白みを帯び、長い時間続いた。八月には一日は四つの部分に分けることができた。朝と午後と黄昏と暗闇《くらやみ》とに。黄昏の時刻には、空はちょっと不思議な青緑色に染まる。そしてほどなく白へと褪《あ》せていく。空気は柔らかな灰色で、あずまやと灌木《かんぼく》は次第に暗さを増していく。その時刻になると雀《すずめ》たちが群れて、街の上空を飛び回る。街路に並ぶすっかり暗くなった楡《にれ》の木から、八月の蟬《せみ》たちの声が響く。黄昏時の音は鈍くくぐもり、いつまでも消えずに漂っている。通りの先の方で網戸がばたんと閉まる音、子供たちの声、どこかの家の庭から聞こえる芝刈り機のうなり。F・ジャスミンは夕刊を取り込んだ。台所にも暗闇が入り込んできた。部屋の隅っこがまず暗くなる。それから壁に掛かった絵が暗然としてくる。闇がそうして無音のうちにやってくるのを、三人はじっと見守っていた。

「軍隊はパリに入った」

「そりゃよかった」

彼らはしばらく無言だった。それからF・ジャスミンが言った。「わたしにはやるべきことがたくさんあるの。今から取りかからなくちゃ」

しかし既に戸口に立っていたにもかかわらず、彼女はどこにも行かなかった。こうして三人揃って台所にいるのも、今夜でもうおしまいになる。その場を立ち去る前に、しかるべき最後のひとことを口にするか、あるいは何かしらの行動をとる必要があると彼女は感じていた。もう何か月も前から彼女には、この台所をあとにし、もう二度とは戻らないという覚悟はできていた。しかし実際にそのときがやって来た今、彼女は戸口に立って頭と肩をドアの枠にもたせかけ、なぜかそこを立ち去りかねていた。闇が深まりつつあるその時刻に人が口にする言葉は、悲しくも美しい響きをまとうことになる。たとえその言葉の内容に、悲しく美しいものなんて何ひとつなかったとしてもだ。

F・ジャスミンは静かに言った。「今夜は二度お風呂《ふろ》に入ることにする。最初のお風呂にはゆっくりと浸《つ》かって、ブラシでごしごしこする。そして肘《ひじ》についたこの茶色の汚れをすっかり落とすの。で、その汚れたお湯を落として、二度目のお風呂に入る」

「いい考えだね」とベレニスは言った。「あんたが清潔になるのを見られるのは嬉《うれ》しいよ」

「ぼくももう一回お風呂に入る」とジョン・ヘンリーは言った。彼の声は薄べったく、悲しげだった。暗くなっていく部屋の中で、彼女はジョン・ヘンリーの姿を目にすることができなかった。彼は部屋の隅の、ストーブの隣に立っていたからだ。既に七時にベレニスは彼をお風呂に入れ、もう一度半ズボンをはかせていた。彼がそろそろと摺《す》り足で部屋を歩いて横切る音を、彼女は耳にした。というのは、風呂を出たあと、彼はベレニスの帽子をかぶり、ベレニスの高いヒールの靴を履いて歩こうとしていたからだ。再び彼はそれ自体ではまったく意味をなさない質問を口にした。「どうして?」と彼は尋ねた。

「何がどうしてなの、ベイビー?」とベレニスが言った。

彼は返事をしなかった。ようやく口を開いたのはF・ジャスミンだった。「どうして名前を変えることが法律に反するわけ？」

ベレニスは窓の青白い光を背にするかっこうで椅子に座っていた。前に新聞を広げ、頭はそこに印刷された文字を読み取ろうと下を向き、片方にねじられていた。F・ジャスミンが口を開いたとき、彼女は新聞を畳んでテーブルの先に押しやった。

「それくらい考えればわかるだろう」と彼女は言った。「当たり前のことじゃないか。そんなことしたら、いろんなことが混乱しちまうだろう」

「よくわからないけど」

「あんたの首の上にはなにがあるね？」とベレニスは言った。「あんたが首の上に載せて持ち歩いているのはアタマだろう。ちっとそのアタマを使って考えてごらんよ。もしあたしが急にミセス・エリノア・ローズベルトって名乗り始めたら、いったいどうなる？　もしあんたが急に、あたしはジョー・ルイスだって名乗り始めたら、どうなるね？　そしたらジョン・ヘンリーだって、ヘンリー・フォードと名乗りたくなるかもしれないよ。そんなことになったら、世の中は収拾がつかなくなっちまうじゃないか」

「そんな幼稚なことを言わないで」とF・ジャスミンは言った。「わたしが言ってるのはそんな変更じゃない。自分に合ってない名前から、好きな名前に変えるってだけのことよ。つまりわたしがフランキーからF・ジャスミンに変えたみたいに」

「それだってやはり、話はややこしくなるさ」とベレニスは譲らなかった。「もしあたしたちがみんな急に名前をそっくり変えちまったら、どうなるね？　いったい誰の話をしているのか、わからなくなっちまうじゃないか。世界がわけのわからない場所になっちまうよ」

「わたしがわからないのは——」

「なぜなら、あんたの名前を中心として、ものごとが積み上がっていくからさ」とベレニスは言った。「あんたは名前を与えられ、そのあといろんなことが起こっていく。あんたはいろんな風に行動し、たくさんのことをする。そうしているうちに、名前が意味を持ち始めるんだ。名前のまわりにいろんなものが積み上げられていく。もしそれが良くないもので、良くない評判ができてしまったとしても、あんたは簡単に名前を捨てて、そこから逃げ出すってわけにはいかないんだよ。もしそれが良いもので、良い評判が立ったとしたら、何も言うことはない。喜んで満足してればいいのさ」

「でもわたしの古い名前のまわりにいったい何が積み上げられたの？」とF・ジャスミンは言った。そしてベレニスがすぐに答えを返さないでいると、F・ジャスミンは自分で自分の問いに答えた。「ゼロよ！　わかった？　わたしの名前なんて何の意味も持たなかったのよ」

「ああ、それはちょっと違うね」とベレニスは言った。「人々がフランキー・アダムズのことを考えるとき、フランキーは七年生のBセクションを終えた人間として思い浮かべるんだよ。そしてバプティスト教会の復活祭の卵探しで黄金の卵を探し当てたフランキーとしてね。グローブ・ストリートに住んでいるフランキーとして――」

「でもそんなことには意味がない」とF・ジャスミンは言った。「そうでしょ？　何の値打ちもないことよ。わたしにはなんにも起こっちゃいない」

「でも起こるんだよ」とベレニスは言った。「これから先に起こることになる」

「何が？」とF・ジャスミンは尋ねた。

　ベレニスはため息をついて、胸の中のチェスタフィールドの箱に手を伸ばした。

「あんたはまったく、あたしがまともに答えを返せない質問ばかりするんだね。そんなことがわかるくらいなら、あたしは魔法使いだよ。そうなったら、こんな台所でくすぶってないで、今頃は魔法使いとして、ウォール・ストリートで羽振り良く暮らしているさ。あたしに言えるのは、これからいろんなことが起こるってことだけさ。それがどんなことなのか、あたしにはわからない」

「それはそれとして」と少しあとでF・ジャスミンは言った。「わたしはあなたのうちに寄って、ビッグ・ママに会っていこうと思っていたのよ。わたしは占いとか、そういうのは信じないけど、まあ見てもらっても悪くないかなと思ったから」

「好きにすればいいさ。それが必要なことだとは、あたしには思えないけれど」

「そろそろ行かなくちゃ」とF・ジャスミンは言った。

それでもまだ彼女は暮れゆく戸口でぐずぐずして、そこを離れようとはしなかった。夏の黄昏の様々な物音が台所の沈黙の中で交叉《こうさ》した。シュウォーツェンバウムさんは調律を終え、そのあとの十五分ばかりを、いくつかの小品を演奏するのにあてていた。彼は暗譜している曲を弾いた。彼は神経質で矍鑠《かくしゃく》とした老人で、F・ジャスミンに銀色の蜘蛛《くも》を連想させた。彼の演奏もまた矍鑠として、角《かど》ばっていた。微《かす》かに引きつったワルツと、落ち着きのない子守歌《ララバイ》だ。ブロックの先の方にあるラジオが、重々しい声で何かを告げていたが、内容は聞き取れなかった。隣のオニール家の裏庭では、子供たちが声を上げ、ボールをバットで打っていた。夕暮れの音はお互いを打ち消し合いながら、暗さを深める黄昏の空気の中に霞《かす》んでいったが、台所だけはひどくしんとしていた。

「ねえ」とF・ジャスミンは言った。「わたしが言おうとしているのはこういうことなのよ。わたしがわたしであり、あなたがあなたであるっていうのは、変なことだって思わない？　わたしはＦ・ジャスミン・アダムズであり、あなたはベレニス・セイディー・ブラウン。そしてわたしたちは互いを目にすることができるし、触れ合うことができるし、同じ部屋の中に年がら年中一緒にいることができる。それでもなお、常にわたしはわたしであり、あなたはあなた。そしてわたしはわたし以外のなにものにもなることができない。そしてあなただってあなた以外のなにものにもなることができない。そういうことについて考えたことがある？　そういうのって変だとは思わない？」

ベレニスは椅子《いす》の上で僅《わず》かに身体を前後に揺らせていた。彼女は揺り椅子に座っていたわけではない。しかしまっすぐな椅子の上で彼女は身体を後ろに反らせ、椅子の前脚を小さくとんとんと床に打ち付けていた。彼女のこわばった黒い手はバランスをとるためにテーブルの端をつかんでいた。Ｆ・ジャスミンがそう言うと、彼女は身体を揺らせるのをやめた。そしてしばらくあとで言った。「あたしもそのことはときどき考えるよ」

それは台所の物の輪郭が暗くなり、人の声が花開く時刻だった。彼らは柔らかな声で語り、それは花として咲いた——もし響きが花であり、声に咲くことができたとしたらだが。Ｆ・ジャスミンはそこに立って、頭の後ろで手を組み、暗さを増していく部屋に顔を向けていた。喉元《のどもと》にいくつかの見知らぬ言葉があり、それを口にする用意が自分にできていると彼女は感じた。見覚えのない言葉が彼女の喉の奥で花開こうとしており、今がそれに名前を与えるべきときだった。

「こういうことよ」と彼女は言った。「わたしは一本の緑の木を見る。わたしにとってそれは緑色なの。そしてあなたもそれを緑色だと言う。わたしたちはそのことで同意する。でもあなたが緑と考えている色は、わたしが緑として考えている色と同じかしら？ あるいはわたしたちは二人とも、ある色を黒と呼ぶかもしれない。でもだからといって、わたしが黒と考えるのが、あなたの考える黒と同じとは限らないでしょう？」

ベレニスは一息おいてから言った。「それはきちんとは証明できないことだね」

F・ジャスミンは頭をドアの枠にこすりつけ、片手を喉にあてた。声がかすれて、うまく出なかった。「でも、それはわたしが言おうとしていたことじゃないのよ」

ベレニスの煙草《たばこ》の煙は苦く、温かく、部屋にどんよりと溜《た》まっていた。ジョン・ヘンリーはハイヒールの靴を履いて、ストーブからテーブルまで摺り足で歩き、またストーブに戻った。壁の背後でネズミがかさごそと音を立てた。

「わたしが言いたいのはこういうことなの」とF・ジャスミンは言った。「あなたは通りを歩いていて、誰かに会う。誰でもいい。そしてあなたたちはお互いを見る。あなたはあなたであり、彼は彼よ。でもあなたたちがお互いを見やるとき、目と目が繋がり《コネクション》を作り出す。それからあなたは歩き去る。彼は別の方向に行く。あなたたちは街の違うところに行く。そしておそらくあなたたちはもう二度と顔を合わせないでしょう。生きているあいだもう二度と。わたしの言いたいことはわかる？」

「もうひとつよくわからないね」とベレニスは言った。

「この街の話をしているのよ」とF・ジャスミンは声を一段高く上げて言った。「ここには、わたしが顔や名前を知らない人たちもたくさんいる。わたしたちはすれ違い、何の繋がりも持たない。彼らはわたしのことを知らないし、わたしは彼らのことを知らない。今わたしはこの街を去っていこうとしているし、その人たちのことをわたしはもう永遠に知らないで終わってしまう」

「でも、あんたはいったい誰のことを知りたいわけ？」とベレニスが尋ねた。

F・ジャスミンは答えた。「すべての人。世界中の。世界中のすべての人」

「ふうん、面白いことを言うね」とベレニスは言った。「じゃあ、ウィリス・ローズのような男のことも知りたいのかい？　ドイツ人たちのことも？　日本人たちのことも？」

F・ジャスミンはドアの枠に頭をぶっつけ、暗い天井を見上げた。彼女の声は途切れたが、再び話を続けた。「わたしの言いたいのはそういうことじゃない。そういう話をしているんじゃないのよ」

「じゃあいったい、どういう話をしているんだね？」とベレニスが尋ねた。

F・ジャスミンは首を振った。そんなことはわからないとでも言うように。彼女の心は暗く、沈黙していた。その心から見知らぬ言葉たちが花開き、咲きこぼれた。彼女はそれらに名前をつけようと待ち受けた。隣家からは野球をする子供たちの夕暮れの歓声が聞こえた。そして長く引き延ばされたかけ声。「バッターアーップ！　バッターアーップ！」。コンというボールの音と、バットが投げ出される音、駆け出す足音、そして大きな叫び声。窓は青白く澄んだ長方形の光となっていた。一人の男の子が庭を横切り、暗いあずまやの下までボールを追いかけてきた。少年は影のように素早く、F・ジャスミンにはその顔が見えなかった。飛び出た白いシャツの裾《すそ》が奇妙な翼のように、はたはたと背後で揺れていた。窓の向こう側では、黄昏が続いていた。それは白みを帯びて、ぴたりと動かなかった。

「外に出て遊ぼうよ、フランキー」とジョン・ヘンリーが囁《ささや》くように言った。「みんなすごく楽しそうじゃないか」

「いやよ」とF・ジャスミンは言った。「一人で行きなさい」

ベレニスは椅子の中で小さく身体を動かし、言った。「そろそろ明かりをつけた方がいいんじゃないかね」

でも誰も明かりをつけなかった。口にされない言葉が喉につっかえて、息が詰まって気分が悪くなり、そのせいで自分がドアの枠に頭をぶっつけたり、うんうん唸《うな》っているみたいに、F・ジャスミンには思えた。ようやく彼女は高くぎざぎざした声でもう一度言った。

「こういうこと」

ベレニスは話の続きを待ったが、話は続かなかったので、彼女は尋ねた。「あんた、どうかしたのかい？」

F・ジャスミンは見知らぬ言葉たちを口にすることができなかった。だから最後にもう一度、頭をドアの枠にごつんとぶっつけ、台所のテーブルのまわりを歩き始めた。脚を曲げないようにして、そろそろ歩いた。気分が良くなかったし、一緒に揺することで、違う食べ物を胃の中でまぜこぜにしてしまいたくなかったからだ。彼女は高い声で早口に話し始めた。しかし口にできたのは正しくない言葉ばかりだった。それは彼女の言いたかったことではなかった。

「もう、なんたってね！」と彼女は言った。「ウィンターヒルを出たあと、わたしたちはいろんな場所に行くのよ。あなたが考えたこともないし、そんなところが存在することさえ知らないようなたくさんの場所にね。最初にどこに行くことになるのか、それは知らない。でもそれはどうでもいいことなの。わたしたちはそのあと、次々にいろんな場所に行くんだから。とにかく動き続けるつもりなの。わたしたち三人は。ここと思えばまたあちら。アラスカ、中国、アイスランド、南アメリカ。鉄道で旅行するの。オートバイですっ飛ばすのよ。世界中を飛行機で飛び回るの。ひとつの場所に留まったりしない。世界中を巡り歩くの。それがぜったい間違いないところよ、もう、なんたって！」

Ｆ・ジャスミンはテーブルの抽斗《ひきだし》をぐいと開け、その中からがさごそと肉切りナイフを取りだした。肉切りナイフが必要だったわけではないが、彼女はテーブルのまわりを急ぎ足で歩きながら、しっかり手に握れて、ひらひらと振り回せるものを必要としていた。

「いろんなことが起こるっていう話だけど」と彼女は言った。「いろんなことがあまりに素早く起こるので、何が起こったかよくわからないくらい。ジャーヴィス・アダムズ大尉《たいい》は十二隻《せき》の日本の戦艦を沈没させ、大統領から勲章を授与されるの。ミス・

ジャスミンはすべての記録を塗り替える。ミセス・ジャニス・アダムズはビューティー・コンテストでミス国際連合に選ばれる。次々にいろんなことが起こるんで、何が起こったのかほとんど見届けられない」

「おとなしくしなさい、まったく」とベレニスは言った。「そしてナイフを置くんだよ」

「そしてわたしたちは彼らに会うの。みんなに。わたしたちは人々のところにつかつかと歩いて行って、すぐさま彼らのことを理解するの。わたしたちは暗い道路を歩いていて、明かりのついた家を目にして、ドアをノックする。するとぜんぜん知らない人たちが駆け出して来て、わたしたちに言うの。「さあさあ、お入りなさい！」と。勲章をもらったパイロットや、ニューヨークの人たちや、映画スターと知り合いになる。わたしたちは何千もの友だちを作る。何万、何百万もの友だちを作るのよ。わたしたちはあまりにたくさんのクラブのメンバーになるので、どこのメンバーだったかとても覚えきれない。わたしたちは世界全体のメンバーになるのよ。もう、なんたってね！」

　ベレニスはとても強くて長い右腕を持っていた。そしてテーブルのまわりを走るF・ジャスミンが次にやって来たとき、さっとその腕を伸ばして、ペチコートを摑《つか》んだ。その摑み方があまりに素早かったので、F・ジャスミンはぐっとのけぞって、骨が音を立て、歯ががちんと鳴ったほどだった。

「アタマがどうかしたのかい？」と彼女は尋ねた。その長い腕がF・ジャスミンを近くに引き寄せ、その腰にまわされた。「あんたはラバみたいに汗をかいているよ。さあ、屈《かが》んでおでこを触らせて。熱でもあるのかね？」

F・ジャスミンはベレニスの編んだ髪のひとつを引っ張り、それをナイフでごしごし切り取る真似《まね》をした。

「あんた、震えているじゃないか」とベレニスは言った。「太陽の下を、あんなに長くうろうろ歩き回るから、きっと熱が出たんだよ。ベイビー、ほんとに気分が悪くないのかね？」

「気分が悪いですって？」とF・ジャスミンは言った。「このわたしが？」

「あたしの膝《ひざ》の上にお座り」とベレニスが言った。「そして一息つくんだよ」

F・ジャスミンはナイフをテーブルの上に置き、ベレニスの膝の上に落ち着いた。そして背中を反らせ、ベレニスの首に顔をつけた。彼女の顔は汗で湿っていて、ベレニスの首もやはり汗で湿っていた。そしてどちらも塩っぽく、つんと鋭い匂《にお》いを放っていた。彼女の右脚はベレニスの膝の上に投げ出され、小刻みに震えていた。しかし両の親指を床につけると、脚は震えるのをやめた。ジョン・ヘンリーはハイヒールの靴を履いたまま、摺り足で二人の方にやってきて、まるでやきもちを焼くみたいに、ベレニスにぐいとくっつき、二人の間に割り込んだ。彼はベレニスの首に腕をまわし、耳につかまった。それから少し後で、彼女の膝の上からF・ジャスミンを押し出そうとした。そしてF・ジャスミンをつねった。こっそりと小さく、意地悪いつねり方だった。

「フランキーにちょっかいを出すんじゃないの」とベレニスは言った。「あんたに何も悪いことはしてないだろう」

彼はすねたような声を出した。「ぼくは気分が良くないんだ」

「さあ、気分なんて悪くないはずだよ。静かにして、あんたの従姉《いとこ》にもう少し気をつかってあげたらどうだい?」

「フランキーはいつもえばっているんだもの」と彼は甲高い哀《かな》しげな声で文句を言った。

「じゃあ今はどんな風にえばってるんだい? ぐったりして、ここで休んでいるだけじゃないか」

F・ジャスミンは首をまわして、ベレニスの肩に顔をつけた。背中にベレニスの柔らかく大きな乳房と、柔らかく広々としたお腹《なか》と、温かくがっしりとした両脚を感じることができた。彼女はとても荒く息をしていたが、少したつとだんだん落ち着いてきて、ベレニスと同じ間合いで呼吸できるようになった。二人はひとつになったように、身体を密着させていた。そしてベレニスのこわばった両手はF・ジャスミンの胸にしっかり巻きつけられていた。二人の背中は窓に向けられていた。そして二人の前にある台所は、ほとんど真っ暗になっていた。ベレニスはやっとひとつため息をついて、最後の奇妙な会話の結論にとりかかった。

「あんたの言わんとすることは、おおよそだけどわかるよ」と彼女は言った。「あたしたちはみんな、多かれ少なかれ閉じ込められているんだ。あたしたちはそれぞれいろんな具合に生まれてくるんだが、それがどうしてなのかはわからない。でもいずれにせよ、あたしたちは閉じ込められている。あたしはベレニスとして生まれた。あんたはフランキーとして生まれた。ジョン・ヘンリーはジョン・ヘンリーとして生まれた。そしておそらくあたしたちはみんなもっと広いところに飛び出して、自由になりたがっているんだろう。しかし何をしたところで、あたしたちはやはり閉じ込められたままだ。あたしはあたしで、あんたはあんたで、この子はこの子だ。あたしたちはみんなそれぞれ、なぜか自分というものに閉じ込められているんだ。それがあんたの言おうとしたことじゃないのかい?」

「わかんないな」とF・ジャスミンは言った。「でもわたしは閉じ込められたくなんかない」

「あたしだってそう思うさ」とベレニスは言った。「そう思わないものはいない。あたしはあんたよりも更にひどく閉じ込められている」

彼女がなぜそう言ったか、F・ジャスミンには理解できた。子供っぽい声で「どうしてさ?」と尋ねたのはジョン・ヘンリーだった。

「なぜならあたしは肌が黒いからさ」とベレニスは言った。「黒人だからさ。人はみんなそれぞれのやり方で閉じ込められている。しかしすべての黒人たちのまわりには、それに加えて完全な境界線が引かれている。あたしたちは閉め出され、自分たちだけの片隅に追いやられている。最初にも言ったように、世界中の人間がそうであるように、あたしたちは生まれながらに閉じ込められている。そしてあたしたちはその上に、黒人としても閉じ込められているのさ。ハニーみたいな若い子はときとして、もう息をすることとさえできないように感じてしまう。何かを壊してしまいたい、自分を壊してしまいたいっていう気分になる。あたしたちはときどき、ただもうこらえきれなくなってしまうんだよ」

「知ってる」とF・ジャスミンは言った。「ハニーがうまくやっていけるといいんだけど」

「あの子はただやけっぱちな気分になっているのさ」

「そうね」とF・ジャスミンは言った。「ときどきわたしも何かを壊したくなってしまう。この街全体をぶち壊してしまえればいいのにと思うこともある」

「前にもそれを聞いたよ」とベレニスは言った。「しかしそんなことをしたって、何の役にも立ちやしないよ。問題はあたしたちがみんな閉じ込められているってことなんだ。そしてあたしたちはみんな、なんとかしてもっと広いところに自由に逃げ出そうと試みている。たとえばあたしとルーディーはそれを試みたよ。ルーディーと一緒にいるときには、あたしは自分が閉じ込められているとはあまり思わなかった。でもルーディーは死んでしまった。あたしたちはいろんなことを次々に試してみるんだけど、結局は閉じ込められたままなのさ」

その会話はF・ジャスミンを漠然と不安な気持ちにした。彼女はベレニスに身を寄せて横になり、二人はとてもゆっくりと呼吸していた。ジョン・ヘンリーの姿は見えなかったが、彼がそこにいることは感じられた。彼は椅子の背中の横木に上がって、ベレニスの頭を抱きかかえていた。彼は彼女の両耳をつかんでおり、ベレニスはやがてこう言った。「いい子だから、あたしの耳をそんなに強くひねらないでおくれ。あたしとフランキーはこのまま宙に浮かんで、天井を突き抜けて、あんたを置いてどこかに行っちまうわけじゃないんだから」

水が台所の流し台にゆっくりと滴《したた》っていた。壁の背後でネズミがこんこんと音を立てていた。

「言ってることはわたしにもわかると思う」とF・ジャスミンは言った。「でもね、それと同時に、『縛られる』という言葉の代わりに、『ばらける』という言葉を使うことだって、ひょっとしてできるんじゃないのかな。言葉の意味はまるで反対だけどね。つまりあなたは好きなところに行って、いろんな人に出会っているじゃない。そしてわたしには彼らはみんな、ばらけているように見えるんだけど」

「野放図にやっているということかい？」

「いや、そうじゃないよ！」と彼女は言った。「わたしが言いたいのは、人々をひとつにまとめているものなんて見当たらないんじゃないかってこと。彼らがどこから来たのか、どこに行こうとしているのか、そんなことはわからない。たとえば一人ひとりの人は、そもそもどうしてこの街にやって来たのかしら？　みんなどこからやって来て、何をしようとしているのかしら？　兵隊さんたちのことを考えてみてよ」

「彼らは生まれてきて」とベレニスは言った。「死んでいこうとしているんだよ」

Ｆ・ジャスミンの声は高く、厚みを欠いていた。「わかってる」と彼女は言った。「でもそれって、どういうことなの？　人々はばらけていながら、同時に縛られている。縛られていながら、ばらけている。こんなにたくさんの人がいるのに、何が彼らをひとつにまとめているのかはわからない。そこにはなんらかの理屈だか繋《コネクション》がりだかがあるはずなのよ。なのにわたしはそれに名前を与えることができない。わかんないわ」

「もしそれができたら、あんたは神様だよ」とベレニスは言った。「それくらいはわかるだろう」

「たぶんそうね」

「あたしたちにわかるのはその程度さ。それより先のことはわかりっこないんだ」

「でも知ることができたらいいのにな」。背中がベレニスの膝の上で突っ張ってきたので、彼女はもぞもぞと身動きし、その長い両脚を台所のテーブルの下にまっすぐ伸ばした。「いずれにせよ、わたしたちがウィンターヒルを離れたあとは、わたしはもう何を煩《わずら》う必要もなくなってしまうわ」

「今だって煩う必要はないんだよ。誰もあんたに、世界の謎《なぞ》を解いてくれって求めているわけじゃないからね」、ベレニスはひとつ、意味ありげな深い息をついてからそう言った。「フランキー、あんたくらい尖《とが》った骨を持った人間はまたといないよ」

それはF・ジャスミンにそろそろ立ち上がってもらいたいという強い仄《ほの》めかしだった。F・ジャスミンはこのあと、明かりをつけ、オーブンの中からカップケーキをひとつ取り出し、街に出て自分の用事を終えることになるだろう。しかしもう少しだけ、彼女はベレニスの膝の上に留まり、その肩に顔を押しつけていた。夏の宵の物音は混じり合い、長く引き延ばされていた。

「今話したようなことを、わたしは一度も口にしたことがなかった」と彼女はようやく言った。「でもこういうこともあるの。あなたがこれまで、そんなことを考えたことがあるかどうか、わたしにはわからないけれど。つまりわたしたちは今こうして、ここにいるじゃない。ちょうど今、この瞬間。でもわたしたちが話しているうちに、この瞬間は過ぎ去っていく。そしてもう二度と戻ってはこない。世界中探しまわっても、どこにも見つからない。ただふっと過ぎ去ってしまうだけ。この地上にあるどんな力をもってしてもそれを引き戻すことはできない。ただ消えてしまう。それについて考えたことはある？」

ベレニスはそれには答えなかった。台所はもうすっかり暗くなっていた。三人は何も言わず、ただ身を寄せ合っていた。彼らは互いの息づかいを感じ取ることができた。それから突然それが始まった。なぜどうしてそんなことになったのか、誰にもわからないのだが、三人は泣き始めたのだ。彼らはまったく同時に揃って泣き出した。こういう夏の宵にしばしば、唐突にみんなで歌い出すことがあったが、それと同じように。その八月、しばしば暗闇の中で、彼らは同時に出し抜けにクリスマス・キャロルか、あるい「スリットベリー・ブルーズ」みたいな歌を歌い出したものだった。前もって自分たちが歌い出すだろうとわかっていることもあり、そんなときにはどんな歌を歌うことになるか、だいたい意見は合った。

あるいはまた意見がうまく合わず、三人がそれぞれ異なった歌を歌い出すこともあった。でもそれらはやがてひとつに混じり合い、三人は共同で作り上げた特別な音楽を歌うことになった。ジョン・ヘンリーは高い、むせび泣くような声で歌った。そしてたとえ彼がその曲をどのような名前で呼ぼうと、それは常にまったく同じ曲に聞こえた。ひとつの高くわななく音が、音楽の天井のように他の二人の上にかかった。ベレニスの声は暗く、めりはりがあって、深かった。そして踵《かかと》で床を叩《たた》いてオフビートのリズムをとった。かつてのフランキーは、ジョン・ヘンリーとベレニスに挟まれた中間のスペースを上り下りした。そのようにして三つの声は一緒になった。そして歌のそれぞれのパートがひとつに織り合わされた。

しばしば彼らはそのようにして歌ったものだ。そして彼らの歌う曲は、とっぷりと暮れた八月の台所で、甘く奇妙に響いた。しかしそのように出し抜けに泣き出したのは、初めてのことだった。三人が泣いた理由はそれぞれ別のものだったが、それでも彼らはまるで前もって打ち合わせでもしていたみたいに、一斉に泣き出した。ジョン・ヘンリーが泣き出したのはやきもちのためだった（あとになって彼は、壁の後ろのネズミのせいだと言い張ったが）。ベレニスが泣いたのは黒人の話をしたからであり、あるいはまたルーディーのせいであり、そしておそらくはF・ジャスミンの骨が本当に尖っていたせいだろう。F・ジャスミンはなぜ自分が泣いたのか、よくわからなかった。しかし彼女が理由としてあげたのは、髪が短か過ぎることと、肘が汚らしいという事実だった。暗闇の中で三人は一分間ほど泣いていた。それから泣き出したときと同様、唐突に泣き止《や》んだ。その常ならぬ音のせいで、壁の背後のネズミも動きを止めていた。

「さあ立ちなさい」とベレニスが言った。彼らはテーブルを囲んで立ちあがり、F・ジャスミンが明かりをつけた。ベレニスは頭を掻き、少し鼻をすすった。「あたしたちはほんとに陰気だねえ。なんでこんな風になっちまったのか、わからないよ」

　暗闇に馴《な》れた目には、突然の光がまぶしかった。F・ジャスミンは流しの蛇口をひねり、頭を水につけた。ベレニスは布巾《ふきん》で顔を拭《ふ》き、鏡の前で編んだ髪を叩いて整えた。羽根飾りのついたピンクの帽子をかぶり、ハイヒールの靴を履いたジョン・ヘンリーは、年老いた可愛《かわい》い女のこびとのように見えた。台所の壁には気の触れたような絵が描かれ、それが眩《まぶ》しく照らされていた。明かりの中で三人は、お互いをまじまじと見ていた。まるで三人のあかの他人のように、あるいは三人の幽霊たちのように。

それから玄関のドアが開き、父親が重い足取りで廊下をやってくる音が、F・ジャスミンの耳に届いた。蛾《が》たちがもう窓のところに参集していた。網戸にぴたりと羽を張り付けて。台所での最後の午後が、そこでようやく終わったのだ。

3

その夜まだ早いうちに、F・ジャスミンは監獄の前を通り過ぎた。運勢を見てもらいにシュガーヴィルに行く途中だった。監獄はその道筋にはなかったが、街を離れる前に一目見ておきたいと思って、回り道をしたのだ。というのはその年の春と夏、監獄は彼女を怯《おび》えさせ、不吉な気持ちにさせたからだ。監獄は三階建ての煉瓦《れんが》造りの建物で、金網のフェンスで囲まれ、金網の上には有刺鉄線が巡らしてあった。その中には窃盗犯や、強盗や、殺人犯が収監されていた。犯罪者たちは石造りの監房に閉じこめられ、窓には鉄格子《てつごうし》がはまっていた。彼らがどれだけ石の壁を叩いたところで、また鉄格子をねじったところで、そこから抜け出すことはかなわなかった。彼らは縞模《しま》様の囚人服を着せられ、ゴキブリと一緒に調理された冷たい豆スープと、冷えたコーンブレッドを食べさせられた。

F・ジャスミンは監獄に収監されている人たちの何人かを知っていたが、その全員が黒人だった。ケープという名の少年や、雇い主だった白人の女性にセーターと靴を一足盗んだと告発されたベレニスの友だちなんかだ。もし誰かが逮捕されるとすると、囚人護送車がけたたましい音を立てて家にやってきて、警官たちが玄関から押し入り、その誰かを監獄に引きずっていく。シアーズ&ローバック・ストアで万能ナイフを万引きしたあと、かつてのフランキーは監獄に引き寄せられるようになった。そして春の終わり頃の午後には、彼女はときどき監獄の向かいの通り（それは「監獄後家通り」と呼ばれていた）にやってきて、長いあいだその建物を見つめていたものだった。しばしば何人かの囚人たちが鉄格子にぶら下がっていた。彼らの目は、まるで共進会《フェア》のフリークたちの細長い目みたいに彼女に呼びかけているように思えたものだ。「おまえのことは知っているぞ」とその目は告げていた。折々土曜日の午後なんかに、ブルペンと呼ばれる大きな監房から、激しい叫び声や、歌声や、咆吼《ほうこう》が聞こえてくることがあった。でもその夜の時刻、監獄はひっそり静まり返っていた。でもひとつの明かりに照らされた監房から、一人の囚人が顔を見せていた。というか、見えたのは頭の輪郭と、鉄格子を摑んだ二つの拳《こぶし》だけだったが。庭といくつかの監房には照明がともっていたが、煉瓦造りの監房は陰気に暗かった。

「ねえ、どんな罪で監獄に入っているの？」とF・ジャスミンから少し離れたところに立っていたジョン・ヘンリーが呼びかけた。彼は淡い黄色のドレスを着ていた。F・ジャスミンはお下がりの衣服を片端から彼に与えていたからだ。彼女としてはジョン・ヘンリーを一緒に連れてきたくはなかったのだが、必死に頼み込まれて、結局少し距離を置いてあとをついてくるのを止めるわけにはいかなかった。囚人が何も答えないでいると、ジョン・ヘンリーはもう一度、甲高く薄っぺらな声で呼びかけた。

「ねえ、縛り首になるの?」

「よしなさい!」とF・ジャスミンは言った。この日の夜、監獄はもう彼女を怖がらせなかった。明日のこの時刻には、彼女はずっと遠くに行ってしまっているからだ。彼女は監獄に最後の一瞥《いちべつ》をくれ、そのまま歩き去った。「もしきみが監獄に入れられていて、誰かからあんなことを大声で言われたら、いったいどんな気がすると思う?」

シュガーヴィルに着いたのは八時過ぎだった。夜は埃《ほこり》っぽく、ラベンダー色をしていた。通りの両側に軒を寄せ合った家々の戸口は開けられ、何軒かの居間には灯油ランプの細かく震える明かりがともり、フロント・ルームのベッドと飾られたマントルピースを照らし出していた。声は不明瞭《ふめいりょう》に引きずられ、ピアノと管楽器の奏《かな》でるジャズの音《ね》が遠くから聞こえた。子供たちは横町で遊び、その足跡が地面に渦巻きの模様を残していた。土曜の夜とあって、人々はめかしこんだ格好をしていた。まばゆく正装した一群の若い黒人の男女が楽しげにふざけあっている街角を、彼女は通り過ぎた。通りにはパーティーを思わせる空気が漂っていて、それは彼女に自分だってまさにこの夜、「ブルームーン」でのデートに出向くこともできるのだという事実を思い出させた。彼女は通りにいる人々に話しかけ、自分の目と人々の目とのあいだには名状しがたい繋がりがあると、再び実感することになった。つんと鼻をつく土埃と、屋外便所と夕食の匂いに混じって、クレマチスの蔓《つる》の匂いが夜の空気を貫いていた。ベレニスの住んでいる家はチャイナベリー・ストリートの角にあった。二部屋の家で、こぢんまりした前庭があり、その庭は陶片と瓶の蓋《ふた》で縁をつけられていた。玄関ポーチのベンチには暗い色合いの、涼しげなシダの鉢がいくつか置かれている。ドアは少しだけ開いて、中にくすんだ黄金色のランプの明かりがちらついているのが見えた。

「きみはそこで待っているんだよ」と彼女はジョン・ヘンリーに言った。

ドアの向こうで、しゃがれた力強い声が何かをつぶやいていた。F・ジャスミンがドアをノックすると、その声はしばし静まり、それから尋ねてきた。

「誰だね？　誰がいるんだい？」

「わたしよ」と彼女は言った。新しい本当の名前を言っても、ビッグ・ママにはきっと誰だかわからないだろう。「フランキーよ」

部屋は空気が淀《よど》んでいた。木製の雨戸は開けられていたが、部屋には病気と魚の匂いがこもっていた。いろんなもので混み合った居間はきれいに片づけられていた。右手の壁にベッドがひとつくっつけられ、反対側にはミシンと足踏みオルガンがあった。暖炉の上にはルーディー・フリーマンの写真がかかっており、マントルピースの上には洒落《しゃれ》たカレンダーや、共進会の賞品や、記念品なんかが並んでいた。ビッグ・ママはドアの近くの、壁につけて置かれたベッド（昼のあいだは正面の窓からシダの茂ったポーチや、外の通りが眺められる）に横になっていた。彼女は年老いた黒人女で、痩《や》せこけて、骨は箒《ほうき》の柄のようだった。顔と首の左側は獣脂《タロー》みたいな色をしていた。その部分だけはほとんど白に近い色で、あとの部分は銅色《あかがねいろ》だった。かつてのフランキーは、彼女はだんだんゆっくり白人になっていくのではないかと思ったものだ。でもベレニスによれば、それはときどき黒人に見られる皮膚病なのだということだった。ビッグ・ママはかつては上等な衣服の洗濯と縦ひだつきのカーテン作りを生業《なりわい》としていたのだが、ある年、辛《つら》い労働のために背中が動かなくなり、以来寝たきりの生活を送るようになった。しかしその他の能力は少しも失われなかったし、それればかりか彼女は突然、透視力を身につけることになった。幼い頃のフランキーは彼女のことをその前からずっと、薄気味の悪いところのある人だと思ってきた。当時の彼女の頭の中でビッグ・ママはいつも石炭小屋に住む三人の幽霊と結びついていた。そしてもう大きくなった今でも、ビッグ・ママを前にすると肌寒さを感じないわけにはいかなかった。

彼女は横になり、三つの羽根入りピローにもたれかかっていた。ピローのカバーにはかぎ針編みの縁がついている。その骨張った両脚の上には、多くの色が混じったキルトのカバーが掛けられていた。ランプの置かれた居間のテーブルはベッドの脇《わき》に寄せられ、その上にある夢占いの本や、白いソーサーや、裁縫かごや、水の入ったゼリー用グラスや、聖書や、その他いろんなものに手が届くようになっていた。F・ジャスミンが家に入ってくる前、ビッグ・ママは独りごとを言っていたのだ。ビッグ・ママにはベッドに横になりながら、独りごとを言う癖があった。自分は誰で、何をしていて、これからどんなことをするつもりなのかを、自らに向けて語るのだ。壁には鏡が三つ掛かっており、それがランプの波うつような光を映し出していた。ランプの光は部屋をくすんだ黄金色にまたたかせ、巨大な影をあたりに投げかけていた。灯芯《とうしん》は切り揃《そろ》える必要があった。誰かが奥の部屋を歩いていた。

「運勢を見てもらいたくて来たの」とF・ジャスミンは言った。

ビッグ・ママは一人でいるときにはよく独りごとを言ったが、他の時にはろくにしゃべらないこともあった。彼女はF・ジャスミンをしばらくじっと見てから、返事をした。「いいとも。オルガンの前のスツールをここに持っておいで」

F・ジャスミンはスツールをベッドの近くに持ってきて、前屈みになり、手のひらを前に突き出した。しかしビッグ・ママはその手をとらなかった。彼女はF・ジャスミンの顔をじっと見て、そしてベッドの下から溲瓶《しびん》を引き出し、嗅《か》ぎ煙草の塊をそこにぺっと吐き出した。それからやっと眼鏡をかけた。ずいぶんゆっくり時間をかけたので、F・ジャスミンは彼女は自分の心を読もうとしているのではないかと不安になったくらいだった。奥の部屋を歩き回る足音は止み、家の中には何の物音もしなくなった。

「心を過去に戻して、思い出して」と彼女はようやく言った。「いちばん最近、どんな夢を見たかを話してちょうだい」

F・ジャスミンは心を過去に戻そうと試みた。しかし彼女は夢というものをあまり見ない。でもようやくその夏に見た夢のひとつを思い出した。「夢の中にドアがあるの」と彼女は言った。「わたしはただそれを見ているんだけど、見ているとドアがゆっくりと開いていくの。それでなんだか変な感じがして、目が醒《さ》めた」

「夢の中に手は出てきたかい？」

F・ジャスミンはそれについて考えた。「出てこなかったと思う」

「ドアの上にゴキブリはいなかったかね？」

「ええと――いなかったと思うわ」

「その夢が意味するものは」、ビッグ・ママはゆっくりと目を閉じ、目を開いた。「あんたの人生に変化が訪れるということだ」

次に彼女がやったのは、F・ジャスミンの手を取り、手のひらをじっくり時間をかけて調べることだった。「ここに見えとるのは、あんたは青い眼をした淡い色あいの髪の若い男と結婚するってことだ。七十歳まで生きるが、水には注意して行動した方がいい。赤土の溝と、綿花の梱《こり》も見える」

そんなことを言われても何の意味もない、とF・ジャスミンは思った。時間とお金をどぶに捨てたようなものだ。「それはいったい何を意味するの？」

しかしそのとき突然老女はさっと顔を上げ、彼女の首の筋肉がこわばった。彼女は叫んだ。「この、うつけ者が！」

彼女は客間と台所とを隔てる壁を見ていた。そしてF・ジャスミンも振り向いて肩越しにそちらを見た。

「イエッサム（イエス・マム）」と奥の部屋から返事が聞こえた。ハニーの声のようだった。

「台所のテーブルに足を載っけるんじゃないって、いったい何度言ったらわかるんだい」

「イエッサム」とハニーは繰り返した。彼の声はどこまでも従順だった。彼が足を床に下ろす音がF・ジャスミンの耳に届いた。

「おまえの鼻は本に根っこを下ろしちまいそうだよ、ハニー・ブラウン。それを置いて、さっさと夕飯を済ませちまいな」

F・ジャスミンは思わず身震いした。ビッグ・ママには壁を貫いてものが見えるのだろうか。ハニーがテーブルの上に両足をあげて、本を読んでいるところが？　その目はのっぺりした壁を透視できるのだろうか？　言葉をひとことも聞き逃さないようにしなくては、とF・ジャスミンは思った。

「いくらかのお金が見えるね。いくらかのお金だ。結婚式も見えるよ」

差し出されたF・ジャスミンの手が小さく震えた。「それよ！」と彼女は言った。

「そのことを教えて！」

「結婚式のこと、それともお金のこと？」

「結婚式よ」

ランプの明かりがむき出しの壁板の上に、二人の誇張された影を描き出していた。

「近親者の結婚だね。そして旅行をしているところが見える」

「旅行ですって？」と彼女は言った。「それはどんな旅行？　長い旅行かしら？」

ビッグ・ママの手は曲がり、あちこち斑《まだら》にしみがついて、ふたつの手のひらはバースデー・ケーキの溶けてしまったピンクの蠟燭《ろうそく》みたいに見えた。「短い旅行だよ」と彼女は言った。

「でも、どうして――」とF・ジャスミンは言いかけた。

「行って帰ってくる姿が見える。向こうに行って、そして戻ってくる」

それは何も意味しない。ベレニスは間違いなく彼女に、自分が結婚式に出席するためにウィンターヒルまで旅行することを告げているはずだから。でもビッグ・ママは壁の向こうを見透せたではないか。「それは間違いないことなの？」

「そうだね――」、今回の彼女の老いてしわがれた声はあまり確かそうではなかった。「あたしには出ていくのと戻ってくるのが見える。しかしそれは今のことではないかもしれん。そこまで断言はできない。というのは、それと同時にあたしの目には道路と汽車といくらかのお金が見えるからさ」

「ああ！」とF・ジャスミンは言った。

足音が聞こえ、ハニー・キャムデン・ブラウンが台所と居間を隔てる戸口に立っていた。今夜の彼は黄色いシャツに蝶《ちょう》ネクタイという身なりだった。彼はだいたいいつも洒落た身なりをしていた。しかし彼の黒い目は悲しげで、その面長の顔はやはり石のごとく静かだった。ビッグ・ママがハニー・ブラウンのことをどう言っているか、F・ジャスミンは知っていた。彼女は彼のことを、神様が完成させなかった人間だと言っていた。創造主は彼がまだ完成しないうちに放り出してしまったのだ。神様が完成させてくれなかったので、彼は自らを完成させるためにあちこちに行って、いろんなことをしなくてはならない。この発言を初めて耳にしたとき、かつてのフランキーにはそこに込められた意味を理解することができなかった。そのような発言は彼女に奇妙な半分人間を思い浮かべさせた。腕が一本、足も一本、顔も半分しかない少年を。陰鬱《いんうつ》な夏の太陽の下、街の小路《こうじ》をぴょんぴょん跳ねている半分人間を。でももっと後になると、彼女にももう少しわけがわかってきた。ハニーはサキソフォンを演奏し、黒人高校での成績は一番だった。アトランタにフランス語の本を注文し、独学でフランス語をいくらか身につけた。でもそれでいて彼はときどき抑制がきかなくなり、シユガーヴィルのあちこちで、数日にわたってでたらめなことをして回ることがあった。

友人たちが彼を家に連れてきたときには、ほとんど死んだような状態になっていた。彼の唇は蝶のように軽快に動くことができた。彼女が耳にしたどんな人間よりも流《りゅう》暢《ちょう》に話ができた。しかし普段の彼は、家族でさえよく意味がつかめないような黒人のくだけたしゃべり方をした。創造主はまだ出来上がっていないうちに彼を手放しちゃったのさ、とビッグ・ママは言った。だからあの子は永遠に、自分に満足できないままでいるんだ。彼は今、骨張った痩身《そうしん》をドアの枠にくにゃりともたせかけていた。顔には汗が浮かんでいたが、そこにはどこかしら寒そうな様子があった。

「今から出かけるけど、何かしてほしいことはあるかい？」と彼は尋ねた。

その夜のハニーには何かしらF・ジャスミンの心を打つものがあった。その悲しげで動きのない目を覗《のぞ》き込んでいると、彼に何か言っておかなくてはならないことがあるような気がした。ランプの明かりに照らされたその肌は暗い藤《ふじ》の花のような色をして、唇は物静かで青みを帯びていた。

「ベレニスはあなたに結婚式の話をした？」とF・ジャスミンは尋ねた。とはいえ、彼女が言っておかなくてはならないと感じたのは、今回ばかりは結婚式のことではなかった。

「ああん」と彼は答えた。

「今のところ何もないよ。T・Tがもうすぐここに来ることになっている。あたしと少し一緒にいてから、ベレニスとどっかに行くことになっているんだ。あんたはどこに行くんだね、坊や?」

「フォークス・フォールズに行こうと思っているよ」

「ああ、まったく気まぐれなことをする子だね。いったいそれはいつ決めたんだね?」

ハニーはドアの枠にもたれかかって立ったまま、頑《かたく》なに口をつぐんでいた。

「どうしておまえは、他のみんなと同じように振る舞えないんだろうね?」とビッグ・ママは言った。

「日曜日の夜までいるだけさ。月曜日の朝には戻ってくる」

ハニー・ブラウンに向かって何か言わなくてはならないことがあるという思いが、まだF・ジャスミンの心を悩ませていた。彼女はビッグ・ママに言った。「結婚式についてて何かを言おうとしていたんじゃなかったっけ」

「そうだね」。彼女はF・ジャスミンの手のひらを見てはいなかった。見ていたのはオーガンディーのドレスと、絹のストッキングと、銀のサンダルだった。「あんたは青い眼で淡い色あいの髪の男の子と結婚することになるって言ったんだよ。まあ、もっと先のことだけどね」

「でもわたしはそのことを言ってるんじゃないの。わたしが知りたいのはそれとは違う結婚式のことよ。そして旅行のこと、道路や汽車についてあなたが目にしたこと」

「いいとも」とビッグ・ママは言った。でもF・ジャスミンは彼女がもう自分に対してそれほど気持ちを集中していないことを感じ取っていた。でも彼女は再び手のひらに目をやった。「その旅行であたしに見えるのは、出ていくところと戻ってくるところだよ。そのあとにまとまった額のお金と、いろんな道路といろんな汽車が見える。あんたの幸運の数字は6だ。13もときには幸運の数字になるけれど」

F・ジャスミンとしては文句のひとつも言いたいところだったが、占い師を相手にいったいどんな文句が言えるだろう？　彼女は少なくとも、その運勢についてもっと詳しいことを知りたかった。行って帰ってくるだけの旅行というのは、いろんな道路やいろんな汽車が見えることとうまく話が合わない。

しかし彼女が質問をしようとしているとき、正面のポーチに足音が聞こえ、ドアがノックされた。そしてT・Tが居間に入ってきた。彼はとても礼儀正しい男で、家に入る前に靴底についた土を落とし、ビッグ・ママにお土産としてカートン箱に入ったアイスクリームを持ってきた。彼はあたしの心を震わせないのよ、とベレニスは言った。たしかに彼は一目見て胸が震えるような好男子ではない。お腹はチョッキの下で西瓜《すいか》のようにぽっこり膨らんでいるし、首の後ろには脂肪の畝《うね》が二つ盛り上がっている。でも彼が入ってくると、そこに仲間うちの賑《にぎ》やかさのような雰囲気が生まれた。それは常々彼女が、この二間の家について好意を抱き、羨《うらや》ましく思っているところだった。ベレニスを呼びに行くという口実でこの家に来る機会が与えられたとき、かつてのフランキーはいつもそこにたくさんの人がいることを期待したものだった。家族や、あちこちにいるいとこたちや、友だちなんかが。冬には彼らは暖炉のそばで、すきま風にちらちらと揺れる炎のまわりに集まって腰を下ろし、声を編み合わせるように話をするのだ。空気の澄んだ秋の夜には、彼らはいつも誰よりも先にサトウキビを手に入れたものだ。ベレニスは艶《つや》やかな紫色のサトウキビのふしの部分を切った。そして人々は嚙《か》みしだかれ、ひねられ、歯形の残った残りかすを、床に敷いた新聞紙の上に棄《す》てたものだ。ランプの明かりが部屋に特別な様相と、特別な匂いを与えていた。

T・Tが顔を見せたことで、そこにはお馴染《なじ》みのがやがやとした空気が生まれた。占いはそこで終了したようだった。F・ジャスミンは居間のテーブルの上にある白い陶器の皿に十セント硬貨を置いた。料金が決められているわけではなかったが、ビッグ・ママのところに運勢を見てもらいにやってくる人々は、それぞれが相応と思うお金を置いていくのが常だったからだ。

「フランキー、あたしはずいぶん長く生きてきたけど、あんたみたいに勢いよく背が伸びる人にお目にかかったことがないよ」とビッグ・ママは言った。「頭に煉瓦でも結びつけておくといいね」。F・ジャスミンは爪先《つまさき》を浮かせて身を縮ませた。僅《わず》かに膝を折り、背中を丸くした。「素敵なドレスじゃないか。それに銀色の靴！　絹のストッキング！　もう立派な女の人に見えるよ」

F・ジャスミンとハニーは同時に家を出た。彼に向かって何か言わなくてはならないことがあるという思いに、彼女はまだつきまとわれていた。小径《こみち》で待ち受けていたジョン・ヘンリーが二人の方に駆け寄った。しかしハニーはときどきそうするように、彼を持ち上げてぐるぐる振り回してはやらなかった。その夜のハニーには冷ややかな哀しみの色が窺《うかが》えた。月の光は白っぽかった。

「フォークス・フォールズで何をするつもりなの？」

「ちっと羽を伸ばすだけさ」

「あなたは運勢って信じる？」。ハニーがそれに対して何も答えないでいると、彼女は続けた。「彼女があなたに、テーブルの上に足を載っけるなって怒鳴ったでしょう？　あれはどきっとしたな。あなたがテーブルの上に足を載せていることがどうしてわかったのかしら?」

「鏡だよ」とハニーは言った。「ドアの横に鏡をつけているのさ。台所の様子が見えるように」

「あ、そうなんだ」と彼女は言った。「わたし、運勢なんて信じたことないわ」

ジョン・ヘンリーはハニーの手を握り、彼の顔を見上げた。「馬力《ホースパワー》って何のこと?」

F・ジャスミンは結婚式の力《パワー》を感じた。この最後の夜に、自分は命令を下し、忠告をしなくてはならないんじゃないかという気がした。そう、ハニーに向かって告げなくてはならないことがあった。警告だか、あるいは賢明な忠告だかを。頭の中であれこれ考えているうちに、思いつきがひとつ浮かんだ。とても新奇で突飛な思いつきだったので、彼女は急に歩を止めて、そこにぴたりと立ちすくんだ。

「あなたがやるべきことがわかったわ。あなたはキューバかメキシコに行くべきなのよ」

ハニーは何歩か先を歩いていたが、彼女がそう言うと、彼もまた歩を止めた。ジョン・ヘンリーは二人の中間にいて、二人を交互に見た。白い月光に照らされた彼の顔は、謎めいた表情を浮かべていた。

「これって、すごく真剣に言ってるのよ。フォークス・フォールズやらこの街やらを、行ったり来たりして遊び回っていても、何も良いことなんてありはしない。キューバ人とメキシコ人の写真をすごくいっぱい見たことがあるけど、みんな楽しそうに見える」。彼女はそこで少し間を置いた。「それについて話がしたかったの。あなたはこの街にいてもきっと幸福にはなれないわ。あなたはキューバ人みたいよ。あっちにいけばじゅうぶんたは肌の色も薄いし、顔立ちだってキューバ人みたいよ。あなたなら言葉も身に付けられるし、キューバ人として通用するんじゃないかな。あなたなら言葉も身に付けられるし、キューバの人たちは誰もあなたのことを黒人だなんて思わないわ。わたしの言いたいこと、わかるかな?」

ハニーはそれでもまだ暗い彫像のようにじっと動かず、口も開かなかった。

「なんだって?」とジョン・ヘンリーがまた尋ねた。「ねえ、どんな形をしてるの、馬力って?」

ハニーはくるっと振り向き、また道を歩き出した。「そいつは夢のような話《ファンタスティック》だな」

「いいえ、そんなことはないわ!」。ハニーが「夢のような」という言葉を自分に向けて言ってくれたことが嬉《うれ》しかったので、彼女は自分自身に向かってそっとその言葉を繰り返した。そして自説を続けた。「それはぜんぜん夢物語なんかじゃないの。わたしの言ったことについて考えてみて。そうするのがあなたにとってはいちばん良いことなんだから」

しかしハニーはただ笑って、次の横町を曲がって消えていった。「じゃあな」

街の真ん中を通っているいくつかの通りは、F・ジャスミンにカーニバルのフェアを思い起こさせた。そこには祝日の気儘《きまま》さを思わせる空気があった。そしてその日の朝早くと同じように、自分がすべてのものごとの一部に組み込まれているみたいに感じられた。とてもありありとそこに含まれているのだ。メイン・ストリートの角では一人の男が機械仕掛けのネズミを売っていた。そして片腕のない乞食《こじき》が、膝の上にブリキのカップを置き、脚を組んで、あたりをうかがいながら歩道に座っていた。

夜のフロント・アヴェニューを目にするのは初めてのことだ。日が暮れたら、家の近所でしか遊んではいけないということになっていたからだ。通りの向かい側のいくつかの倉庫は真っ暗だったが、通りの突き当たりにある真四角の工場では、たくさんの窓すべてに明かりがついていた。機械音の微《かす》かな唸《うな》りが聞こえ、染色桶《おけ》の匂いが嗅ぎ取れた。おおかたの商店はまだ開いており、ネオンサインのいろんな色がひとつに混じり合い、通りに湿り気のようなものを与えていた。街角には兵隊たちがたむろして、中にはデート相手の女性を連れて通りを歩いているものもいた。そこに聞こえるのは気怠《けだる》く引き延ばされた夏の物音だった。足音、笑い声、それらの引きずるような音にかぶさって、誰かが上の階から夏の通りに向かって呼びかける声。建物は太陽に焼かれた煉瓦の匂《にお》いを発していた。歩道は新しい銀色の靴の踵の下でまだ温《ぬく》もりを持っていた。F・ジャスミンは「ブルームーン」の向かいの角で歩を止めた。あの兵隊と一緒に過ごしたその日の朝から、ずいぶん長い時間が経過したような気がした。そのあいだに台所での長い午後の時間があり、兵隊の姿はなぜか次第に霞《かす》んでいった。そのデートも、その午後も、遥《はる》か遠い昔の出来事のように思える。そして時刻はもう九時に近くなっていた。どうしたものかと彼女は迷った。そこには何か間違ったものがあるという、うまく説明のつかない感覚を彼女は抱いていた。

「どこに行くんだよ?」とジョン・ヘンリーが尋ねた。「そろそろうちに帰らなくちゃ」

その声が彼女を驚かせた。というのはジョン・ヘンリーが一緒にいたことをほとんど忘れてしまっていたからだ。彼は両膝《りょうひざ》をくっつけてそこに立ち、目を大きく開き、古いモスリンの服の裾《すそ》を地面に引きずっていた。「わたしは街に用事があるの。だからきみは家に帰ってなさい」。彼はF・ジャスミンをじっと見上げ、嚙んでいた風船ガムを口から出し、耳の後ろにくっつけようとしたが、汗のせいで耳が滑りやすくなっており、仕方なくまた口に戻した。

「家に戻る道はわかっているはずよ。だから言われたとおりにしなさい」

珍しいことにジョン・ヘンリーは彼女の言いつけに素直に従った。でも彼が混み合った通りを一人で歩いて去っていくのを見ていると、虚《うつ》ろな悔悟《かいご》のようなものを彼女は感じた。そんな服を着ていると、彼はまるで赤ん坊のように無力に、哀れに見えたからだ。

通りから「ブルームーン」の店内に入ると、遮るものひとつない道筋を離れて狭い部屋に入ったときのような感覚があった。青い明かり、動き回る人々の顔、そして騒音。カウンターとテーブルは、兵隊たちや男たちや、顔を輝かせた女たちで混み合っていた。彼女が会う約束をしていた兵隊は、奥の片隅でスロットマシーンを相手に遊んでいた。次から次へと機械に五セント玉を注ぎ込んでいたが、さっぱり当たりは出なかった。

すぐ脇に彼女が立っていることに気づくと、「ああ、君か」と兵隊は言った。ほんの一瞬その目は、まるで記憶を辿《たど》ろうと脳の内側を覗き込んでいるみたいな空白の表情を浮かべた。しかしそれはあくまで一瞬のことだった。「すっぽかされたかと思っていたぜ」。最後の五セント硬貨を入れたあとで、彼はその機械を拳でどんと叩いた。

「席に移ろう」

二人はカウンターとスロットマシーンの間にあるテーブルについた。時計で測った時間はそれほど長くはなかったが、Ｆ・ジャスミンには永遠のように感じられた。兵隊が彼女に対して優しくなかったというのではない。彼は優しかった。しかし二人の会話はどうしても嚙み合わなかったし、その底には彼女にはうまく見定められず、理解することもできない奇妙なものが層をなして存在した。兵隊は顔を洗っていたので、その膨らんだ顔も、耳も、両手も清潔だった。赤毛の髪は濡《ぬ》らされ、櫛《くし》できっちりとかれて、暗い色合いになっていた。午後はずっと眠っていたということで、彼は陽気だったし、話も面白かった。しかし陽気で話のうまい人が好きだったにもかかわらず、彼女には受け答えがまるでできなかった。やはりその兵隊が何か裏のあるしゃべり方をしているという印象があり、それを理解しようと努めはしたのだが、うまくついていくことができなかった。とはいえ、彼女が理解に苦しんだのは、具体的な話題というよりは、その底の方にあるトーンだった。

兵隊は飲み物を二つ持ってテーブルに戻ってきた。一口飲んで、そこには強いアルコールが入っているようだとＦ・ジャスミンは思った。もう子供ではないとはいえ、彼女はやはりショックを受けた。十八歳以下のものが本物の酒を口にすることは道に背《そむ》き、法律に反することなのだ。彼女はグラスを脇に押しやった。兵隊は優しく陽気だったが、あと二杯を飲んだ後、彼女はだんだん心配になってきた。この人は酔っぱらってしまうんじゃないのかしらと。彼女はだんだん心配になって兄の話をした。兄がアラスカで泳いでいるという話を。でも彼はその話をとくに面白いとは思わなかったようだった。また彼は戦争の話や、外国や世界の話をあまりしたくないようだった。彼が口にする冗談に対するうまい受け答えは、努力はしたのだが、まったく頭に浮かんでこなかった。それはリサイタルに出た生徒が、自分の知らない曲を誰かとデュエットしなくてはならなくなったときのような、まさに悪夢的な状況だった。F・ジャスミンはメロディーを摑《つか》み、それについていこうと全力を尽くした。しかしほどなく行き詰まって、口の端が痺《しび》れるまでただ黙って微笑《ほほえ》んでいることになった。混み合った店内の青い明かりや、煙草《たばこ》の煙や人々のざわめきもまた彼女を混乱させた。

「君はずいぶん変わった女の子だな」と兵隊はあるところで口にした。

「パットン将軍なら」と彼女は言った。「二週間で戦争を終わらせることができると思うな」

兵隊は口を閉じ、重々しい表情を顔に浮かべた。彼の目はその日の昼間に彼女が目に止めたのと同じよく得体の知れない表情を浮かべて、彼女をまっすぐ見つめていた。

それは彼女がこれまで誰の顔にも見かけたことのない、推し量りがたい表情だった。少し後で彼は口を開いた。その声は柔らかく不鮮明になっていた。

「君の名前はなんていったたっけな、ビューティフル」

F・ジャスミンはそのように呼びかけられることを喜んでいいのかどうか、よくわからなかった。彼女はごく当たり前の声で自分の名前を告げた。

「なあ、ジャスミン、よかったら上の階に行かないか?」、尋ねる声音ではあったが、彼女がすぐに返事できないでいると、彼はテーブルから立ち上がった。「そっちに部屋をとってあるんだ」

「あら、わたしたちは『アイドル・アワー』に行くんだと思っていたわ。それとも踊りに行くとか」

「急ぐことはないさ」と彼は言った。「バンドはどうせ十一時を過ぎないと、調子を出してこないもの」

F・ジャスミンは上の階に行きたくなかったが、どうやって断ればいいのかわからなかった。共進会《フェア》に行って見世物小屋に入ったり、乗り物に乗るのと同じで、一度そこに入ったら、見世物が終わるか、乗り物が止まるかするまでは、立ち去ることはできない。この兵隊とのデートについても、同じことが言えた。それが終わるまで彼女は立ち去ることができないのだ。兵隊は階段の上り口のところで待っており、うまく断れないまま、彼女は彼のあとをついていった。階段を二階ぶん上がり、小便とリノリウムの匂いのする狭い廊下を抜けた。しかし一歩前に進むごとに、何かが間違っていると彼女は感じた。

「ここはなんだかおかしなホテルね」と彼女は言った。

彼女を警戒させ、怯えさせたのは、ホテルの室内の沈黙だった。ドアが閉められたとき、すぐその沈黙に気づいた。天井から下がった裸電球の光の下で部屋はうらぶれて、そしてひどく醜く見えた。ところどころ塗装が剝《は》がれた鉄製のベッドには人が寝たあとがあり、床の真ん中には兵隊の服がくしゃくしゃに詰まったスーツケースが、蓋を開けたまま置かれていた。明るい色合いのオーク材の書き物机の上には、水がいっぱい入ったガラスの水差しと、半分囓《かじ》られたシナモン・ロールの包みがあった。シナモン・ロールには涼しげな白いアイシングがかかり、よく肥えた蠅《はえ》たちがそこにむらがっていた。網戸のない窓は開け放たれ、風を入れるために、ぺらぺらの安物のカーテンが上の方でくくられていた。角っこに洗面台があり、兵隊は冷たい水を手にすくって顔にかけた。石鹼《せっけん》はごく普通の固形石鹼で、使ったあとがあり、洗面台の上には「洗面に限って使用のこと」と注意書きがあった。兵隊の足音が響き、蛇口から水の垂れる音が聞こえていたが、沈黙の感覚はそれでもまだ残っていた。

　F・ジャスミンは窓際《まどぎわ》に行った。窓からは狭い横町と煉瓦の壁が見下ろせた。地上に通じるぐらついた非常用階段があり、建物の二階と一階から明かりがこぼれていた。外には八月の夜の、人々の声とラジオが混じり合った音が聞こえた。そして部屋の中からもやはり音が聞こえた。それなのに、この沈黙はいったい何なのだろう？　兵隊はベッドに腰掛けていた。そして今彼女は、彼をまったくの一人の人間として見ていた。賑やかに陽気に騒ぎ、とくにわけもなく街の通りをうろつき、やがてみんな揃って世界に出て行く男たちの集団の一人としてではなく。沈黙した部屋の中にあって、彼女の目には、その兵隊はほかのみんなから切り離され、みっともなく見えた。彼がビルマにいたり、アフリカにいたり、アイスランドにいたりする姿を彼女は思い浮かべられなくなった。いや、アーカンソーにいる姿だって思い浮かべられない。彼女に見えるのは、その部屋にぽつんと一人腰掛けている彼の姿だけだった。ぎゅっと寄せられた淡いブルーの目は、おかしな表情を浮かべて、彼女をまっすぐ見ていた。まるで牛乳で洗われたみたいに、その目には仄《ほの》かな膜がかかっていた。

　部屋にある沈黙は、眠気を誘う午後の台所で、時計が突然止まって時を刻むことをやめたときに生じる沈黙に似ていた。そこには謎《なぞ》めいた居心地の悪さがあった。彼女にのしかかってくるその居心地の悪さは、何がいつもと違っているのか、その原因に思い当たるまで続いたものだ。そのような沈黙を、前にも二度か三度経験していた。一度はシアーズ&ローバック・ストアで、思いもかけず泥棒になってしまう直前の瞬間に。そしてもう一度は、マッキーン家のガレージのあの四月の午後のことだ。それは未知の厄介事《やっかいごと》がやってくることを知らせる、警告的な静けさだった。沈黙は音の不在によってもたらされるのではない。待つことが、その緊張がそれをもたらすのだ。兵隊はその得体の知れない目を彼女から逸《そ》らさなかった。それは彼女を怯えさせた。

「来いよ、ジャスミン」と彼は不自然な声で言った。低く割れた声だった。手のひらを上にした片手が彼女に向けて差し出された。「気を持たせるのはもうやめろよ」

それからの一分ばかりは、共進会のびっくり《クレイジー》ハウスとか、あるいは本物のミレッジヴィル精神病院みたいな、たがの外れたどたばたになった。F・ジャスミンは既にドアに駆けだしていた。もうこれ以上その沈黙に耐えられなかったからだ。でも彼女が兵隊の前を通り過ぎようとしたとき、スカートをつかまれた。彼女は恐怖のために脚の自由がきかなくなり、ベッドの彼の隣に引きずり下ろされてしまった。その次に起こったことはあまりに常軌を逸していたので、まったくわけがわからない。兵隊の両腕が彼女の身体《からだ》に回され、汗臭いシャツの匂いがした。彼は手荒く振る舞ったわけではなかったが、でももし彼が手荒く振る舞っていたとしたら、その方がまだしもまともに思えたかもしれない。彼女は恐怖のために一気に麻痺《まひ》状態に陥ってしまった。彼女は相手を押しのけることはできなかったが、その頭がおかしくなった兵隊の舌とおぼしきものを、思いきり嚙むことはできた。兵隊は金切り声を上げ、それでやっと身を振りほどくことができた。それから彼は痛みに歪《ゆが》んだ、あっけにとられた顔つきで彼女に向かってきた。彼女は机の上にあったガラスの水差しを手に取り、兵隊の頭に叩《たた》きつけた。彼は一瞬よろめいたが、やがてゆっくりと足の力が抜け、そのまま床に手足を広げてのびてしまった。その音はハンマーで椰子《やし》の実を叩いたみたいに空虚だった。そしてその音によって沈黙はようやく破られた。兵隊は、今では真っ青になったそばかすのある顔に、相変わらず仰天したような表情を浮かべたままそこにのびていた。血の混じった泡が口許《くちもと》に見えた。でも兵隊の頭は割れていなかったし、ひびも入っていなかった。彼が生きているのか死んでいるのか、そこまではわからなかった。

沈黙は終わった。台所の沈黙が終わるときと同じだった。最初の説明のつかないいっときが過ぎると、その居心地の悪さの理由が明らかになる。時計が時を刻むのをやめたせいだとわかる。しかし今、そこに時計はなかった。時計を揺さぶり、耳を押し当て、それからねじを巻いて一安心することもできなかった。彼女の頭をいくつかのねじくれた記憶が横切った。貸間での「慎しみのないふるまい」、地下室で聞かされた話、そしていやらしいバーニー。しかし彼女はそのようないくつかの情景の断片を、ひとつに結びつけることができなかった。彼女の頭の中で繰り返されるのは「気が触れた」という言葉だけだった。壁には水のあとがあった。水差しから飛んだ水だ。そして散らかった部屋に、兵隊が身も世もなくのびていた。F・ジャスミンは自分に向けて言った。逃げ出さなくちゃ！　まずドアの方に向かったが、それから向きを変えて、非常階段に身を乗り出し、素早く駆け下り、横町に降り立った。

彼女はまるでミレッジヴィルの精神病院から逃げ出した人みたいに、思い切り走った。誰かに追いかけられているみたいに。右にも左にも目をやらなかった。自分の家のあるブロックの角にたどり着いたとき、そこにジョン・ヘンリー・ウェストの姿を見かけて、それを嬉しく思った。彼は外に出て、街灯の中を飛び回るコウモリを探していたのだ。見慣れた彼の姿が、彼女の神経をちょっぴりなだめてくれた。

「ロイヤル伯父さんがきみを探していたよ」と彼は言った。「なんでそんなに震えているんだい、フランキー？」

「今さっき、気が触れた男をのしてきたところよ」、息がつけるようになると、彼女はそう言った。「頭をぶちのめしてきたの。死んだかもしれない。なにしろ頭のおかしいやつだった」

ジョン・ヘンリーは驚きもせず彼女をじっと見た。「いったいどんなことをしたの?」。彼女がすぐに答えられないでいると、彼は続けて言った。「地面を這《は》い回って、唸ったり、よだれを垂らしたりしたのかい?」。それはかつてのフランキーがベレニスを騙《だま》すために、日常に彩《いろど》りを添えるために、ある日実行したことだった。しかしもちろんベレニスはそんなものには騙されなかった。「そういうこと?」

「違うよ」とF・ジャスミンは言った。「その男は——」、しかしその冷やりとした子供の目を見ていると、自分にはそれを説明できないということが彼女にはわかった。説明したところでジョン・ヘンリーには理解できないだろう。そして彼の緑色の瞳《ひとみ》は彼女にちょっとおかしな感覚を与えた。ときどき彼の頭は、彼が絵描き帳にクレヨンで書きなぐる絵と同じような感じになった。何日か前、彼はそのような絵を描いて彼女に見せた。電信柱の上にいる電線修理工の絵だった。修理工は安全ベルトによりかかっていた。彼の履いている作業靴までしっかりと描かれていた。注意深く描かれた絵だった。しかしその絵を見たあとで、何かしら居心地の悪いものを彼女は感じないわけにはいかなかった。いったいどこが問題なのか理解できるまで、彼女はもう一度その絵を眺めた。修理工は横顔を描かれているのだが、そこには目が二つあるのだ。

ひとつの目は鼻梁《びりょう》のすぐ上に、もうひとつの目はそのすぐ下に描かれていた。そしてそれは急いでいい加減に描かれたせいではなかった。どちらの目もちゃんとまつげや瞳や瞼《まぶた》まで描き込まれていた。横顔についている二つの目が、彼女を落ち着かない気持ちにさせた。でもジョン・ヘンリーを相手に理を説き、納得させるなんてことができるだろうか？　それはセメントを相手に議論するようなものだ。どうしてそんなことをしたの？　それは彼が電線修理工だからさ。なんですって？　だって電線修理工は電柱をのぼっているじゃないか。彼の視点を理解するのは不可能だった。そして彼の方もまた、彼女の言っていることをまるで理解できなかった。

「今わたしが言ったことは忘れて」と彼女は言った。しかしそう言ってしまったあとで、それが最悪の発言であったことに彼女は思い当たった。そんなことを言ったら、相手は逆にずっとそれを覚えているに決まっているからだ。だから彼女は彼の両肩をつかみ、軽く揺すった。「誰にも言わないって誓いなさい。こう誓うのよ。もし誰かにそのことを言ったら、神様がぼくの口を縫い合わせ、目を縫い合わせ、はさみで耳を切り取ってもかまいませんって」

しかしジョン・ヘンリーは誓おうとはしなかった。彼はただその大きな頭を両肩のあたりまで落とし、とても小さな声で「ああ」と答えただけだった。

彼女はもう一度試してみた。「もし誰かにそのことを言ったら、わたしは監獄に入れられてしまうかもしれない。そうしたらわたしたちは結婚式に行けなくなるのよ」

「誰にも言わないよ」とジョン・ヘンリーは言った。ときとして彼は信用できるが、まったく信用できないこともある。「ぼくは言いつけ屋じゃないからね」

家の中に入ると彼女は玄関のドアに鍵《かぎ》をかけ、それから居間に行った。父親は靴下姿でソファに座り、夕刊を読んでいた。玄関のドアと自分とのあいだに父親がいることを、F・ジャスミンは嬉しく思った。囚人護送車が今にもやってくるんじゃないかと、彼女はひやひやしながら耳を澄ませていた。

「今すぐに結婚式に出発できたらいいのにな」と彼女は言った。「そうするのがいちばん良いと思うんだけど」

彼女は冷蔵庫に行って、甘みつきのコンデンス・ミルクを茶さじに六杯飲んだ。口の中に残っていた嫌な味はそれで消え始めた。待機することは彼女を落ち着かない気持ちにさせた。彼女は図書館から借りた本を集めて、それを居間のテーブルの上に積み上げた。大人向けの棚から持ってきた、まだ読んでもいない本の最初のところに、彼女は鉛筆でこう書いた。「もし何かショックを受けたければ、六六ページを開きなさい」と。そして六六ページには「電気ショックよ。ははは！」と書いた。少しずつ彼女の不安は薄らいでいった。父親のそばにいると、怖さも引いていった。

「ここにある本はみんな、図書館に返さなくちゃならないものなの」

父親は（彼は四十一歳になっていた）時計を見て言った。「四十一歳未満の人間はみんな寝る時間だ。さあ、文句は言わずにさっさとベッドに行きなさい。明日は五時起きだからな」

F・ジャスミンは立ち去りがたい気持ちで戸口に立っていた。「ねえ、パパ」と少し間を置いてから彼女は言った。「もしガラスの水差しで誰かの頭を殴って、それで相手が床に伸びて意識をなくしたとしたら、その人は死んでいると思う？」

彼女はその質問を繰り返さなくてはならなかった。そして父親に対して深く恨みをいだいた。というのは、彼が彼女の言うことを真面目《まじめ》に聞いていなかったからだ。おかげで同じ質問をもういっぺん繰り返さなくてはならない羽目になった。

「うん、考えてみれば、これまで誰かを水差しで殴ったことは一度もなかったな」と父親は言った。「おまえだってないだろう？」

父親が冗談でそう尋ねていることはF・ジャスミンにもわかった。だから彼女は立ち去るときにこう言っただけだ。「わたしの全人生の中で、明日のウィンターヒル行きくらい、どこかに行けることを嬉しく思うことはきっとないでしょうね。結婚式が終わって、わたしたちがどこかに行ってしまったとき、わたしはすごく幸福な気持ちになっていると思うな。とても感謝のしようもないくらいに」

二階に行って、彼女とジョン・ヘンリーは服を脱いだ。そしてモーターと明かりを消したあと、二人は一緒にベッドに横になった。このまま一睡もできそうにないわと彼女は口にしたが、それでもとにかくベッドに入って目を閉じた。そして次に目を開けたとき、誰かが彼女を呼んでいて、部屋の中には既に早朝の灰色の光が差し込んでいた。

PART THREE

彼女は言った。「さよなら、古くて醜いおうち」。六時十五分前、彼女は水玉模様のモスリンのドレスを着て、スーツケースを手に持ち、家の玄関を出た。結婚式のためのドレスはスーツケースの中に入っており、ウィンターヒルに着いたらすぐに着られるようになっていた。そのひっそりした時刻には空は鏡のような鈍い銀色となり、その下にある灰色の街は、本物の街とは見えず、本物の街の正確な鏡像のようにしか見えなかった。彼女はその本物ではない街にもさよならを言った。バスは六時十分過ぎに停留所を離れた。そして彼女は旅慣れた旅行者のようにつんと澄まして、父親からもジョン・ヘンリーからもベレニスからも離れ、一人で席に座っていた。しかし少しあとで、深刻な疑念が彼女の中に湧《わ》き起こってきた。それはバスの運転手の答えを聞いてもまだ、なかなか納得できない疑念だった。バスは北に向かって進んでいるはずなのに、どう見ても反対方向の南に向かって進んでいるようにしか思えなかったのだ。

空は徐々に焼けるような淡い青色に変わり、太陽の照りつける一日が始まった。バスは眩《まぶ》しい光の中で青々と見える無風状態のトウモロコシ畑を、赤ちゃけた畝《うね》を持つ綿花地帯を、黒々とした松林の連なりを通り過ぎていった。そして一マイル進むごとに、風景はますます南部っぽくなっていった。バスはいくつもの街を通り抜けた。ニュー・シティー、リーヴィル、チーホー。先に進むに従って、街はどんどん小さくなっていった。九時前に彼らは、これ以上醜い街はあるまいと思える街に着いて、そこでバスを乗り換えた。フラワリング・ブランチ（花咲く枝）という街だったが、名前に反してそこには花もなければ枝もなかった。そこにあったのはみすぼらしい田舎の雑貨店（ぼろぼろになった古くてもの悲しいサーカスのポスターが壁板に貼《は》ってある）と、一本のセンダンの木があるだけだった。センダンの木の下には空っぽの荷車があり、ラバが一頭眠っていた。そこで彼らはスウィート・ウェル（甘い井戸）行きのバスを待った。そしてフランセスは、いまだに疑いの念をいだいてやきもきしていたものの、持参した弁当の昼食をはねつけはしなかった。最初のうちは、弁当持参なんて旅慣れない家族連れの旅行者みたいだと、とても恥ずかしがっていたのだが。バスは十時にそこを出発し、スウィート・ウェルには十一時前に到着した。

そのあとの成り行きを説明することは不可能だ。結婚式はまるで夢のようだった。

というのはそこで持ち上がったのは、何もかも彼女の力の及ばない世界で起こったことだったからだ。礼儀正しくおとなしく大人たちと握手をしたその始まりから、散々なうちに結婚式が終了し、二人を乗せた自動車が彼女を残して立ち去っていくまで、ずっとそうだった。彼女は焼けつく土埃《つちぼこり》の中に倒れ込み、最後にもう一度叫んだ。「わたしも連れてって！ わたしも連れてって！」と。最初から最後まで、結婚式は悪夢のように手がつけられなかった。午後の半ばには式はすべて終了し、帰りのバスは四時に出発した。

「ショーはおしまい。猿は死んだ」とジョン・ヘンリーが何かの言葉を引用した。彼は後尾から二列めの、彼女の父親の隣の席に腰を下ろした。「ぼくらはこれからうちに帰って、寝るんだ」

世界中が息絶えてしまえばいいのにとフランセスは思った。彼女はいちばん後ろの、窓とベレニスとの間の席に座った。彼女はもう啜《すす》り泣いてはいなかったが、涙はまだ小川のように盛大に流れ出ていたし、鼻水も出続けていた。傷ついて腫《は》れ上がった心をかばうみたいに、背中が丸まっていた。もう結婚式用のドレスは着ていなかった。彼女はベレニスと並んで黒人専用席に座っていた。そのことに思いあたると、彼女はこれまで一度も使ったことのない「ニガー」という言葉を使った。というのは彼女は今やすべての人々を憎んでいたし、なんでもいいから意地の悪いことをし、自らを貶《おとし》めたかったのだ。ジョン・ヘンリー・ウェストにとって結婚式とは大きな盛大なショーに過ぎなかった。彼はエンゼル・ケーキを楽しむのと同じように、彼女がその最後に味わった悲惨さを楽しんだ。彼のことは絶対に許さないと彼女は思った。ジョン・ヘンリーの一張羅の白いスーツにはストロベリー・アイスクリームの染《し》みがついていた。ベレニスのことも頭に来ていた。というのはベレニスにとって、これはウィンターヒルまでのちょっとしたお楽しみ旅行に過ぎなかったからだ。父親のことも大嫌いだった。彼は「家に帰ったらゆっくり話をしよう」と彼女に言ったからだ。殺してやりたいとまで思った。彼女はまわりの人々を一人残らず憎んだ。混み合ったバスの見知らぬ乗客の一人ひとりを憎んだ。彼らの姿は涙で濡《ぬ》れた目を通して、ぼんやりとしか見えなかったのだが。このバスが川に落ちるか、列車にぶつかってしまえばいいのにと彼女は思った。そして自分自身を最も強く憎んだ。世界がそっくり息絶えてしまえばいいのにと彼女は思った。

「元気を出しなさい」とベレニスが言った。「涙を拭《ふ》いて、鼻をかんで。そうすればだんだんものごとは良く見えてくるから」

ベレニスは一張羅の青いドレスと青い山羊《やぎ》革の靴に合った青いパーティー用のハン

カチーフを手にしていた。彼女はそのハンカチーフをフランセスに差し出した。それは上等なジョーゼットでできていて、もちろん鼻をかんだりするためのものではなかったのだが、フランセスはそんなことまで気が回らなかった。並んで座った二人の間には、父親のくれた三枚のハンカチーフが濡れたまま置かれていた。ベレニスはそのひとつを使って彼女の涙を拭いてくれた。しかしフランセスはそうされてもぴくりとも動かなかった。

「フランキーは結婚式からつまみ出されたんだ」。ジョン・ヘンリーの大きな顔が座席の背中の上でひょこひょこと上下していた。その顔は笑みを浮かべ、不揃《ふぞろ》いな歯を見せていた。父親は咳払《せきばら》いをし、言った。「もうよしなさい、ジョン・ヘンリー。フランキーにかまうんじゃない」。ベレニスはそれに付け加えた。「おとなしく席に座っているのよ」

バスの旅は長かった。でも今となっては、それがどちらに向かっていようが、彼女にはもう関係のないことだった。結婚式はそもそもの最初から、なんだかわけのわからないものになっていた。その年の六月の最初の週に、台所でおこなわれたカード・ゲームみたいに。来る日も来る日も彼らは果てしなくブリッジ・ゲームをしていたのだが、誰一人として素晴らしい手を配られることがなかった。彼らが配られるのはいつもひどく惨《みじ》めな手ばかりだった。そして高いビッドがなされることもまったくなかった。そしてついにベレニスが不審に思い、「なんだか変だね。カードが揃っているかどうか、ひとつ調べてみようじゃないか」と言い出した。そのようにして三人でその古いトランプ・カードを数えてみると、クイーンとジャックがまとめて抜けていることが判明した。ジョン・ヘンリーがやっと、自分がジャックを切り抜き、ジャックだけではかわいそうなので、クイーンもそれに合わせて切り抜いたことを認めた。そして切り抜いたあとのカードをストーブに隠し、絵は家にこっそり持って帰ったのだ。そのようにしてカード・ゲームがどうしてうまくいかなかったのか、原因は判明した。しかし結婚式での失敗はどのように解明すればいいのだろう?

結婚式は何もかもが間違っていた。しかし彼女にはそのあやまちをひとつとして指摘することができなかった。家はその小さな、ひどく日当たりの良い街の境界線近くに建てられた、小ぎれいな煉瓦《れんが》造りで、彼女がその中に足を踏み入れたとき、眼球がわずかにぐらぐらするような感覚があった。ピンクの薔薇《ばら》と、床ワックスの匂《にお》いと、銀のトレイに盛られたミントとナッツが入り混じったような印象がそこにはあった。誰もが彼女に対して優しかった。レースのドレスを着たミセス・ウィリアムズはF・ジャスミンに「あなたは何年生なの?」と二度も尋ねた。けれどもミセス・ウィリアムズは彼女に、大人が子供に話しかけるときの例の口調で、結婚式の前に外のぶらんこで遊びたくないかと尋ねた。ミスタ・ウィリアムズも彼女に対して優しかった。彼は頬に肉の襞《ひだ》がついた血色の悪い男で、目の下の皮膚は色合いも肌理《きめ》も古いリンゴの芯《しん》のようだった。「君は何年生なんだね?」と彼も尋ねた。実際のところ、それがその結婚式で人々が彼女に向けて発した主な質問だった。

彼女は兄と花嫁に話をしたかった。自分の計画を彼らに伝えたかった。三人だけでそれについて話し合いたかった。しかし彼らが単独になることは一度としてなかった。ジャーヴィスは外に出て、誰かが新婚旅行のために貸してくれることになっている自動車を点検していたし、ジャニスは玄関脇《わき》のベッドルームで、一群の美しい大人の女性たちに囲まれて結婚式用のドレスの着付けをしていた。彼女は二人のあいだをうろうろと行き来したのだが、彼らに事情を説明することはできなかった。ジャニスは一度両腕で彼女を抱き、妹ができてとても嬉《うれ》しいわと言った。そしてジャニスにキスされたとき、F・ジャスミンは喉《のど》に痛みを感じて、口をきくことができなかった。ジャーヴィスについて言えば、彼女が庭で兄を見つけたとき、彼はふざけて彼女を抱き上げ、言った。「やせっぽちのフランキー、のっぽのフランキー。ひょろひょろ脚の、くねくね脚の、がにまた脚のフランキー」。そして一ドルをくれた。

彼女は花嫁の部屋の隅に立ちながら、こう言いたいのだと思った。「わたしはあなたたち二人のことをとても愛しているし、あなたたちとわたしとは『わたしたち』になっているの。結婚式のあとわたしを一緒に連れて行って。だってわたしたちは三人でひとつになっているんだから」と。あるいはそこまで言えなくても、このように切り出せたなら。「申し訳ないんだけど、別の部屋に行けないかしら。あなたとジャーヴィスに折り入ってお話ししたいことがあるの」と。そして三人だけで部屋の中に入って、なんとかうまく事情を説明するのだ。その文句を前もってタイプライターで打ってくればよかったのだけど。そうすれば彼らにその紙を渡して、読んでもらうことだってできたのだ！　しかしそんなことは思いつきもしなかった。そして彼女の舌は口の中で重く、麻痺《まひ》していた。言おうとすることはほとんど声にならなかった。少し震える声で、ヴェールはどこにあるの、と質問するのがやっとだった。

「嵐《あらし》が近づいているような気配があるね」とベレニスが言った。「二つのねじけた関節が疼《うず》くことで、いつもそれがわかるのさ」

結婚式用の帽子から下がっている小さなヴェールを別にすれば、ヴェールなんてどこにもなかった。凝った服装をしている人は一人もいなかった。花嫁は普通のスーツを着ていた。ただひとつの救いは、バスに乗るときに結婚式用のドレスを着てこなかったことだった（最初はそうしようと思っていたのだが）。あやういところだった。彼女が花嫁の部屋の隅にじっと立っていると、やがてピアノが結婚行進曲の冒頭を弾き始めた。ウィンターヒルの人々は、彼女のことをフランキーと呼んで子供扱いすることを別にすれば、みんな優しくしてくれた。でもそれは彼女が期待していたものとはまるで違っていた。そして六月のあのカード・ゲームと同じように、最初から最後まで、何かがすっかり間違っているという感覚があった。

「さあ、しっかりしなさい」とベレニスが言った。「あたしはあんたのために、びっくりするような計画を立てているんだ。ここに座ってそのことを練っている。どんなことだか知りたくないかい？」

フランセスはそれを聞いても視線ひとつ返さなかった。結婚式は彼女の力の及ばない夢のようなものだった。あるいは彼女に役のふられていない、手の出しようもないお芝居のようなものだった。居間はウィンターヒルの人々で溢《あふ》れ、花嫁と彼女の兄は、部屋の上手にあるマントルピースの前に立っていた。彼ら二人が並んだところを再び前にすると、それは彼女のくらくらした目に本当に映る姿というより、むしろ歌を歌っている感覚に近いものに感じられた。彼女は二人を心の目で見ていた。しかし彼女は終始このように考えていた。わたしは彼らに言わなかったし、彼らはそれを知らないんだ、と。そう思うと、お腹《なか》に石を呑《の》み込んだみたいに気が重くなった。そしてそのあと、花嫁がキスされ、食堂に軽食が運ばれ、パーティー気分が賑《にぎ》やかに盛り上がっているあいだに、彼女はふらふらと二人のところに近づいていった。しかし言葉はどうしても出てこなかった。二人にはわたしを連れて行くつもりはないんだ、と彼女は思った。そしてそれは彼女にとって耐えがたい考えだった。

ミスタ・ウィリアムズが新婚夫婦の旅行荷物を運んできたとき、彼女は自分のスーツケースを手に、急いでそのあとを追った。それから先のことは、まるで悪夢の中の芝居のようだった。観客席にいた頭のおかしい女の子が急に舞台に飛び出してきて、台本にない役を自分で勝手にこしらえて演じたようなものだ。わたしたちは三人でひとつなのよ、と彼女の心は言っていた。しかし実際に言えたのは、「わたしを連れていって！」という言葉だけだった。二人は彼女を説得し、お願いだからと頼んだ。でも彼女はさっさと車に乗り込んでいた。最後には彼女はハンドルにしっかりとしがみつき、父親と誰かが力尽くで引きはがさなくてはならなかった。それでも彼女はまだ、誰もいない道路の土ぼこりの中で一人叫んでいた。「連れてって！　わたしも連れてって！」と。でもそれを耳にしたのは結婚式にやってきた人々だけだった。というのは、花嫁と彼女の兄はとっくに車で去ってしまっていたから。

ベレニスは言った。「あともう三週間で学校が始まるんだよ。そして七年生のAセクションに入るんだ。たくさんの新しい子供たちに会えるし、きっと素敵な友だちもつくれるさ。あんたが夢中になっていたエブリン・オウエンにも負けないような友だちがね」

その口調がフランセスには耐え難かった。「あの人たちと一緒に行くつもりなんてなかった！」と彼女は言った。「みんな冗談よ。落ち着いたらわたしを呼び寄せるからって、あの人たちは言ってくれた。でも行きはしない。たとえ百万ドルもらったってね」

「それはみんなわかっているよ」とベレニスは言った。「あたしの考えたあっと驚く計画のことを聞きなさいな。学校に落ち着いて、新しい友だちができそうになったら、ひとつパーティーを開こうじゃないか。居間で素敵なブリッジ・パーティーをやって、ポテト・サラダに、小さなオリーブのサンドイッチを出すんだ。ペット叔母さんがクラブの集会で出して、あんたが目を丸くしていたやつさ。丸い形をしていて、真ん中に小さな丸い穴が開いていて、そこからオリーブが見えるんだ。おいしいものを用意した、ごきげんなブリッジ・パーティーだよ。楽しそうだろう？」

そんな幼児を相手にするような物言いが神経に障《さわ》った。彼女のちっぽけな心臓は痛んだ。彼女は両腕を組み、それを胸に押しつけ、小さく身を揺らせた。「仕組まれたゲームだったのよ。カードは最初から仕込まれていた。何もかもが筋書き通りだったのよ」

「ブリッジ・パーティーは居間で進めればいい。そしてそれと同時に裏庭でもうひとつのパーティーも進行させるの。ホットドッグを出す仮装パーティーよ。ひとつのパーティーはお上品に、もうひとつはうんと羽目を外してやるの。そしてブリッジでいちばん高い得点を出した人と、いちばんおかしな仮装をしてきた人には賞品を進呈する。それについてあんたはどう思う?」

フランセスはベレニスの顔も見なければ、返事もしなかった。

「『イブニング・ジャーナル』の社交欄編集者に電話をかけて、記事にしてもらうこともできるかもね。そうすればあんたの名前が新聞に出るのも、これで四度目ってことになる」

たしかにそのとおりだ。しかしその手のことは今の彼女にとってはどうでもいいことだった。一度、自転車に乗っていて車に衝突したとき、新聞に出た彼女の名前はファンキー・アダムズになっていた。ファンキー! でもそれももう気にもならなかった。

「そんなに落ち込むことはないよ」とベレニスは言った。「世界が終わるわけじゃないんだから」

「フランキー、泣くなよ」とジョン・ヘンリーが言った。「うちに帰ってテントを張って、楽しいことをしようよ」

彼女は泣き止《や》むことができず、首を絞められたような声を出してすすり泣いていた。

「ああ、もう、うるさいわね！」

「よく聞きなさい。何かやってほしいことがあったら言ってちょうだい。あたしの力の及ぶことなら、なんとかしてあげるから」

「わたしがしてほしいのは」と少し間を置いてフランセスは言った。「わたしが今いちばん望んでいるのはね、この先ずっと、もう誰にも一言も話しかけてほしくないっていうこと」

ベレニスはあきらめて言った。「いいわ。好きなだけ泣いていなさい。いつまでも嘆いていなさいな」

バスが街に着くまで、二人はもう口をきかなかった。父親はハンカチーフを鼻と目の上にかぶせて眠っていた。小さくいびきもかいていた。ジョン・ヘンリー・ウェストも彼女の父親の膝《ひざ》に頭を置いて眠っていた。他の乗客たちもまどろんでいるように静かだった。バスは揺りかごのようにゆっくり揺れ、柔らかなうなりを立てていた。外の世界は午後の日差しに厳しく焼かれ、ときおりノスリが一羽、白く眩しい空にバランスをとりながら、気怠《けだる》く浮かんでいた。彼らは人気のない赤茶けた十字路を通り過ぎた。その両側が切り立った赤い峡谷になっていた。物寂しい綿花畑には朽ちかけた灰色の小屋が建っていた。暗い色合いの松林だけが、そしてまた時折何マイルも遠くに見える低く青い丘陵だけが、涼しげに見えた。フランセスはこわばった、血色を失った顔でじっと窓の外を眺めていた。そして四時間というもの、ただの一言も口をきかなかった。彼らが街に入った頃に変化が訪れた。空がぐっと低くなり、紫がかった灰色に変わり、それを背景にした樹木は毒々しい緑色に染まった。空気にはゼリー状の静けさがあり、最初の遠慮がちな雷鳴が耳に届いた。一陣の風が樹上を抜け、水が押し寄せるときのような音がした。嵐の先触れだ。

「だから言っただろう」とベレニスは言った。彼女は結婚式の話をしているわけではなかった。「関節の痛みでわかるんだよ。悪い知らせがね。まあ、嵐も悪かないさ。過ぎ去ったあとは、さっぱりした気分になるからね」

雨はやってこなかった。その予感が空気の中に感じられただけだ。風は熱かった。ベレニスの言葉を聞いて、フランセスは少し微笑《ほほえ》んだ。しかしそれは痛みを伴う嘲《ちょう》笑《しょう》の微笑みだった。
「これですべてが終わったと思っているのね」と彼女は言った。「もしそうだとしたら、ほとんど何もわかっちゃいないってことよ」

みんなはこれで終わったと思っている。でもそうじゃないことを見せてやる。結婚式はわたしをのけ者にしたけれど、それでもなおわたしは世界に出ていってやる。どこに行けばいいのかはわからない。でも今夜のうちにこの街から出ていこう。花嫁と兄と共に安全にどこかに行くという最初の計画が破綻《はたん》したとしても、とにかくどこかには行こう。もしあらゆる犯罪を犯さなくてはならなかったとしてもだ。前日の夜以来初めて、彼女は兵隊のことを考えたが、それはほんのちらっとだけだった。というのは彼女は差し迫った計画に頭を使うことに忙しかったからだ。午前二時に街を通り過ぎる列車があった。それに乗ろう。列車はとりあえず北の方に向かっている。たぶんシカゴかニューヨークだ。もし列車がシカゴに着いたなら、そのままハリウッドに行って、わたしは脚本を書くか、女優の卵として職を得ることにしよう。他に選びようがなくなったら仕方ない、コメディーに出てもいい。もし列車がニューヨークに着いたら、男の子のようなかっこうをして、名前と年齢を偽って海兵隊に入ろう。いずれにせよ、父親が眠るのを待たなくてはならない。彼が台所をうろついている音がまだ聞こえる。彼女はタイプライターの前に座り、手紙を書いた。

お父さんに

これがさよならの手紙になります。次には別の場所から手紙を書くことになるでしょう。わたしはこの街を出ていくとお父さんに言いました。なぜならそれは避けがたいことだからです。わたしはこの存在にもはや耐えることができません。なぜならわたしの人生は重荷になってしまっているからです。わたしはピストルを持っていきます。なぜならそれがいつ役に立つかもわからないから。余裕ができ次第、お金はそちらに送ります。ベレニスに心配しないように言って下さい。すべては運命のなりゆきであり、どうしようもないことなのです。また後日手紙を書きます。わたしを連れ戻そうとはしないでね、パパ。

敬具

フランセス・アダムズ

緑と白の蛾《が》が窓の網戸の上でもぞもぞと蠢《うごめ》いていた。その外には不思議な夜が広がっていた。熱風はやみ、空気はじっと動かず、それはまるで固まったもののように見えた。身体《からだ》を動かすと、それが重みとして感じられた。雷が時折ごろごろと低く鳴った。フランセスは、水玉模様のモスリンのドレスを着て、タイプライターの前に身動きひとつせず座っていた。ストラップをかけたスーツケースがドアの脇に置かれていた。しばらくして台所の明かりが消され、階段の下から父親の声が聞こえた。「おやすみ、困ったお嬢さん。おやすみ、ジョン・ヘンリー」

長いあいだフランセスは待っていた。ジョン・ヘンリーはベッドの足もとの方に、服を着たまま、靴も履いたまま、身を横たえていた。口をぽかんと開け、眼鏡のつるの一方は耳からはずれていた。待てるだけ長く待ってから、彼女はスーツケースを手に取り、足音を忍ばせてこっそり階段を降りた。階下は真っ暗だった。父親の部屋も暗かったし、家中が暗かった。父親の部屋の戸口に立つと、柔らかないびきが聞こえた。彼女にとっては、そこに立って耳を澄ませている数分間がいちばんきつかった。

そのあとは簡単だった。父親は長いあいだやもめ暮らしを続けており、習慣が決まっていた。夜には、背中のまっすぐな椅子《いす》の背に折り畳んだズボンをかけ、箪笥《たんす》の上の右手に財布と眼鏡と時計を置いた。彼女は暗闇《くらやみ》の中でとても静かに動き、ほとんど躊躇《ちゅうちょ》なく財布に手を伸ばした。箪笥の抽斗《ひきだし》を開けるときには細心の注意を払った。きいっという音がするたびに手を止めて、耳を澄ませた。彼女の熱くなった手の中で、ピストルは重く、ひやりとしていた。彼女の心臓が立てる大きな鼓動と、彼女がその部屋を忍び足で出るときにたまたま起こった出来事がなければ、すべては簡単に済んだはずだった。彼女は屑《くず》かごに足を引っかけてつまずき、いびきが止まった。父親は身を動かし、もそもそと何かを言った。彼女は息をひそめた。それから少し間があって、再びいびきが聞こえてきた。

彼女はテーブルに手紙を置き、忍び足で裏のポーチに行った。でもそこで予想もしなかったことが起こった。ジョン・ヘンリーが叫び声をあげたのだ。

「フランキー！」。その甲高い声は、夜中の静まりかえった家中の隅々まで聞こえそうだった。「どこにいるのさ？」

「静かに」と彼女は小声で言った。「いいから寝なさい」

部屋の明かりはつけたままになっていた。彼は階段のドアの前に立ち、暗い台所を見下ろしていた。「そんな真っ暗な中で何をしてるんだよ？」

「静かに！」と彼女はもう一度、今度は少し声を上げて言った。「きみが寝付くころにはちゃんとベッドに戻っているから」

ジョン・ヘンリーが引っ込んでから数分待った。そして手探りで裏口のドアに向かい、錠をはずし、外に足を踏み出した。彼女はとても静かに動いたのだが、彼はその音を聞きつけたに違いない。「待ってよ、フランキー！」と彼は必死に叫んだ。「ぼくも行くからさ」

子供のその悲痛な叫びで父親が目を覚ました。家の角を曲がった頃には、彼女にもそれがわかった。夜は真っ暗で、重みを持っていた。父親が自分の名前を呼ぶのを彼女は走りながら聞いた。家の角を曲がった陰から振り返って、台所に明かりがつくのが見えた。電球が前後に揺れ、あずまやと暗い庭に黄金色の動く光を投げかけた。父親は今ではもう手紙を読んだはずだ。あとを追いかけてくるに違いない。しかし数ブロック走ったあとで（スーツケースを足にぶっつけて、何度か転びそうになった）、父親はズボンをはいて、シャツを着なくてはならないことに気がついた。父親はパジャマのズボンをはいただけの格好で、街の通りを走って彼女を追いかけるようなことはしないだろう。彼女はひとまず歩を止め、背後に目をやった。誰の姿も見えなかった。最初の街灯の下で彼女はスーツケースを置き、ドレスの前ポケットから財布を取り出し、震える手で中をあらためた。中には三ドルと十五セントしか入っていなかった。これでは貨車に飛び乗るか、そういうことをしなくてはならない。

人気のない通りに一人ぼっちで立ち、ほとんど唐突に、彼女は途方に暮れてしまった。いったいどうやってそんなことをすればいいのだろう？　貨車に飛び乗ればいいと言うのは簡単だ。でも浮浪者やいろんな人々は、実際にどんな風にそれをおこなっているのだろうか？　彼女は駅まで三ブロックのところに来ていたが、次第に足取りが重くなった。駅は閉まっており、彼女はそれを回り込むようにして、プラットフォームをしげしげと眺めた。青白い明かりに照らされた長いプラットフォームは無人だった。駅の壁に背中をつけるかっこうでチクレットの自動販売機が置かれ、プラットフォームにはチューインガムの紙と、キャンディーの包装紙が散らばっていた。線路は銀色に律儀《りちぎ》に光り、何台かの貨車が遠くの引き込み線に停まっていた。しかしそれらは機関車に繋《つな》がれてはいなかった。列車は二時までは来ないし、果たして本で読んだみたいに、うまくそれにさっと飛び乗れるものだろうか？　首尾よく逃げおおせるものだろうか？　線路の少し先の方に赤いランタンが見えた。そしてこの色つきの明かりを受けて、ゆっくりと歩いてやってくる鉄道員の姿が見えた。二時までここをうろうろしているわけにはいかない。とはいえ、スーツケースの重みで身体を片方に傾け、駅から遠ざかりながら、これからどこに行けばいいのか見当もつかなかった。

日曜日の夜の通りは淋《さび》しく、活気を欠いていた。広告板の赤と緑のネオンは街灯の明かりと混じって、街の上空に青白く熱い霞《かすみ》を作り出していた。しかし空には星もなく、真っ暗だった。帽子をあみだにかぶった男が煙草《たばこ》を取り出し、彼女が通り過ぎていくのを、振り返ってじっと見ていた。こんな風に街をうろつき歩いているわけにはいかない。今頃はもう父親は彼女を捜し回っているはずだから。フィニーの店の裏の横町で、彼女はスーツケースの上に腰を下ろした。そしてそのときに初めて、自分が左手にピストルを持っていることに気づいた。ピストルを握りしめたままずっと歩き回っていたのだ。頭がどうかしてしまったみたいだ。もし花嫁と兄が自分を連れて行ってくれなかったら、ピストルで自殺してやると彼女は口にしていた。彼女はこめかみにピストルをあて、そのまま一分か二分、じっとしていた。この引き金を引けば、自分は死んでしまう。死ぬのは真っ暗になることだ。混じりけのない恐ろしい暗闇がいつまでも続くのだ。いつまでも、すべての世界の終わるまで、それは続く。わたしは最後の瞬間に気が変わったのよ——ピストルを下ろして、彼女は自分にそう言い聞かせた。そしてピストルをスーツケースにしまった。

横町は真っ暗で、ゴミ缶の匂いがした。そこはその年の春の午後に、ロン・ベイカーが喉を掻《か》き切られた横町だった。彼の首はまるで、太陽の下で意味不明の言葉を発している血塗られた口のように見えた。ロン・ベイカーが殺されたのはまさにこの場所だったのだ。そして彼女だって、あの兵隊を殺したのではないのか？　水差しで脳天を強打して。彼女は暗い横町で恐怖に身をすくめ、頭がばらばらになってしまったような気持ちになった。この瞬間、誰かがわたしと一緒にいてくれたなら！　ハニー・ブラウンを探し出せたら、彼はわたしと一緒にどこかに行ってくれるはずだ。でもハニーはフォークス・フォールズに行ってしまったし、明日までは戻ってこない。あるいは猿と猿使いを見つけられたなら、彼らと一緒にどこかに行くこともできる。そのとき誰かが小走りにやってくる音が聞こえ、彼女は怯《おび》えてはっと息を呑んだ。でも一匹の猫がゴミ缶の上に飛び乗っただけだった。横町の先の方から差し込んでくる明かりを背景に、彼女はその輪郭を目にすることができた。彼女は小声で囁《ささや》いた。「チャールズ！」それから「チャーリーナ」と言った。しかしそれは彼女が飼っていたペルシャ猫ではなかった。彼女がつまずきながらそのゴミ缶に近づくと、猫はさっと逃げ去った。

彼女はその嫌な匂いのする暗い横町にもうこれ以上留まることができなかった。だからスーツケースを抱えて向こうに見える明かりの方に行った。歩道に近いところに留まり、辛うじて壁の影に隠れるようにしていた。誰かがやってきて、これから何をすればいいか、どこに行けばいいか、どうすればそこに行けるかをわたしに教えてくれたなら！　ビッグ・ママの運勢はしっかり当たっていたのだ。旅行のようなもの、出発と帰還、そして綿花の梱《こり》だって（というのはウィンターヒルからの帰り道、彼女の乗ったバスは綿花の梱を積んだトラックとすれ違ったからだ）。そして父親の財布の中のいくらかのお金。わたしは今までのところ、ビッグ・ママの予言したことをそのままなぞってきたわけだ。となると、今からシュガーヴィルのあの家に行って、これでもう運勢の手持ちは尽きてしまった、だからこれから何をすればいいのか教えてちょうだいって言えばいいのだろうか？

影に包まれた横町の向こうにある陰鬱《いんうつ》そうな通りは、何かを待ち受けている通りのように見えた。次の角にはコカコーラのネオンサインがまたたき、一人の女が明かりの下を、誰かを待っているみたいに歩いて行ったり来たりしていた。一台の車がゆっくりと通りをやってきた。窓を閉め切った長い車だ。たぶんパッカードだろう。歩道近くを進んでいくその姿は、ギャングスターの車を思わせたので、彼女は壁にぴったりと身を寄せた。それから向かい側の歩道を人が二人通り過ぎていった。そして唐突に、ある感覚が彼女の中で炎のようにぱっと燃え上がった。ほんの僅《わず》かな一瞬だが、兄とその花嫁が自分を探しに来たんだ、二人は今そこにいるんだ、と彼女には思えた。しかしその感覚はすぐに消え去り、彼女の目に映るのはただの見知らぬ通りすがりのカップルになった。彼女の胸の中には空洞があった。しかしその空虚さの底にはずしりと重いものがあって、それが彼女の胃を圧迫し、痛めつけていた。むかつきもした。こんなところにぐずぐずしていないで、早く足を上げて、身体を動かさなくちゃと彼女は自らに言い聞かせた。でもやはりまだそこに立ちすくんでいた。目は閉じられ、頭は昼間の温《ぬく》もりを残した煉瓦の壁に押しつけられていた。

横町をあとにしたとき、時刻はもうとっくの昔に真夜中をまわっており、どんな突飛な考えを思いついても、それが良い考えに思えるような気分になっていた。だから次々にいろんな思いつきに飛びついた。フォークス・フォールズまでヒッチハイクをしてハニーの足取りを追うとか、エブリン・オウエンに電報を打ってアトランタで会うとか、あるいはまたうちに戻ってジョン・ヘンリーを連れてくることまで考えた。そうすれば少なくとも、誰かと一緒にいることはできるし、一人ぼっちで世の中に出ていかずに済む。でもどの思いつきにも、何かしらの難点があった。

そのように可能性が次々に浮かんでは却下されていく混乱の中で、出し抜けに兵隊のことが頭に浮かんだ。でも今回のその考えは、ちょっと思いついてすぐに消えていくものではなかった。それはずいぶんしつこく、まとわりつくように彼女の頭に居残った。自分がこの街を永遠に去ってしまう前に、「ブルームーン」に戻ってあの兵隊が死んだかどうか確かめるべきではないだろうか？　その思いつきはいったん頭に居着いてしまうと、悪い考えではないように思えたので、彼女はフロント・アヴェニューに向かって歩き始めた。もし兵隊が死んでいなかったなら、彼と顔を合わせたとき、彼女はいったいどう言えばいいのだろう？　どうしてそんなことを思いついたのか、自分でもよくわからないのだが、もしそうなったら彼に結婚してくれと頼んでもいいかなと彼女は思った。そうすれば二人でどこかに行ってしまうことができる。気の触れた真似《まね》をやり出すまでは、彼はまずまず親切だったではないか。そしてそれはあまりに唐突で真新しい思いつきだったので、それなりになかなか筋が通っているように見えた。すっかり忘れていた運勢の一部を彼女はふと思い出した。彼女は青い眼をした淡い色あいの髪の男と結婚することになっていた。その兵隊が淡い赤毛で、青い眼をしていたという事実が、自分の判断の正しさを示しているように思えた。

彼女は歩を速めた。前日はまるで遠い昔のことのように思えたし、彼女の記憶の中で兵隊はその姿をもう留めていなかった。しかし彼女はホテルの部屋にあったあの静けさを思い出すことができた。そしてそれと同時に、玄関脇の貸間での「発作」のことをはっと思い出した。あの沈黙、ガレージの裏でのいやらしい話——そういったばらばらの回想が彼女の頭の中の暗いところですとんとひとつに収まった。まるで夜空に向けられたサーチライトの光線が、一機の飛行機の上でぴったり合わさるように。そのようにして一瞬にして、彼女ははっと理解することができた。冷ややかな驚きの感覚があった。彼女はしばし足を止めた。それからまた「ブルームーン」に向かって歩き続けた。通りの店はどれも暗く、扉を閉ざしていた。質屋のウィンドウには夜の間に泥棒に入られないように、鉄の格子《こうし》がはまっていた。そして目につく明かりといえば、いくつかの建物の木製の外階段についた照明か、「ブルームーン」から洩《も》れてくる緑色の派手な光だけだった。上の階からは言い合いをする声が聞こえた。それから通りのずっと先の方で、二人の男が歩き去っていく足音が聞こえた。彼女はもう兵隊のことは考えていなかった。少し前に発見したことが、彼女の頭から兵隊の存在を吹き飛ばしてしまっていた。彼女にわかっているのは、ほかの誰かを見つけなくてはならないということだけだった。誰か、一緒にどこかに行ける相手を。なぜなら今の自分は怯えきっていて、一人で世界に出ていくことなんてとてもできっこないと、彼女も認めざるを得なかったからだ。

その夜、彼女は街を出て行かなかった。というのは警官が「ブルームーン」で彼女を保護したからだ。彼女が店に入っていったとき、ワイリー巡査がそこにいた。でも窓際《まどぎわ》のテーブルについていて、足元の床にスーツケースを置くまで、彼の姿は目に入らなかった。ジュークボックスはいかがわしいブルーズ曲を響かせ、ポルトガル人の店主は目を閉じて立ち、その悲しげな音楽に合わせて、木製のカウンターの上に指を走らせていた。隅のブース席に二、三人の客がいるだけで、青い照明がその場所に海底のような趣を与えていた。警官がテーブルの脇に立つまで、彼女は彼がそこにいることに気づかなかった。その姿を見上げて、彼女の心臓は驚きのためにぶるぶる震え、それからぴたりと止まった。

「ロイヤル・アダムズの娘さんだね」と警官は言った。彼女は肯《うなず》いてそれに答えた。「本署に電話をかけて、君が見つかったことを知らせる。ここを動くんじゃないよ」

警官は電話ボックスに戻っていった。わたしを監獄に送るための護送車を呼んでいるのだろう。でもそんなことはもうどうでもいい、と彼女は思った。わたしはきっとあの兵隊を殺してしまったんだ。そして警察はいろんな手がかりを辿《たど》り、わたしの行方を街中追っていたのだ。あるいはわたしがシアーズ&ローバック・ストアで万能ナイフを盗んだことが露見したのだろうか。自分でどの罪状で逮捕されるのか、明らかではない。その長い春から夏にかけて犯したいくつかの罪科は、ひとつに混じり合っており、その内訳は今ではもう自分でも把握できなくなっていた。彼女がおこなったことは、そこで犯された罪はすべて、遥《はる》か前に別人が——まったく知らない人が——

やってのけたことのように思えた。彼女はそこにじっとおとなしく座っていた。その両脚はお互いをぴたりと包み込み、両手は膝の上で握り合わせられていた。警官は長いこと電話で話をしていた。まっすぐ前方を睨《にら》んでいた彼女は、一組のカップルがブース席を離れ、前屈《まえかが》みに身を寄せるようにして踊り出すのを見た。一人の兵隊が勢いよく網戸のドアを開けてカフェに入ってきた。そして彼女の内側の遠くにいる別人だけが、その男の顔を認めた。彼が階段を上っていくとき、ああいう縮れた赤毛の頭はセメントでできたみたいに硬いのだと、彼女はただゆっくり感情を込めずに考えただけだった。それから彼女の意識は再び、監獄と冷めた豆スープ、冷たいコーンブレッドと、鉄格子のはまった監房へと移っていった。警官は電話ボックスから戻って、彼女の向かいに腰を下ろして言った。

「どうしてこんなところにやってきたんだね？」

警官は青い制服を着た大柄の男だったし、いったん逮捕されてしまったら、嘘《うそ》をついたり、話をはぐらかしたりするのは賢いやり方ではない。彼の顔はごつく、ずんぐりとした額と、釣り合いのとれない両耳——ひとつの耳がもうひとつの耳よりずっと大きい——を持っていた。そして困惑した表情を浮かべていた。質問をしながら、彼は彼女の顔を正面から覗《のぞ》き込んではいなかった。彼女の頭の上のどこかを見ていた。

「わたしがここで何をしているのか？」と彼女は繰り返した。そして出し抜けに何もかもを忘れてしまった。だから「わからないわ」と答えたとき、彼女はまったく真実を述べていたのだ。

警官の声は遥か遠方から聞こえてくるようだった。まるで長い廊下の向こう端から話しかけられているみたいに。「これからどこに行こうとしていたんだね？」

今では世界は遥か彼方《かなた》にあって、フランセスはもうそれについて考えることができなくなっていた。地球というものを、彼女はもう昔のようには見られなくなっていた。それはもう、ひび割れてばらばらで、時速千マイルで回転している天体ではなかった。地球はじっと静止している巨大で平らなものだった。彼女とすべての場所とのあいだには、広大な峡谷のような空間があって、そこを渡ったり越えたりすることなど望むべくもなかった。映画に出たり海兵隊に入ったりするなんて、所詮《しょせん》は実現の見込みもない子供の目論《もくろ》見《み》に過ぎなかったのだ。注意深く返事をしなくてはならない。だから彼女はできるだけつまらない、みっともない場所を選んで口にした。家出の行き先として、いかにももっともらしく聞こえるようなところを。

「フラワリング・ブランチ」

「お父さんが警察に電話をしてきたんだ。きみが家出をするという書き置きを残していったと言ってね。お父さんは今、バス停留所にいるそうだ。もうすぐここにやってきて、きみをうちに連れて帰るだろう」

警察に通報したのは彼女の父親だった。自分が監獄に連れて行かれることはないのだ。ある意味では彼女はそれを残念に思った。見えない監獄に入れられるよりは、どんどんと壁を叩《たた》ける監獄に入れられた方がまだましだった。世界はあまりにも遠くにあった。そしてどう考えてももう、彼女がその一部となれる見込みはなかった。彼女はその夏のあいだ抱いていた怖《おそ》れへと戻っていった。世界から自分が隔てられているという感覚だ。そして結婚式でのしくじりが、その怖れを恐怖へと追い立てていた。ほんの昨日のことだが、自分が会う人々が全員、何らかのかたちで自分に結びついているように、彼女には感じられたものだ。自分と誰かとのあいだには、一目見れば通じ合うものがあった。ジュークボックスの曲にあわせてカウンターの上でピアノを弾く真似をしているポルトガル人を、フランセスはまだじっと見ていた。彼は演奏をしながら、身体をゆっくり前後に揺すっていた。そして彼の指はカウンターの上を軽快に行き来していた。だからカウンターの端に座った男は、自分のグラスをひっくり返されないように、手でまもっていた。曲が終わると、ポルトガル人は胸の上で両腕を組んだ。フランセスはぎゅっと眼を細め、彼に自分の方を向かせようとした。彼はその前日、彼女が最初に結婚式のことを話した相手だったからだ。しかし彼が店内をぐるりと見渡したとき、その店主としての眼差《まなざ》しは彼女をあっさり無視して通り過ぎていった。そしてその視線には、彼女と繋がっているという気配は微塵《みじん》もうかがえなかった。彼女は店の中の他の人々に目をやったが、みんな同じようなものだった。彼らは見ず知らずの他人だった。青い照明の中で、自分がまるで溺《おぼ》れかけている人のように思えた。それは奇妙な心持ちだった。最後に彼女は警官をじっと見つめた。彼も今度はやっと彼女の目を見た。彼は人形の陶器の瞳《ひとみ》のような目で彼女を見ていた。そしてその瞳に映っているのは、彼女の失われた顔の像だけだった。

網戸がばたんと音を立て、警官は言った。「ほら、お父さんが来たよ。君を家に連れて帰ってくれる」

フランセスはもう二度と結婚式の話はしなかった。気候が変わり、別の季節がやってきた。ものごとは変化し、フランセスは十三歳になった。引っ越しの前日、彼女はベレニスと共に台所にいた。それはベレニスが彼らと一緒に過ごす最後の午後だった。というのは、彼女と父親が街の新しい郊外に移って、ペット叔母さんとアスタス叔父さんと一緒に暮らすと決まったとき、ベレニスは近々に仕事を辞めたいと申し出ていたからだ。T・Tと結婚するかもしれないということだった。それは十一月も終わりに近い午後だった。東の空は冬のゼラニウムの色に染まっていた。

フランセスは台所に戻ってきた。他の部屋の家具は既にトラックで運び出され、どこもがらんとしていたからだ。下の階には、寝室にベッドが二つと、台所の家具が残っているだけだった。そして翌日にはそれらも運びだされることになっている。台所でベレニスと二人きりで午後の時間を過ごすのは、フランセスにとって実に久方ぶりのことだった。台所はもうあの夏の台所ではなかった。そして夏は遠い過去のことに思えた。鉛筆で描かれたたくさんの壁の絵は、塗料を塗られて隠されてしまった。疵《きず》だらけの床はリノリウムで覆《おお》われ、テーブルも壁際に移動されていた。ベレニスと食事を共にするものは、もう誰もいなかったからだ。

台所は改装され、ずいぶん現代的になっていた。そこにはもうジョン・ヘンリー・ウェストを思い出させるものは何ひとつなかった。にもかかわらず、フランセスはまだそこに彼の存在を感じるときがあった。彼は生真面目《きまじめ》な顔をして、幽霊のように灰白で、ふわりと漂っている。そしてそのようなときには、静寂が訪れたものだ。それは声にならない言葉によって震わされる静寂だった。そして似たような静寂が、ハニーのことが語られたり、あるいは頭に浮かんだときにももたらされた。というのはハニーは今では八年の刑を受けて、刑務所に送られていたからだ。そして今、十一月も末に近い夕方、フランセスがサンドイッチを作っているときに、その静寂がふと訪れた。彼女はとても苦心して、サンドイッチを凝ったかたちにカットしていた。というのはメアリ・リトルジョンが五時に遊びに来ることになっていたからだ。フランセスはちらりとベレニスの方に目をやった。ベレニスは物憂《ものう》げに椅子に座っていた。古いほつれたセーターを着て、両腕をだらんと両脇に垂らしていた。膝の上には、ずっと昔にルーディーからもらった、小さく縮んだ狐《きつね》の毛皮が置かれていた。毛皮はねばねばして、その小さな尖《とが》った顔はいかにも狐らしく悲しげだった。赤く燃えるストーブの炎が部屋を照らし、そのちらちらと揺れる灯りは、いくつもの影を休みなく変化させていた。

「わたしは今、ミケランジェロに夢中なの」と彼女は言った。

メアリは五時にやってきて、一緒に夕食をとり、泊まっていくことになっていた。そして明日、トラックに同乗して新しい家に行く。メアリは巨匠たちの絵画を集めて、それをアート・ブックに貼《は》り付けていた。二人はテニソンなんかの詩を一緒に読んだ。メアリは偉大な画家になり、フランセスは偉大な詩人になるつもりだった。あるいはレーダーの最高権威に。メアリの父親のリトルジョン氏はトラクター会社に関わりを持っていて、リトルジョン一家は戦前は海外で暮らしていた。フランセスが十六歳に、メアリが十八歳になったら、二人は世界一周旅行をするつもりだった。フランセスはサンドイッチを、八個のチョコレートと、いくつかの塩をまぶしたナッツとともに皿に盛った。それは真夜中の素敵なごちそうになるはずのものだった。時計が十二時をまわったら、ベッドの中でそれを食べるのだ。

「わたしたち、一緒に世界を回るんだって言ったわよね」

「メアリ・リトルジョン」とベレニスは含みのある声で言った。「メアリ・リトルジョン」

ベレニスはミケランジェロにも詩にも興味はなかった。メアリ・リトルジョンのことは言うに及ばず。最初のうち、その件に関して二人のあいだに言い合いがあった。ベレニスはメアリのことをずんぐりして、マシュマロみたいに真っ白けだと言って、フランセスはそれに対して猛烈に反論した。メアリのおさげは、ほとんどその上に腰掛けられるくらい長いものだったし、コーン・イエローと茶色の混ざった色合いで、端っこがゴム輪でとめてあった。あるときにはリボンでとめてあった。目は茶色、まつげは黄色だった。そして彼女のくぼみのある両手は指の先の方ですぼまって、小さなピンク色の塊になっていた。というのは、彼女は爪《つめ》を嚙《か》んだからだ。リトルジョン一家はカソリック教徒で、そのようなことにさえ、ベレニスは珍しくひどく狭量《きょうりょう》になった。カソリックは偶像崇拝をおこない、法王が世界を支配することを求めていると言った。しかしフランセスにとってはそのような異質性こそが、彼女の愛の驚きを完成させてくれる、新奇さや、黙する怖れの決定的な筆の一添えとなった。

「誰かについてあなたと話し合っても意味ないわ。あなたには彼女のことが理解できないのよ。そもそもわかりっこないんだから」。彼女は同じことを以前にベレニスに向かって口にしたことがあった。そのときに相手の目の色がさっと引いて静止するのを見て、自分の言葉が相手を傷つけたことを知った。そして今また、彼女は同じことを口にした。ベレニスがメアリの名前を、含みのある声で口にしたことに頭に来たからだ。でもいったんそう言ってしまうと、彼女は自分が口にしたことを後悔した。

「とにかく、メアリがわたしを、もっとも親しい友だちとして選んでくれたことは、わたしという存在にとって何より誇らしいことなの。このわたしをよ！　よりによって！」

「あたしが彼女のことをちょっとでも悪く言ったかい？」とベレニスが言った。「あの子がそこに座っておさげ《ピッグテイル》の先っぽを吸っているところを目にするのは、どうも落ち着かないって言っただけじゃないか」

「三つ編《ブレイズ》みよ！」（訳注・どちらも同じおさげだが、ピッグテイル〈豚の尻尾〉よりブレイズの方がいくぶん上品）

強い翼をもった雁《かり》の群れが、矢のようなかたちで庭の上空を飛んでいった。フランセスは窓のところに行った。その朝には霜が降りて、茶色くなった芝生や、隣家の屋根や、錆色《さびいろ》のあずまやのしなびた葡萄《ぶどう》の葉までも銀色に変えた。彼女が振り返って台所を見たとき、そこにはまた静寂が降りていた。ベレニスは膝に肘《ひじ》をついて座り、背中を丸めて、手で額を支えていた。そして斑《まだら》の入った方の目で、石炭バケツをじっと見ていた。

いろんな変化が、十月の半ば頃にほとんど同時にやってきていた。それは最後の秋の花々の上で、フランセスはその二週間前に富くじの会場でメアリに出会っていた。それはまた共進会《フェア》の開かれる季節で白と黄色の無数の蝶《ちょう》たちが乱舞する時期だった。それはまた共進会の開かれる季節でもあった。始まりはハニーだった。ある夜、彼は「スモーク」だか「スノウ」と呼ばれるマリファナ煙草で頭がおかしくなり、それを彼に売っていた白人経営のドラッグストアに押し入った。もっとたくさんそれが欲しくてたまらなくなったのだ。彼は監獄に入れられ、裁判を待っていた。ベレニスはかけずり回ってお金を集め、弁護士に会い、監獄に行く許可証を得ようと努めた。三日目に彼女は戻ってきた。くたくたに疲れ果てて。そのとき既に彼女の目には、凝固したような赤い怒りの煌《きら》めきが生じていた。頭痛がする、と彼女は言った。ジョン・ヘンリーはテーブルに頭を載せ、ぼくも頭痛がするよと言った。しかし誰も彼の言葉に耳を傾けなかった。ただベレニスの真似をして言っているだけだろうと思ったのだ。「外に行きなさい」とベレニスは言った。「今はあんたと遊んでいるような気分じゃないんだから」。それが台所で彼に向かって口にされた最後の言葉になった。あとになってベレニスは、あれはあたしに対する神さまの裁きだったんだねと言った。ジョン・ヘンリーは髄膜炎を患《わずら》っており、その十日後に死んでしまった。すべてが終わってしまうまで、ジョン・ヘンリーが死ぬかもしれないなんて、フランセスにはただのいっときだって信じられなかった。それはまばゆいばかりの天気の続く、ひな菊と蝶たちの季節だった。空気はぴりっと冷ややかで、空は日ごとに澄み切った青緑色を帯びていった。でもそこには浅い波のような色あいの光が、満ちていた。

フランセスはジョン・ヘンリーに会うことを許されなかった。しかしベレニスは毎日、正規の看護婦の手伝いをした。暗くなるまで彼女は帰ってこなかった。そしてしゃがれた声で語られる彼女の話を聞いていると、ジョン・ヘンリー・ウェストはどんどん現実ではないものになっていくようだった。「あの子がどうしてあんなに苦しまなくちゃならないのか、あたしにはわからない」とベレニスは言ったものだ。「苦しむ」という言葉はどう考えても、ジョン・ヘンリーに馴染《なじ》まないものだった。彼女はその言葉から身を遠ざけた。わけのわからない心の虚《うつ》ろな暗闇からかつて身を遠ざけたのと同じように。

それは共進会の季節であり、メイン・ストリートには大きな垂れ幕がかかっていた。六日六晩にわたって、それは街の野外会場で開催された。フランセスは二度そこに行った。どちらのときもメアリと二人で。二人はほとんどすべての乗り物に乗ったが、フリーク・ショーの建物だけには入らなかった。畸《き》形《けい》人間を見物するのは健全なことではないと、リトルジョン夫人が言ったからだ。フランセスはジョン・ヘンリーのためにステッキを買い、二週間前に富くじであてた膝掛けを贈った。しかしベレニスは、ジョン・ヘンリーにはもうそんなものは使いようがないよと言った。そしてその言葉は彼女にはとても気味悪く、現実離れしたものに聞こえた。毎日、明るく晴れた日々が続いた。ベレニスの語る言葉はますますおぞましいものになり、彼女は恐怖に縛られたようにそれに耳を傾けた。しかし彼女の一部はそれを信じることができなかった。ジョン・ヘンリーは三日間にわたって悲鳴を上げ続けていた。二つの眼球は隅っこにくっついたきり、動かなくなり、何も見えなくなっていた。最後には彼は頭をがっくり後ろに折り曲げてそこに横たわり、悲鳴を上げる力さえなくしていた。共進会が去ったあとの火曜日に彼は死んだ。最もたくさんの蝶が姿を見せ、最もくっきりと晴れ上がった、黄金色の朝だった。

その一方でベレニスは弁護士を雇い、監獄でハニーに面会した。「いったいあたしがなにをしたというんだろう」と彼女は言い続けた。「ハニーはこんなざまだし、今度はジョン・ヘンリーだ」。それでもなお、フランセスの一部はそれを信じることができなかった。でも彼の遺体がオペライカにある家族墓地に運ばれた日（チャールズ伯父が埋められたのと同じ墓地だ）、彼女は棺桶《かんおけ》を目にして、それをようやく理解することができた。狂おしい夢の中で、彼は一度か二度、彼女のもとを訪れてきた。百貨店のウィンドウから逃げ出した子供のマネキン人形のような姿で。その蠟《ろう》でできた脚は、関節の部分だけがこきこきと動いた。蠟でできた顔はしなびて、淡く彩色されていた。それが目の前にぐいと近づいてきて、彼女は恐怖のあまりそこではっと目を覚ました。でもそんな悪夢を見たのは一度か二度だけだ。昼間の時間はレーダーや学校やメアリ・リトルジョンなんかのことで、あれこれ忙しかった。彼女はジョン・ヘンリーを、むしろかつての姿でよく思い出した。今では彼の存在を感じることもあまりなくなってしまった。たまに——夕暮れの時刻に、あるいは部屋を特別な静寂が覆ったときに——ふと感じるだけだ。生真面目な顔で、幽霊のように灰色に漂っている彼の存在を。

「学校のことで、ちょっと店に寄ったんだけど、パパはジャーヴィスから手紙を受け取っていた。兄さんはルクセンブルクにいるんだって」とフランセスは言った。「ルクセンブルク。素敵な名前だと思わない？」

ベレニスは顔を上げた。「そうだね、ベイビー……その名前を聞くと、あたしは石けん水を思い出すけどね。でもちょっと可愛《かわい》らしい名前ではある」

「新しい家には地下室があるのよ。それに洗濯室も」。少し後で彼女は付け加えた。「わたしたち、一緒に世界を回るときには、ルクセンブルクにも寄ってみなくちゃね」

フランセスは窓の方を振り向いた。そろそろ五時に近く、ゼラニウム色の輝きは空から消えつつあった。最後の青白さが地平線の上で、冷たく押し潰《つぶ》されようとしていた。冬のこの時刻、暗闇はあっという間に、とても素早く押し寄せてくる。

「わたしはなにしろそのことで頭が――」。でもそのセンテンスは途中で終わってしまった。玄関のベルが鳴るのを耳にしたことで、心はさっと幸福へと切り替わり、静寂は打ち砕かれてしまったのだ。

訳者解説

村上春樹

この小説の作者であるカーソン・マッカラーズは、一九一七年にルーラ・カーソン・スミスとして、ジョージア州コロンバスに生まれた。コロンバスは人口三万人ほどの、南部のこぢんまりとした街だ。父親のラマール・スミスは、そこで小さな宝飾店を営んでいた。ちょうどこの小説『結婚式のメンバー』の主人公フランキーの父親と同じように。やがて弟と妹が、一人ずつスミス家に誕生した。とくに裕福というわけではないが、不足のない幸福な家庭だった。

ルーラ・カーソンはいささか田舎っぽい「ルーラ」という名前が、そしていかにも南部らしいダブル・ファーストネームを与えられたことが気に入らず、十三歳の時に「これからはカーソンと呼んでほしい。そうしないと返事もしないから」と宣言した。これも小説の中で、フランキーが「ジャスミン」という名前に改名したいと望んだのとよく似ている。しかしそれにもかかわらず、家族や近所の人々は彼女をいつまでも

「ルーラ・カーソン」と呼び続けたようだ。

彼女は幼少の頃からピアノの演奏に夢中になった。コロンバスの街にはかつてコンサート・ピアニストであった女性が住んでいたので、彼女に師事してピアノの練習に没頭した。彼女は毎日学校に行く前に三時間、学校から帰ってきてからも三時間から五時間、ピアノに向かっていたという。とくに早朝のピアノの練習には近隣の人々も閉口したようだ。人々は朝の四時からリストや、ショパンや、ベートーヴェンを大きな音で聴かされることに、少なからず苦痛を覚えたのだ（その気持ちは理解できる）。しかしそれはそれとして、彼女の神童ぶりはまわりの人々を驚かせた。ゆくゆくは名のあるコンサート・ピアニストになり、世界に出て行くに違いないと人々は――すくなくとも家族は――期待していた。

しかしカーソンは学校では、同じ年代の子供たちとうまくつきあっていくことができなかったようだ。まずだいいちに日々のピアノの練習が忙しすぎて、それ以外の一般的な勉強をする余裕もなく、また社交に費やすような時間もなかった。彼女は同級生たちからは、「お高くとまった変わり者」と見なされていた。街のほかの女の子たちとは違って、着るものにもまったく気を遣わなかったし、パーティーに出ようともしなかった。クラスの男の子に関心も持たなければ、年頃の女性らしく振る舞おうともしなかった。家族の集まりを別にすれば、人の集まるところには極力近づかないようにしていた。学校の成績もBかCが中心で、Aはほんのわずかだったらしい。

彼女がそのようにシャイにならざるを得なかった理由のひとつは、その身長にあった。彼女の背丈は十三歳にして既に一七〇センチを超えていた。彼女はクラスの女の子たちの中でいちばん長身だったし、おおかたの男子よりも背が高かった。そしてそのせいで、いつも自分の存在をぎこちないものとして感じていた。彼女は身長が伸び続けるのを止めるために、煙草《たばこ》を吸おうと心に決め、それをしっかり実行した（それは言うまでもなく、保守的なコロンバスの市民たちのあいだに論議を巻き起こした）。そういう環境にあって、カーソンが素直に自分らしくなれるのは、ピアノに向かっているときだけだったかもしれない。音楽は彼女にとっては「芸術」であるのと同時に、なくてはならない「仲間」でもあった。音楽を通してのみ、自分は意味のある何かになれるのだと彼女は信じていた。

しかしカーソンは徐々に文学に関心を抱くようになり、十五歳のときには親しい友人に向かって「コンサート・ピアニストになるのはあきらめて、ゆくゆくは作家になりたいと思っている」と打ち明けている。あるいはそのときにはもう、彼女は自分の音楽性の広がりについて、限界のようなものを感じ取っていたのかもしれない。

十六歳でハイスクールを卒業した後（当時はそういう学制だった）、彼女は大学には進まなかった。アメリカ全体が大不況に突入していた時代、スミス家にはそこまでの経済的余裕はなかったのだ。彼女はコロンバスの街に残って、なおも熱心にピアノの練習を続け（そこには敬愛するピアノ教師の期待を裏切りたくないという強い思いがあった）、その一方で図書館で本を読み漁《あさ》った。彼女がドストエフスキーやチェーホフやトルストイに巡り会ったのもこの時期だった。『カラマーゾフの兄弟』『罪と罰』『白痴』といった作品は彼女を深く感動させた。

そしてまたこの時期に、彼女は短編小説を書き始めている。彼女が書いた短編小説を初めて読んだ父親は、彼女に即座にタイプライターを買い与えたという。慕っていたピアノ教師がよその街に引っ越していったということもあって、この時点でカーソンはピアニストになる夢を完全に捨て去り、作家として生きる道を選択したようだ。そしてそのためには、田舎町を出て行く必要があった。彼女が落ち着くべき場所はニューヨークだった。一九三四年九月に、彼女はサヴァンナの港から船に乗り、マンハッタン港に向かった。コロンビア大学で創作の勉強をするためだったが、母親にはジュリアード音楽院でピアノの勉強をするのが主な目的だと言った。そういう表向きの名目なしには、家から出してもらえそうになかったからだ。母親は家に伝わる宝石を売って、学費を捻出《ねんしゅつ》してくれた。カーソンはその虎《とら》の子の五百ドルを肌着にピンでとめ、単身ニューヨークに向かった。

「ルーラ・カーソン、これからあなたは傑出した人物になるのよ」と母親は別れ際《ぎわ》に、十七歳の長身の娘を抱きしめて言った。母親はもちろんコンサート・ピアニストとしての未来を思い描いていたわけだが。

しかし運命は意外な展開を見せることになった。事情を説明すると長くなってしまうが（そして出来事の細部はいまだに不確かなままなのだが）、彼女は地下鉄に乗っているときに、全財産をなくしてしまったのだ。掏《す》られたか、あるいはどこかに置き忘れたか。とにかくその結果、彼女は大都会の真ん中にまったくの無一文で放り出されることになった。それはもちろん悲しむべき出来事だった。しかし逆に言えばそのおかげで、彼女の進むべき道ははっきりと定められたようなものだった。ジュリアード音楽院の学費にあてるお金はもうどこにも存在しない。これからは仕事をみつけて収入を得て、その傍らコロンビア大学の夜間部に通い、小説の勉強をするしかない。

ここで我々の頭には「もし」という字が自然に浮かぶ。もし彼女がニューヨークの地下鉄で全財産を失っていなかったら、もし無事にジュリアードに入学して、曲がりなりにもピアノを勉強していたら、果たして小説家カーソン・マッカラーズは（少なくともこのようなかたちで）存在していただろうか？　人の運命というのはなかなか不可思議なものだ。

マッカラーズ（一九三七年にリーヴズ・マッカラーズと結婚して、姓が変わった）は一九四〇年（まだそのとき二十三歳だった！）に長編小説『心は孤独な狩人《かりうど》』を発表し、批評家たちから圧倒的な賞賛を受け、本もベストセラーになった。彼女はほんど一夜にしてアメリカ文壇のスターになったわけだ。その後も、長編小説『金色の目の反映』と中編小説『悲しきカフェのバラード』、また一連の印象的な短編小説を続けざまに発表し、文学的地歩をしっかりと固めた。そして一九四六年にこの『結婚式のメンバー』を世に問うことになる。

彼女は一九四一年から四六年にかけて、ニューヨーク州北部のサラトガ近郊にある「ヤドー」という芸術家コロニーにゲストとして断続的に滞在し、そこで集中して作品を書いていた。彼女は「ヤドー」に滞在しているあいだに、若き日のトルーマン・カポーティやテネシー・ウィリアムズなどと親しくつきあうようになった。この頃に彼女は激しい発作に何度か襲われ、一時的に視覚を失いもした。また強度の頭痛にも悩まされるようになり、日々摂取するアルコールの量も次第に増えていった。結婚生活も暗礁《あんしょう》に乗り上げ、リーヴズ・マッカラーズとの生活は一九四一年に破局を迎え、正式に離婚することになった。もっとも彼女は一九四五年に、同じ相手と再婚している（リーヴズは結局、一九五三年にパリのホテルで自殺を遂げることになる）。しかしそのような混乱続き、緊張続きの生活の中にあっても、彼女の創作意欲が衰えることはなかった。というかむしろ、そのような強い創作意欲が彼女をしっかりと支えていた、と言っていいかもしれない。

カーソン・マッカラーズはこの半ば自伝的な小説『結婚式のメンバー』の執筆にたっぷりと時間をかけ、文字通り心血を注いだ。丁寧に書き直しに書き直しを重ねた。彼女は完成稿を仕上げる前に、全部で七通りのこの小説のヴァージョンを書き上げたという。「ヤドー」のディレクターをつとめていた――そしてカーソンが絶対の信頼を寄せていた――エリザベス・エイムズは、その七通りの『結婚式のメンバー』をすべて読み通した。

ある夜の八時頃に、エイムズが自宅で休んでいると、玄関にノックの音が聞こえた。ドアを開けると、カーソンがそこに立っていた。「ここに原稿があるのよ、エリザベス。やっと書き上げたわ……いいえ、私はもう失礼するから」。そう言って、カーソンは夜の闇《やみ》の中に走り去っていった。彼女の声はか細くて、ほとんど聞き取れないほどだった。

エイムズはすぐにその原稿を読みにかかった。読み終えたのは午前二時半だった。彼女はくたくたに疲れてしまったが、それが完璧《かんぺき》な作品に仕上がっていることは明らかだった。そして翌朝、彼女はその原稿を手に、朝食の場に向かった。エイムズはそのときのことをこのように描写している。

〈カーソンはそこにいて、私が食堂に入っていくのをじっと見ていました。神経がひどく高ぶっていて、コーヒーカップを持つ手がぶるぶると震えていました。私はそこに歩いて行って、コーヒーを飲んでいる彼女の背後に立ちました。彼女がカップを下に置こうとすると、それがかたかたと音を立てました。「すべてが見事だわ、マイ・ディア」と私は言って、原稿を彼女に返しました。すると彼女は水のグラスをひっくり返し、頭をテーブルの上に置いて、大きなため息をつきました。それですべてが終わりました。言うなれば、赤ん坊が誕生したのです〉

カーソン・マッカラーズがどれほど力を込めてこの作品を書いていたか、どれほど深くここにある小説世界にのめり込んでいたかが、この文章から鮮やかに感じ取れるだろう。

僕（村上）が今回この『結婚式のメンバー』を再読して――いつも言うことだけど、翻訳というのは究極の再読なのだ――いちばん感じたのは、「僕にはとてもこんな小説は書けないな」ということだった。もちろんそれは僕が男の作家だから、ということはある。大いにある。十二歳の女の子の心理を把握し、それを文章で的確に表すというのは、男性の作家にとってまったく簡単なことではない。しかし（僕としてはあくまで勝手に想像するしかないわけだが）女性作家にだって、この小説を読み終えて、「私にはとてもこんな小説は書けない」とため息をつく方は、少なからずいらっしゃるのではないだろうか。それくらいこの小説におけるマッカラーズの筆致の鮮やかさは、見事に際立っている。フランキー・アダムズという一人の、南部の田舎町に住む少女（彼女はどこにでもいる少女でありながら、どこにもいない少女でもある）の姿が、ため息をつきたくなるくらいありありと、そこに立ち上げられている。もちろんとびっきりうまい文章なのだが、そこにあるのは「とてもうまく少女の感情の微妙なひだをとらえている」というような単なる「文芸的な」うまさではない。それはなんだかとんでもないところから、なんだかとんでもないものが飛んでくるというような、ちょっと常軌を逸したところのある、特別な種類の鮮やかさなのだ。普通の作家にはこんなスリリングな文章はまず書けない。その文章はあるときには鋭い剃刀《かみそり》のように皮膚を裂き、あるときには重い鉈《なた》のように心をえぐる。

その結果、我々読者はこの小説を読みながら、普通の生活の中ではまず感じることのできない、特別な種類の記憶に巡り会い、特別な種類の感情にリアルタイムに揺さぶられることになる。もちろん僕は男だから、十二歳の少女であることを経験したことなんて、当然ながらないわけだけれど、それでもこの本を読んでいて（あるいは翻訳していて）「それ、よくわかるよ」と感じることはしばしばあった。僕もかつては十二歳の少年だったたし、十二歳の少女たちは言うなれば、僕らの大事なパートナーでもあったのだ。そして僕らは肩を並べるようにして、何がなんだかわけのわからないままに「気の触れた夏」をくぐり抜けてきたのだ。それは人生の中でほんのいっときしか味わうことのできない、大事な気の触れ方だったのだ。

この本について、「何かに読後感が似ているな」という感覚を前から持っていたのだが、あるときふと、それが樋口一葉の名作『たけくらべ』であることに思い当たった。なんだか不思議なとりあわせみたいだが、そのふたつの作品には、たしかな共通点があるように僕には思える。まだ二十代の才気溢《あふ》れる女流作家が描いた、十代はじめの多感な少女の生き方、感じ方、世界の眺め方。感覚的な文体と、瑞々《みずみず》しい言葉の選び方。繊細さと大胆さの同居。もちろんアメリカ南部の田舎町と、遊郭に近い東京下町の一画とでは、土地柄はまったく異なっているわけだが、そして時代もずいぶん違うわけだが、そこにある空気にはそれぞれに、ひりひりするような独特の質感が込められている。そして少女たちは、そのような空気の質感におそろしく敏感に、リアルタイムに反応していく。そこでは何がノーマルであり、何がノーマルでないのか、うまく見定められない。しかし彼女たちはそのような未明さを、謎《なぞ》を、自然にするすると呑《の》み込んでいく。繊細に、しかし大胆に。そして一刻ごとに大人に成長していく。

またアメリカ南部出身の女流作家のドナ・タートの書いたミステリー『ひそやかな復讐《ふくしゅう》（The Little Friend）』を読んだときにも、この小説との背景的近似性のようなものをふと感じた。（余談ではあるけれど）その後、ニューヨークで彼女に実際に会って話をしたとき、その雰囲気というか、背後に漂っている何かがカーソン・マッカラーズを髣《ほう》ふつさせることに驚かされたものだ。